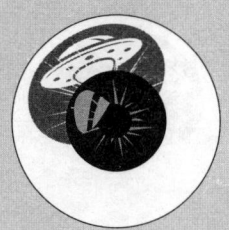

华语实力科幻作品
群星奖大满贯

月光岛

金涛——著

民主与建设出版社
·北京·

图书在版编目（CIP）数据

月光岛 / 金涛著 . — 北京 : 民主与建设出版社，
2022.1

ISBN 978-7-5139-2414-6

Ⅰ . ①月… Ⅱ . ①金… Ⅲ . ①中篇小说—小说集—中
国—当代 Ⅳ . ① I247.7

中国版本图书馆 CIP 数据核字（2022）第 009341 号

月光岛
YUEGUANG DAO

著　　　者	金　涛	
责任编辑	廖晓莹	
封面设计	宋双成	
出版发行	民主与建设出版社有限责任公司	
电　　话	（010）59417747　　59419778	
社　　址	北京市海淀区西三环中路 10 号望海楼 E 座 7 层	
邮　　编	100142	
印　　刷	三河市冠宏印刷装订有限公司	
版　　次	2022 年 1 月第 1 版	
印　　次	2022 年 2 月第 1 次印刷	
开　　本	880mm×1300mm　1/32	
印　　张	8	
字　　数	180 千字	
书　　号	ISBN 978-7-5139-2414-6	
定　　价	32.80 元	

注：如有印、装质量问题，请与出版社联系。

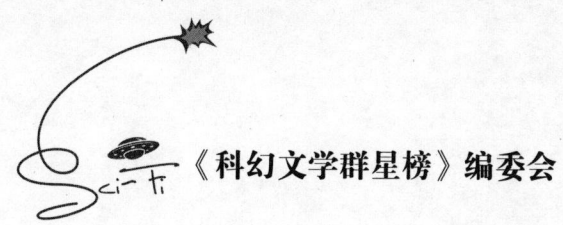 《科幻文学群星榜》编委会

总策划：**李继勇**　北京书香文雅图书文化有限公司总经理
主　编：中国科普作家协会科幻专业委员会
总统筹：**韩　松　静　芳**

编委会：

想象新时代

　　"科幻文学群星榜"是由中国科普作家协会科幻专业委员会联合其他科幻组织共同推出的一套科幻书系。这是一个规模庞大的工程，目前来看，也是独一无二的工程，基本囊括了中华人民共和国成立以来老中青几代具有代表性的科幻作家的佳作。这些作家的年龄，最早的是20世纪20年代出生的，最晚的是"90后"。

　　科幻文学作为一种年轻的文学品类，本身就是现代化的产物。1818年，世界上第一部科幻小说《弗兰肯斯坦》诞生在第一个实现革命的国家——英国。然后，科幻文学在法国、美国、日本等工业化国家繁荣起来，进入蓬勃发展的黄金时代。科幻作品反映着科技时代人类社会的变迁和走向，反思当代人类面临的多重困境，力图打破所谓世界末日的预言，最终描绘出一个五彩斑斓、生机勃勃的新未来。

　　早在20世纪初，中国的一些有识之士便把科幻作品译介进来，掀起了第一次科幻热潮。它承载起"导中国人群以行进""改变中国人的梦"的使命。20世纪50年代至60年代，随着中国的工业和科技体系的建立，科幻作家们以满腔热情擘画了一个欣欣向荣的新世界。1978年改革开放后，中

国再次向现代化进军，科幻迎来新的勃兴。作家们满怀豪情地书写科学技术为实现现代化，为谋求人民的幸福生活所创造出的神奇美景。进入21世纪，随着新时代的来临，这个文学门类也进入成长的新阶段。随着《三体》等作品的问世，中国科幻迎来了新一轮热潮。作家们描绘着古老的中华民族在实现全面小康和建成现代化强国的过程中所面临的新机遇、新挑战，谱写着中国走向世界、步入太阳系舞台中央并参与宇宙演化的新篇章。

科幻文学的发展折射着中国国运的巨大变迁。当今，海内外不同领域的人们对中国的科幻文学的空前关注，实际上是关注中国的未来，关注世界第二大经济体将如何持续演进，关注14亿人的创造力将怎样影响这个星球。从现实意义上来说，这套书系不但包含这些丰富的信息，而且集中梳理了新中国科幻文学取得的辉煌成就，整理出新中国科幻文学发展的广阔脉络；而且从一个特殊的侧面，反映了中华民族从站起来、富起来到强起来的进程，见证着中国走向更加灿烂辉煌的未来。

这套书系具有以下三个特点。

一是权威性。它由中国科普作家协会科幻专业委员会主持编选，并与国内多个科幻文化组织合作，得到了包括中国科普作家协会科学文艺专业委员会、《科幻世界》杂志社、南方科技大学科学与人类想象力研究中心、未来事务管理局、八光分文化、重庆钓鱼城科幻中心等的鼎力相助。编者从中华人民共和国成立以来的海量科幻文学作品中，精选出足以体现时代特征的作品。收入书系的作者，涵盖了雨果奖、银河奖、星云奖、晨星奖、光年奖、未来科幻大师奖、引力奖、水滴奖、冷湖奖、原石奖、坐标奖、星空奖等中外各类科幻大奖的获得者。

二是系统性。它收集了中华人民共和国成立以来不同时期作家的代表作。作者中有新中国科幻奠基者和老一代作家，如郑文光、童恩正、萧建亨、刘兴诗、潘家铮、金涛、程嘉梓、张静等；也有改革开放后崛起的新生代作家，如刘慈欣、王晋康、何夕、韩松、星河、杨鹏、杨平、刘维佳、赵海虹、凌晨、潘海天、万象峰年等，以及以"80后"为主体的更新代作家，如陈楸帆、飞氘、江波、迟卉、宝树、张冉、程婧波、罗隆翔、七月、长铗、梁清散、拉拉、陈茜等，还有在21世纪崛起的全新代作家，如杨晚晴、刘洋、双翅目、石黑曜、王诺诺、孙望路、滕野、阿缺、顾适等，从而构成比较完整而连续的新中国科幻光谱，同时也是对中国科幻文学发展历史的一次系统检阅。

三是丰富性。它比较全面地展现了广域时空中新中国的科幻生态和创作风格。这里面既有科普型的，也有偏重文学意象的；既有以自然科学为主体的"硬"科幻，也有侧重社会现象的"软"科幻；既有代表科幻未来主义的，也有反映科幻现实主义的；既有传统风格的写法，也有实验性质的探索。作品的主题涵盖了中国科技、社会、文化和民生的热点。从中可以看到，一个曾经积弱的民族，如今正活跃在地球内外、大洋上下、宇宙太空、虚拟世界、纳米单元、时间航线、大脑意识等各个空间。这里有中国政府和人民引领抗击全球灾难的描述，有脱贫的中国农民以新姿态迈出太阳系的故事，也有星际飞船和机器人在银河系中奏唱国际歌的传奇。

这套书系力求构建起一个灿烂的星空，并以此映射人们敏感而多样的心灵。爱因斯坦说，想象力比知识更重要。科幻是相伴人类发展进步而产生的新兴事物，是一个民族想象力的集中反映，是科技创新的艺术表达，在人们面前呈现出一幅幅奔向明天、憧憬和创建未来的美好画卷。许许多多杰出的科学家、工程师和企业家在年轻时受科幻文学的熏陶和影响，因此走上了创造神奇新世界的道路。中国正在稳步建设创新型国家，需要更

多富有创造力的人才。科幻文学也肩负着实现中国梦的责任,在点燃青少年科学梦想、激发民族想象力和创造力方面,起着不可或缺的作用。

　　这套书系将为广大读者,尤其是年轻人打开中国科幻和未来世界的门户,有助于人们拓宽视野、开阔思想、激发灵感、探索未知、明达见识。它也将进一步促进中外科幻、科技、文化和文明的交流,为人类的共同发展做出中国的一份独特贡献。

中国科普作家协会科幻专业委员会

2020年10月1日

"我关注人生"

姜振宇

1965年，金涛入职《光明日报》文艺部，同一时间，他卖掉了"保存多年、最心爱的大学教材、讲义和笔记，以及学年论文和毕业论文的底稿"。这些"浸透青春梦痕的'遗物'"，是他在北京大学地理系自然地理专业求学六年的见证。

早在少年时期，地理学在金涛眼中就是"献身大自然的专业"，入学之后的学习和实践，无疑使得这一观念更加深化。大学期间，依据自身在毛乌素沙漠里考察的经验，22岁的金涛完成了《沙漠里的战斗》。在数十年之后回顾当时的创作，金涛提及当时不仅是"从大自然中吸取营养和素材"，更重要的是被"老百姓与沙漠的斗争"这一事件本身感动。

这些观点在"十七年文学"时期具有相当的普遍性。如苏联科学文艺理论家伊林认为，"只有作者写得激动，才能让读者激动"。而这种"激动"被同样在"十七年文学"时期涉足科学文艺创作的郑文光进一步细化："要从这些现象和原理中体会到自然界的内在规律和真实的面貌"；"所讲的即使只是一滴海水，也应当让孩子们看到大洋"。当然，对于金涛来说，这些观念有着更强有力的理论支撑：苏联景观学派对自然界、生

物圈之间相互依存影响的理论精髓。

问题在于，这些理念与思索，在离开大学校门之后便被长期搁置。金涛很快转到教员、记者、编辑等行业工作。直到1976年，这些在年少时做过的与科学密切相关的梦，才以另一种绝难预料的方式重新复归到金涛的视野之内。这一年年初，他被借调到鲁迅研究室。在此期间，他与孟庆枢共同译述、摘编了《鲁迅与自然科学》一书。书中非常全面地收录了鲁迅的著作以及亲友回忆文章当中与自然科学相关的内容。这在当时，从大环境的层面来说，自然与全国各地科学研究、科学文艺、科幻小说刚刚复苏的社会状况密切相关；但从个人角度看，金涛也实在与青年鲁迅有着极为相似的现实经历——他们都在某一个时间点，全然放弃了自己此前的科学背景以及与科学文艺相关的许多工作。

1903年，青年鲁迅仿照梁启超的《论小说与群治之关系》，在《月界旅行·辨言》当中写道："导中国人群以进行，必自科学小说始。"这一论述既超越了此前梁氏"以科幻小说普及科学知识"的思路，又尚未落入此后"鸳鸯蝴蝶派"纯然娱乐的思路中。在鲁迅这里，科学乃是一种由历史当中抽绎出来的人类活动进程，其核心在于"历探自然见象（现象）之深微""解宇宙之玄纽"。也就是说，所谓"科学"，除了具体知识性的层面，还有指向科学探索精神的"神思"，甚至将科技带来的现实经验、个体审美，乃至与之相关的道德伦理因素都统括在内。鲁迅的这些科学观念，显然与他学生时代对前沿科学的强烈关注，以及在青龙山煤矿等地的实践活动密切相关。金涛因参与编订《鲁迅与自然科学》一书，以及在此前后与周建人、周海婴等人的种种交往，从多个层面重新唤起了他对于鲁迅"短暂的科学时代"的深切关注。这种关注，实际上为新时期中国科幻在理念、文学和文化等多个层面的历史追溯提供了至为关键的基础。

对于金涛本人来说，从幼时对大自然的直觉式热爱，到求学期间的科研经历，再到与历史文化脉络的遥相呼应，此时终于形成了全方位的积淀。因此在20世纪70年代末，当金涛凭借《月光岛》跃上中国科幻创作的舞台，便迅速打开了一片全新的天地。在《月光岛》之后，独具中国特色的"社会派"科幻，乃至"科幻现实主义"理念逐渐成形；在幽微深邃处，由鲁迅开启的将"科学"纳入社会人生之内，将其视为现实经验一个组成部分的新科学观念和科幻观念，也逐渐被重新发现。尽管要等到20世纪90年代之后，在新一代中国科幻作家手中，科学才真正被视为现实的组成部分——有时甚至是其中最重要的一部分——但借由这一科学观念觉醒并成形的中国科幻文类意识，在此时终于有了较为清晰的方向。

我们应当注意到，在金涛重新开始创作的20世纪70年代末，中国科幻本身就酝酿着突破的动力。此前单纯面向少儿、以科普为唯一目的的科普型科幻已经令作家们觉得窒息。同时，对幻想的提倡，对科普任务的质疑，也渐成气候。成问题的，是当科幻作家们摆出了一种"娜拉出走"的姿态之后，新的道路在哪里呢？叶永烈开始尝试"惊险科幻"，童恩正在《人民文学》上要求"宣传一种科学的人生观"，但毕竟缺乏能够突破《小灵通漫游未来》式的局限，真正具有社会影响，"站得住"的作品。在这样的情况下，郑文光提出的"蝙蝠论"，倒是对当时科幻小说尴尬处境的精确描述了。

金涛的《月光岛》在此时发表恰逢其时。1980年，该作首先连载于哈尔滨的《科学时代》杂志第1期、第2期，影响还算有限。而后《新华月报》（文摘版）第7期组织了一期专号，将该作与郑文光为《月光岛》写的评论文章《要正视现实——喜读金涛同志的科学幻想小说〈月光岛〉》和中国香港科幻编辑杜渐的《谈中国科学小说创作中的一些问题》并列。郑

文光在当时虽然还未被抬升为"中国科幻之父",但毕竟已是国内科幻界的巨擘。他以如此欢欣雀跃的姿态赞扬新人新作,极为罕见。他对《月光岛》不吝褒奖,认为它是"近几年来比较理想的、科学的文艺作品",其中最重要的意义在于:"如此尖锐地提出一个问题,科学幻想小说要不要正视现实?"

具体来说,郑文光认为这部作品在三个方面有所突破。首先,从深层次实现了"启发人们思维的真实意义",即其立意已然远远超出了以"什么新奇的器械"作为描写对象的科幻创作。这一思想层面的深刻价值,恰恰来自金涛对现实问题的较好融入。其次,在情节走向和故事结构方面,作者也并未安排一个大团圆的结局,而是着力书写"为达到这一目标而做出的艰苦斗争,甚至是牺牲"。这同样是对相当一部分"只管写未来如何美好"的科幻作品的超越。最后,在"深刻的教育意义方面",这部作品具有激起"战斗的热情"的功能。这与创作文本的立意也形成了密切的呼应。

金涛的创作自然担得起这些判断,在更深层次,它指向的则是这一时期科幻作家对中国现代化建设这一宏大历史叙事的自主体认。童恩正在1980年年初写道:"我深感历史放在我们双肩上的重担的分量。"这恰是一代科幻作家心理的真实写照。在这样的背景下,《月光岛》应当被视作科幻作家要求书写"共产主义新人""科学的人生观"等创作观念的进一步深化。小说将大量的笔墨倾注在了对当时社会现实状况的描述和剖析上。这种对现实问题的剖析和把握,固然是时代冲动的体现,却多少也蕴含着关于科幻文类正当性的深层次焦虑:用科幻来"反映"或者"介入"现实,它的优势和必要性在哪里呢?《月光岛》在这方面做得较为成功。它通过设计主人公利用"生命复原素"起死回生的科幻情节,将对现实的批判和反思推向当时"伤痕文学"力所不及的更深层次。"梅生虽有起死回生的手段，却不能阻止爱人的'失踪'"，这种既凸显科幻文类的特征又具悲剧性的结尾恰是在承受、征服"当时社会现实"带来的伤痛乃至死亡之后发生的。

科幻作家在此处指向的，乃是现实生活当中仍旧存在而科学与爱情都无法跨越的本源性问题。这些问题虽然出现在一时一地，但其症结根源却远远超越于此。金涛曾借由外星人之口对人类做出评判："地球人要进入文明的理想境界，大约需要再经过100个世纪。根据我们的研究，他们比起宇宙中其他星球的人，无论是科学技术，还是社会公德都差得太远太远。"应当指出，值得关注的并非其中的结论，而是产生结论的批评姿态——这种来自人类文明之外的姿态，恰是独属于科幻文学的特殊观察视角。当时现实中的苦难、社会的复杂纠缠，被放到了人类文明的宏大背景之下。由此，读者得以跳脱出个体化、暂时性的人类经验，也打破了较为局限的陈旧审美和意义框架，从一个截然不同的角度来对社会历史现实进行把握。在此时，科幻使得科学成为一种独立于"伤痕文学"的话语系统，并能够针对具体现实隐约提供一种特殊的意义和价值系统。金涛在后来接受采访时坦言"我关注人生"。《月光岛》当中对科学的多元运用，正是科幻文学之审美和批判潜力的最佳呈现——事实上，在《月光岛》之后的几年间，以"社会派"为代表的一批中国科幻作品当中，通过科幻设定来提供观察、批判现实视角的做法蔚然成风。

有趣的是，在此之后，尽管金涛仍旧将现实视为主要的关注对象，但他几乎不再如郑文光、王晓达、叶永烈等人一样，时常以一种过于热切以致偶尔显得过分直接的姿态介入社会批判当中。他更乐于去书写当科技产品深刻侵入现实之后引发的诸多颇具生活情趣的事件。

"马小哈"系列《魔鞋》《魔帽》《魔盒》等，在金涛后来的作品当中颇为醒目。从其创作方式和作品形态来看，这些以青少年为目标读者群的作品，应当被视作20世纪50年代以来科普型科幻的一次有效改良。如前所述，在20世纪80年代初的科幻同道们看来，这种改良本应当是不可能成功的。在"马小哈"系列作品中，作者时常以模糊的方式来回避对具体科学知识的解说，这就使得他可以轻松打破此前"老爷爷和小记者"之类的创作套路。而取代这些知识性内容的，则是对科技产品的应用和误用，这就给作家的想象推演留下了足够的空间。小说主人公因此从科技的发明者、生产者、传播者，转换为产品的应用者、受益者，而其中设想的故事背景，便也迅速从工厂、实验室，扩大到了整个快速发展变化的现实社会。

可以发现，"马小哈"系列实际上已经隐约走上了从"科学普及"到"科学传播"的观念更新之路。在这方面做出同样努力的，还有"惊险科幻小说"，如叶永烈的"金明"系列等。这种理念更新，使得此前独具中国特色的"科普型科幻"能够将科学置入"现实"之内。金涛和叶永烈们的这些尝试，其实是在原本"科学文艺"的发展逻辑之内，以一种相对温和的方式重新抵达了鲁迅所试图倡导的科学和科普观念。尽管这些小说中的故事往往不得不被放置在"未来"，但其最终呈现出的效果，实际上是推动"现实"这个概念在时间尺度上获得了扩展："未来"正如"历史"一样，乃是"现实"的组成部分，而科学的应用，以及这种应用所带来的体验——而非单纯的科学知识——必然在这样的"未来现实"当中占据越来越大的部分。

当然，正如后来"惊险科幻"逐渐陷入过于市场化和娱乐化的困境一样，这一类作品本就内蕴着消解科幻文类乃至科学话语的危险。当科学成

为社会现实，成为人类经验的一部分之后，还如何维持科学本身的权威性，或至少是相对于其他话语体系的优越性？这其实要求科幻作家具备弥合"两种文化"的野心和努力，能够将前述复杂的科学理念融为一体。但在更多的时候，这些理念非常容易被情节本身所遮蔽，或者干脆陷入对粗暴技术逻辑、唯科学主义，或者反科学思维的偏狭尊崇当中，科学与人文艺术之间的对立，在此时被进一步加大了。

在这样的背景下，金涛通过《除夕之夜》《月光曲》《暴风雪的奇遇》等科幻作品建立起来的一种叙述模式，应当成为今天年轻作者学习、借鉴的对象。这些故事往往以"先进科技消解病痛"作为基本的叙述线索，但其中人物——主要是科学家——的行为方式又往往以违反正常社会法则作为标志，尽管他们的基本动机是纯粹而善良的。这样的结构使得文本能够较好地吸纳科幻之外的文学资源，其情节的推动力，主要来自人物的行动、悬念的揭示和剧情的推演，而不至于过于依赖高度"点子化"的科幻设定。由此产生的审美效果，使诸多科幻想象在提供新异感的同时，又不至于塑造过高的文类门槛。

遗憾的是，在中国大陆科幻语境下，随着20世纪80年代中期以来整体科幻文化氛围的不绝如缕，这一类本应能够"出圈"，在科幻迷亚文化群体之外获得较大社会影响和认可度的创作路径并未得到真正的继承和发展。这一大众阅读空间首先为来自中国香港，被以倪匡的作品为代表的一系列作品所占据，而后又遭遇了国外奇幻作品和科幻影视剧的冲击。这些作品同样并不过分强调科幻的设定，而更专注于大众娱乐和审美的基本模式。其中相对优秀的，是在市场化的基础之上，或多或少地附带某些人文思考的作品。

在这样的背景下，重新审视、学习、继承和超越20世纪80年代初由金

涛等人开启的本土科幻探索，以此上溯、链接和重新激活其内蕴于中国现代化历程当中的科幻文化传统，便拥有了至为关键的现实意义。对于年轻读者和作者来说，这既是财富，也是责任。

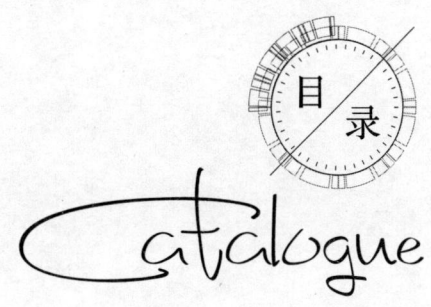

月光岛 / 001

冰原迷踪 / 061

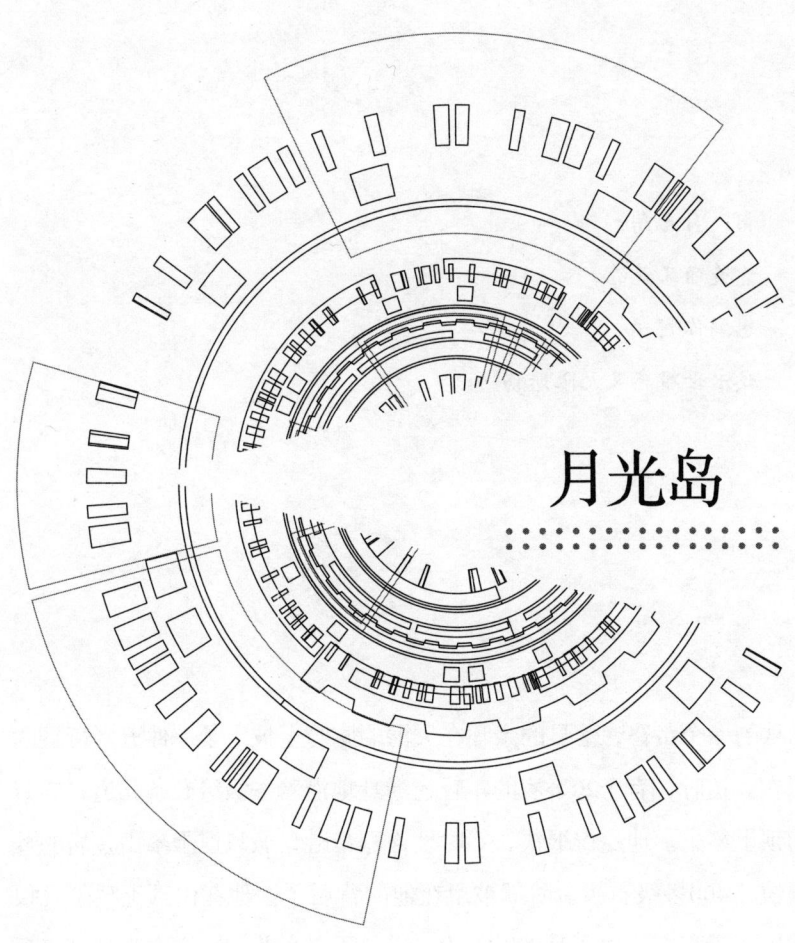

月光岛

啊，月光岛，

你美丽又荒凉，

想到你啊，

我永世难忘又无限悲伤……

一

初秋的一个黄昏，落日的余晖在大海的胸膛上披上了一件五彩斑斓的美丽罩衣。这时，有个20来岁的年轻人默默地沿着一级级石条凳道，向月光岩的顶上攀去。他走得很快，不时地连蹦带跳，像只惯于攀山登岩的羚羊。很快，400多级石头台阶就被甩在他的背后了。他在山顶上喘了几口气，钻进一座高高耸立在月光岩上的灯塔。不一会儿，一道白光从灯塔顶部的玻璃窗孔迸射出来，在渐渐变得黯淡的海面和暮色升起的天空中弥散开来——黑夜来临了。

这个年轻人走出灯塔，伫立在离灯塔不远的悬崖边缘。他眯着眼睛，

向落日沉没的远方凝视了很久。从那灼热的目光和紧闭的嘴唇，可以看出他似乎在期待什么。然而在他视线所及的海面，只有十几只在苍茫暮色中聒噪的信天翁，成群结队地在悬崖下的海滩附近徘徊，而海上空无一物。不一会儿，最后一抹玫瑰色的晚霞也从天际消失了。浓郁的夜色像薄雾一样，从幽暗无光的海面升起，迅速扩散到海岛上空，把一切都遮盖起来。年轻人这才失望地掉转头，从天际收回了视线，怏怏而返。

他沿原路走下月光岩，回到他住的房子。这是一幢临近海边、就地取材用石块砌成的简陋石屋。他心烦意乱地闷坐在黑洞洞的房里，电灯也忘记拧开，陷入深沉的思索中……

他叫梅生，四年前从东南海洋大学海洋生物化学系毕业。这个当年全校数一数二的高才生，按理说该是海洋科学院或者别的什么研究机构最合适的人选。可是生活偏偏喜欢捉弄人，和他开了个不大不小的玩笑。毕业那年的夏天，一场比十二级台风还要猛烈千百倍的政治风暴，从东到西，从北向南，骄横恣肆地席卷了960万平方公里的大地。风狂雨猛，浊浪排空。风暴所及之处，科学的殿堂倾毁坍塌，实验室的仪器、器皿被击成碎片，那些凝集了科学家心血的研究课题被冲天的"海啸"吞噬……梅生这个毫无生活阅历的年轻大学生，像初次出海的水手，驾着一叶四处漏水的独木舟在狂风恶浪中挣扎，不能掌握自己的命运。不过，比起和他同时代的青年人，他毕竟幸运得多。就在他惊魂未定时，一股不知来自何方的洋流推着他的小舟，把他送到荒凉的月光岛上，从此他开始了灯塔管理员的生活。

他确实是最合适做灯塔管理员的人选。他是个孤儿，从小失去双亲，也没有兄弟姐妹。在旁人看来，月光岛上灯塔管理员的工作比起囚犯好不了多少，这里缺乏起码的物质条件和文化娱乐，唯一和世界的联系是，每

隔半个月航运局会给他送来粮食和蔬菜。然而奇怪的是，他却深深爱上了荒凉的月光岛，也很满意分配给他的这个工作。

他是个天生喜欢和大自然为伍的人。刚来的那些日子，他简直像头一回逛动物园的孩子，成天在岛屿周围，在丛林密集的山岩，在洁白如银的沙滩跑个不停。他不知什么是疲倦，一会儿像条梭鱼划开碧蓝碧蓝的海水，遨游在绚丽多彩的海下；一会儿像只懒洋洋的海豹，仰卧在灼热的沙滩上，让热带的阳光炙烤着他那一身古铜色的、充满青春活力的皮肤。他还花了整整一个月的时间，勘探了岛屿的地形，不止一次钻进藤蔓缠绕、难以涉足的热带丛林。他不仅仅是出于好奇，更是对自己将要长期定居的环境做认真的科学调查。他学过地质，月光岩裸露的岩层和海边礁石瞒不过他那双敏锐的眼睛，他把调查结果详详细细地写入了他的笔记。

月光岛——多么动听的名字！它是更新世一次海底火山爆发的产物。从岛上火山堆积物（主要成分是玄武岩）的结构和层次判断，它露出海面的时间不超过5万年。岛上的制高点——那座突兀高峻的月光岩海拔为172.4米，是当初喷吐熔岩的火山堆。

岛屿面积为0.95平方公里，距陆地最近距离为11.57海里。

植物种属估计近百种，主要为桃金娘科、棕榈科、兰科、大戟科、番石榴科。动物种属不详，待查。

根据建筑标记，岛上灯塔是第二次世界大战时日本海军东亚舰队七十五军团所建。

全岛共有居民36人。岛屿西部有一座渔村，渔民过着与世隔绝的生活。他们是什么时候迁入月光岛的，没有人知道。最令人费解的是，渔村没有小孩，一个也没有，只有25个男人和10个女人，也许是这里环境艰苦，他们把孩子们安置在别的什么地方了，但也无从证实。至于海岛东

部，唯一的居民是灯塔管理员……

不过，年轻的大学生安心在月光岛上生活还另有原因。他并不是那种性情孤僻、离群索居的人。在大学，他活泼、热情的性格赢得了同学们的好感。他是足球场上一名能攻善守的中锋；航海俱乐部每次舢板竞赛也都少不了这员猛将；新年联欢晚会，他那浑厚优美的男低音，常常拨动姑娘们的心弦。然而在另外的场合，比如在实验室，埋头化学实验的梅生却判若两人：他勤奋刻苦，一丝不苟，深得生物化学家孟凡凯教授的赏识。他的毕业论文便是在孟教授的直接指导下进行的，说得准确一些，这是他们师生合作的一项科研课题。不幸的是，这项重大的科研项目刚进入实验阶段，孟教授却在一次意想不到的事件中身陷囹圄，而后便下落不明。接着，梅生离开了大学，来到了这个几乎与世隔绝的孤岛。

气象学家发现，盛行在南中国海和孟加拉湾的台风，有个极为有趣的现象：台风中心有个"台风眼"。尽管台风经过的地方是遮天蔽日的狂风暴雨，小小的台风眼却别有风光，依然是风平浪静，天晴日朗。在风狂雨骤的那些年月，月光岛正是这样一个平静的"台风眼"。

梅生始终没有忘记他和孟教授合作的课题。他打心眼里爱上了"台风眼"，爱上了这里的宁静和自由。的确，没有人愿意涉足这儿来过问他的工作，似乎也没有人会注意他这个游离在风暴之外的"漏网之鱼"。他虽然失去了朋友，失去了爱情，失去了他这样的年龄应该享受的一切，却赢得了宝贵的时间，可以继续从事他醉心的实验。他在卧室隔壁一间堆放杂物的储藏室里，精心布置了一间再简陋不过的实验室。几块木板钉成的操作台，大大小小的瓶瓶罐罐，就是他的全部设备。月光岛种类繁多的鸟兽虫鱼，为他提供了取之不尽的实验材料。四年的光阴就这样流逝了，他忘情地从事这项课题的对比实验，积累了将近1000页的实验记录。

他朦胧地意识到一个惊人的结论，像黎明的曙光一样即将在这间蓬荜里诞生。

但是，在这个节骨眼上，实验被迫中断了，整整中断了半个月。梅生想起这些就有些恼火，白白浪费了15天的宝贵光阴。

他很容易逮住了一只活蹦乱跳的金丝猴，那是半个月前发生的事。那天傍晚，他照例点亮灯塔，而后走下月光岩。当他走到离屋子只有十来步远的地方，忽然听见房里一阵窸窸窣窣的响动。

起初他以为是讨厌的耗子出了洞，可是不对，一道金黄色的闪光在眼前一晃，像是有什么东西从床上蹿上了桌子。他蓦地想起桌上有一盘刚摘的香蕉，也许是哪个林中的小馋鬼闻到了香味，趁主人不在的工夫，偷偷溜了进来。想到这，梅生蹑手蹑脚走到窗前，猛地关上窗户。

嗬，他万万没想到自投罗网的竟是一只名贵极了的金丝猴。

他高兴得喘不过气来，小心翼翼地把这个毛茸茸的小馋鬼关进了铁笼。一个念头在他的头脑里油然而生，他决定在这只难以觅求的灵长目动物身上进行一次难度最大的实验。他记得有一次，孟教授用低沉的声调对他说："记住，我们的最终目的是揭开人类死亡之谜。一切动物的实验，都不能代替人体本身的实验。因此，我们全部的困难恰恰在这点，因为我们很难实现人体的实验，这不仅要冒极大的风险，而且是科学所不允许的。"

"那该怎么办？"他询问自己的老师。

"我想，如果能用灵长目动物作为实验材料，我们至少可以接近真理一步。"孟教授深凹的眼窝里，闪动着智慧的光芒，"这样的话，我准备下一步请你在我的身体上做最后一个对比实验，我相信我们的结论是正确的！"

"你……用你的身体？"梅生几乎惊叫起来。

"为什么不可以呢？每个献身科学的人都应该随时有这种准备。"孟教授的嘴角浮现出一丝自信的微笑，接着他向自己的学生谈起人类历史上许多献身科学的大无畏的勇士。他讲到布鲁诺、富兰克林、居里夫人、塞尔维特……

孟教授的谈话给年轻的大学生留下的印象太深刻了。为了做好这次实验，他花了几个通宵拟定了实验方案，对各种可能出现的意外都制定了应急措施。当他环顾实验室，看见铺着白床单的解剖台和擦得锃亮的、七拼八凑的手术器械时，他仿佛置身在大学设备齐全的实验室里了。

他把手伸进铁笼子，安慰着忐忑不安的金丝猴："别怕，小家伙，一点都不疼……"仿佛这只小动物真能听懂他的话似的。接着，他走向屋角的一只木柜，那是贮存化学药品及各种试剂的专柜。他兴冲冲地拉开柜门，蓦地，他的手像被什么蜇了一下，很快缩了回来。他气恼地把门"砰"的一声关上，颓然地倒在椅子上。糟糕透了，实验必不可少的药品全部用光了。甭说是一只金丝猴，连解剖一只苍蝇也远远不够。他只好放下实验，掏出全部积蓄，给出海的渔民开了一张详细的、满是拉丁文的购货清单……

此刻，他的脑子里，仍在默默盘算渔轮返回的日期。不知过了多久，一弯新月从月光岩冉冉升起。水银似的月光穿过窗前一株棕榈的扇形树冠，斑斑点点地泻在床前的地板上。潮水上涨了，喧嚣的海潮自远而近，在窗脚的礁石上轰然作响，仿佛憋足了气力要掀掉屹立在岩石上的石屋。金丝猴似乎受到了惊吓，发出"吱吱"的叫唤声。

"别闹，烦死了！"梅生嘟哝着，伸手打开电灯。他取下墙上挂着的一件夹克，打算到东海岸的渔村探听一下渔轮的确切消息。

就在这时，窗外传来他盼望已久的喊声："梅生——"

梅生放下衣服，敏捷地奔到窗前，探头向外张望。

朦胧的月光下，一艘黑乎乎的船紧贴着窗下的石壁缓缓移动，像一只甲虫在波光闪烁着的海面上画出一条长长的、清晰的曲线。

船上有人高声唤道："喂，快来！"

不错，是他们！梅生含糊地应了一句，兴奋地拔腿跑去。声音很真切，喊他的是那个诨号叫"海狼"的老渔夫。他飞也似的跳下门前的石阶，沿着坎坷不平的岩岸向前奔去。

渔轮乘着涌进海湾的潮水，在几株棕榈树的阴影里靠了岸。

它熄了火，像跑累的牲口一样"呼哧呼哧"地喘着粗气，浑身颤抖。梅生的脚步渐渐放慢了。他有些纳闷，往日，海狼老爹总是把船只停泊在渔村那边，然后打发个人把东西给他捎来。可是，今天是什么风把他吹来了呢？

他来不及细想，海狼老爹已经迎上前来，把一只方方正正，还用绳子捆得挺结实的纸箱塞在他的手里。

"给你！"他嘟哝着说，"这玩意儿真不好买，跑了好几家都说没货，最后还是托我的表弟走了后门，到化工仓库里把药品配齐的。"

梅生接过纸箱，心里有说不出的高兴，忙不迭地道谢。

"谢什么！"海狼老爹吼了起来，皱着眉头说，"以后少说这些见外的话，我不爱听！"

梅生尴尬地笑了笑，和他搭讪了几句闲话，接着亲热地拉着他的胳膊："老爹，坐一会儿吧，我这还有大半瓶五加皮。外面最近有些什么新闻，给我讲讲……"

梅生说到这儿，突然戛然而止。他发觉海狼老爹对他的盛意邀请，反应极为冷淡。老渔夫忧心忡忡，两手对搓，面部的表情在月光映照下显得

十分严峻。

"出了什么事？"梅生不安地问，"难道渔船在海上出了事故，是不是哪个渔民遇难了……"他的脑子里闪电似的胡思乱想着。

海狼老爹吞吞吐吐。他的一双忧郁的眼睛，在对方充满惊骇的脸上足足打量了好几分钟。梅生见他嘴唇嗫嚅，好像是要说什么，可是他的话到了嘴边又咽了下去，接着默默地朝亮着灯光的房子走去。

"老爹，你是怎么啦？"梅生紧跑了几步，和海狼老爹前后脚走进房内。

海狼老爹拖来一把凳子，坐在靠窗口不远的地方，慢吞吞地掏出烟斗。他刚划着火柴，却突然从凳子上站起来走到过道里，朝那间"实验室"瞅了一眼。梅生对他的举止感到奇怪，正待开口询问，海狼老爹扭过头问道："我想打听件事情，梅生，你实话告诉我，你的那个把死鱼救活的办法，究竟能不能救……救人？"

听得出来，他的声音微微有些颤抖，显然他说出这番话是经历了一番斗争的。

梅生越发感到莫名其妙了。过了半晌，他的嘴里才断断续续冒出几个字："谁？到……底……是谁？"

海狼老爹见他脸色骤变，连忙向他说明："你别紧张，不是我们这儿的人。"没等梅生开口，他又急切地问："到底行不行？"

梅生心里的一块石头落了地。他如释重负地舒了口气，一屁股坐在床沿上，眨眨眼睛，思忖着该怎样回答海狼老爹提出的问题。他十分为难，在这个孤岛上，只有海狼老爹一个人知道他的实验，是无意中被他发现的。不过能不能把死人救活，他没有试过，实验研究中那些深奥的道理，他也无法三言两语对海狼老爹讲清楚。他用手挠挠头，面有难色地

道："老爹，不瞒您说，医生不见病人是无法开方下药的，您叫我怎么说呢？"

　　海狼老爹对这样的回答有些失望。他一时没有作声，低着头猛吸了几口烟。过了片刻，他磕掉烟斗中的烟烬，终于把事情的原委说了出来。

　　"是这么回事，天刚黑下来的时候，我们已经看见了月光岛模模糊糊的轮廓，估计距离月光岛顶多十几里光景。这时忽然在渔船的左前方出现一片刀鱼群，密密麻麻的，连海水都变了色。你知道，我们当然不肯轻易放过这个送上门的好机会，再说船舱还空着一半哩。于是我们围着这片海区兜了个大弯，足足忙了两个多钟头。等我们收完网具，满载而归，月亮已经升得老高老高了。"

　　海狼老爹把凳子向梅生这边挪近些，低声说："事情怪就怪在这儿。渔船靠了岸，伙计们回家心切，一个个都走光了。我瞅着你这箱药品，知道你等着用，决定先上你这儿来，顺便带几条新鲜的鱼让你尝尝鲜。当我扒开甲板舱口的铁盖，猫着腰把胳膊伸了进去。嗬！好凉，鱼群裹着一块块人工冰哩。我用手在舱里东摸一把，西抓一把，里面漆黑一团，什么也看不见。忽然我的手摸着一个软绵绵的东西。'咦，这是个啥玩意儿？'我心里纳闷。这不像海蜇，也不是乌贼，细长细长的，还挺软和。我索性俯下上半截身体，把脑袋伸进舱口，顺着那个柔软的东西往前摸了过去。

　　"大约摸了几分钟，天哪！我突然像触电似的跳了起来，后脑勺刚巧磕在铁绞盘的铁把上，痛得我龇牙咧嘴。我顾不得许多，撒开腿跑进了驾驶室，把门紧紧关上了……"

　　梅生见海狼老爹说得绘声绘色，叫人心里发毛，忍不住问道："你到底摸到了什么？"

　　海狼老爹一双惊恐的眼睛睁得老大，他向左右瞥了一眼，然后贴近梅

生的耳朵，悄悄地说了几个字。海狼老爹的话刚说完，只见梅生腾地从床上蹦起来，大惊失色地说："你真的看清楚了？"

"这还有假，回来我又打着电筒凑到跟前仔细瞅了瞅，的的确确是一具尸体，而且还是个女人！"

"女人？"梅生不由得惊叫起来。

"嗯，不信，你自己去看看嘛！"

"在哪儿？"梅生气喘吁吁地问。

"就在门外，船上呀！"

"嘿，你怎么不早说，快带我去看看呀！"

几分钟后，这一老一少像一阵旋风似的跑到船上。这时月亮从一团薄絮般的云彩中钻出，似乎也在好奇地窥视着渔轮上发生的这一幕。

梅生的脸色苍白，神情紧张极了。他弓着腰，壮着胆子钻进了敞着口的、寒气逼人的冷藏舱。过了一会儿，他抱出了一具尸体，海狼老爹在一旁搀扶着帮他爬上甲板。梅生小心翼翼地托住尸体，转过身来，刚巧，淡淡的月光迎面而来，把尸体的面部和全身照得清晰极了。在这一瞬间，梅生和海狼老爹异口同声地惊叫起来："呀！"

他们看得再清楚不过了：纠缠粘连的乌黑长发，清秀瘦削的面容，紧贴身体的单薄的连衣裙，裸露的脚踝和浅黄色的人造丝袜……原来死者是个看起来20岁左右的少女！

他们默默对视了一眼，谁也不想开口。真的，有什么可说的呢。这个27岁的青年人和那个比他年岁大一倍还多的老渔夫，胸口都感到闷，似乎有一团烈火在里面奔腾。他们当然不知道这个不幸的少女的身世和死因，也没有学会用世俗的天平掂量掂量他们的举动可能带来的后果。海狼老爹只觉得鼻子一阵酸楚，苦涩的泪水在他那被海风吹得红肿的眼眶里直打

转。他用像锉刀似的粗糙手掌轻轻地抚摸着那只没有知觉的、苍白的、纤细的手，喃喃地说："可怜，真是造孽啊！"

怀里抱着尸体的梅生脸色变得铁青，阴沉的目光默默地凝视着万籁俱寂的海面。他神情有些恍惚，这突如其来的悲惨景象使他的心房隐隐作痛。他希望这不过是一场噩梦，一种不存在的幻觉，等一会儿就会从眼前消失：大海、渔船，连同这具少女的尸体。他凭直觉判断，死者应该不是失足落水的，从她的衣着和脸部表情都可以看出来。但是她是谁？这样的青春妙龄，一朵含苞吐艳的鲜花，为什么会走上这条绝路？谁也无法回答。梅生看着这具尸体暗自思忖："怎么办？把她重新抛到大海里葬身鱼腹，然后从地球上永远消失，不留一丝痕迹呢，还是……"

"你倒是说话呀！"海狼老爹见梅生痴痴的神情，用胳膊肘捅了他一下，焦虑地说。

"嗯。"梅生从思绪中惊醒过来，看了一眼怀里的尸体，他觉得死者像是睡着了，心里一动，不禁感到十分惋惜。

"你没有告诉别人吧？"他向尸体努了努嘴。

海狼老爹会意地眨眨眼睛答道："除了你我，只有它知道。"

他的手指着头顶上的明月。

"试试看吧！"梅生咬着嘴唇，费了很大气力从牙缝里挤出这句话。他突然感觉到有一股无形的力量在鞭策他，激励他，推动他。他把这具无名尸体郑重地贴在他那温暖的胸膛上，像是从大海里拾到人间遗弃的珍宝，大踏步朝石屋走去。

月光如水，在他们身后不远的丛林里突然传来一声猿猴的哀鸣，声音悲凉而凄惶……

二

传说月亮和潮汐是一对热恋的情人，它们每月会定期约会，诉说衷情。每当皎洁的圆月在天际露出它那晶莹美丽的脸庞，潮汐便会抑制不住澎湃的激情，兴奋地向它的情人扑过去……

这天，月亮和潮汐又相会了。海湾里潮流激荡、奔腾；白花花的大浪在嶙峋的礁石上跳跃、欢笑，发出声震如雷的吼声……

但是，"实验室"里却静悄无声，唯有房顶那盏一百支光的大灯泡发出耀眼的光芒，比往常任何时候都显得明亮。不知在什么时候，梅生迷迷糊糊地合上了眼皮。他头枕着胳膊，靠在操作台的边沿上睡着了。

在这间充满静谧气氛的房间里，一切都归入沉寂。就像经过一番鏖战的战场，疲惫不堪的士兵和衣倒在掩体内，大炮和机关枪也暂时保持沉默。不过如果留心观察的话，在这个悄无声息的小小空间里，科学和死神的搏斗正处在短兵相接的决战阶段，整个战役的胜败也许即刻就要揭晓了。

靠墙临时用木板搭成的一张单人床上，雪白的床单严严实实地掩盖了一切，只是在上端露出毫无血色的半张脸，既无从窥视她的面容，也无法判断那里是否存在真实的生命。床头捆着一根指头粗细的竹竿，吊着一个透明玻璃瓶，一滴滴淡黄的液体从里面渗了出来，顺着一根细长的橡皮管，伸进了白色的床单。

静，从未有过的安静。不过，倘若留神聆听，隐隐约约的还有一阵阵酷似春雨叩窗的沙沙声，这声音来自操作台上，低微得令人难以觉察。

那是一口大玻璃缸，透明的玻璃盖下，成百上千的蚂蟥蠕动着，形象丑恶，面目可憎，没有比这更可怕了。这些自然界的吸血鬼挤成一团，像泥鳅似的翻来覆去，企图逃出束缚它们的小小空间，不过玻璃盖扣得那么严实，它们的一切努力都失败了。它们攀爬、挣扎、互相践踏，不断从口腔分泌出淡黄色的汁液，这种汁液和床头悬吊的玻璃瓶内的液体何其相似。轻微的沙沙声便是从这里传出来的。

这里进行的实验，神秘极了，令人百思不解。也许只有梅生一个人才能解释。可是他实在太辛苦，太疲倦了。整整一个星期，他几乎没有睡过一个安稳觉，他的心思全部集中在抢救这个死去的女子上面。他竭尽全力，把他的知识、他的智慧，还有他和孟教授合作研究的成果，一点儿不剩地用上了，可是结果究竟如何，他心里没有一点把握……

为了不打扰实验，海狼老爹尽量不上这边来。但是老渔夫实在难以控制自己，时常在夜深人静的时候跑来探听消息。这天，黎明出海之前，他又在窗户下面出现了。

"怎么样？有希望吗？"他踮起脚尖问道。

梅生打着哈欠，眼睛通红，又是一夜未睡。

他的神情有些焦躁不安。他比任何时候都清楚，情况并不乐观。虽然经过他的努力，这个被死神夺走的女子，在第二天清晨，心脏又重新起搏，体温开始明显回升，肌体的肤色也因为血液通畅而出现淡淡的血色，可是这并没有使他消除内心的疑虑。过去在许多动物身上做过的实验提醒他，这往往是死神耍弄人的花招。果然，他的估计没错。第四天清晨，女子的情况急剧恶化。她的呼吸变得非常微弱，滚烫的额头像烧红的炭火。

梅生清楚地了解，在这个性命攸关的时刻，只要高烧不退，全部努力将会毁于一旦，残忍的死神会再次夺走这个不幸女子的生命。不过他没有把这些告诉海狼老爹，也许是不想让老人失望，或者是他还不甘心在死神的威力下退却。他勉强地微笑着，对即将出海的老渔夫说："你放心吧，我是不达到目的誓不罢休的！"

"那就好，不过你自己也得注意，不要把自己累垮了。"老渔夫没敢多耽误时间，关照了几句，又问，"有什么事要办吗？"

梅生略微想了一下，叫他等一等。过了一会儿，他开了一张购货清单递给窗外的老渔夫。

海狼老爹走后，梅生的睡意顿消。他用冷水洗了把脸，冷静地坐了下来，把整个治疗方案从头至尾做了一番检查。他翻开一张张观察记录，对抢救过程的每个细节都用怀疑的眼光重新加以审查，最后他恍然大悟了。

"对，应该这样！"他猛地拍了一下巴掌，兴奋地站起来，在屋子里激动得走来走去。

梅生发现抢救过程中的明显错误，主要是药剂用量偏低，不敢超过理论计算公式的平均值。他没有想到实验对象不是一般的低等动物，而是实实在在的人。由于药量不够，这个女子的体内，生与死的因素一直处在胶着抗衡的状态，并且愈来愈恶化。看来这个公式还不够完整，它在应用于人体时要增加一个参数。

"这个参数应该是……"他一面用铅笔在纸上迅速计算，一面翻看病历记录。当算出了最佳参数值时，他大胆地修改了原定的实验方案，把药物浓度加大了一倍，这样一来，药物作用的效果好多了。他像个运筹帷幄的指挥官，探明了敌军防线的薄弱环节，当机立断地把最精锐的部队投入战场，由被动防守转入了战略性的总攻击了。

然而，这个大胆的方案对他来说，毕竟是第一次，没有先例。

他不能不捏一把汗，担心药物过猛会带来意想不到的副作用，甚至会导致无法挽回的突发性死亡。他带着这样无穷的忧虑进入梦乡，他的脑子仍在不停地苦苦思索。

忽然，"水……水……"的声音，在梅生的耳膜里"嗡嗡"了一阵。处于半睡眠状态的中枢神经，突然亢奋起来，像雷达似的四处捕捉这陌生的信息。这声音仿佛是从遥远的宇宙空间传来的，微弱得像一根极细的金属丝，飘浮在空中，忽隐忽现。梅生平时难得听见人们说话的声音，因此他的听力非常敏锐。当这种微弱的声音出现不到几秒钟时，梅生蓦地从酣睡中惊醒过来，像闪电一般敏捷地直奔床前，伸出了手。

"谢天谢地，成功了！"他的手接触到女子的前额，冰凉冰凉的，还有一层黏糊的绒毛似的薄汗。他不禁失声叫了起来。他的眼睛顿时变得模糊起来了，一行温暖而苦涩的液体淌进他的口腔……这个男子汉再也抑制不住自己的兴奋和激动，有生以来第一次热泪滚滚，情不自禁。

他此时的心情难以用笔墨形容。这时，他恨不得一口气跑上月光岩，向着茫茫的大海，高声地对彼岸还在梦乡的世界宣布他的惊人发现。他要告诉那些遭到不幸的老人和孩子、父亲和母亲、丈夫和妻子，不要轻易地把一个失去生理机能的生命宣布为死亡，不，决不能这样……然而科学家的秉性使他立刻冷静下来，他什么话也没有讲。他用颤抖的手拔掉女子手背上的针头，现在这已是多余的了。接着他取来一只盛满饮料的玻璃杯，给复苏的生命补充养分。

那个女子的眼睛还没有睁开。她大口大口地吸吮着，像初生的婴儿贪婪地吸吮着母亲的奶汁，一杯饮料很快喝光了。过了一会儿，她的眼皮好像感受到灯光的刺激，微微跳动起来。梅生屏声敛息地观察她的动静，像

产妇第一次见到自己的婴儿，心中充满忐忑不安而又难以自禁的喜悦。

大约过了十来分钟，也许更长一些，那一对长着长睫毛的大眼睛终于挣脱了死神布下的黑暗罗网，慢慢睁开了。不过，这双刚刚恢复视觉的眼睛并没有向站在他面前的陌生人表示丝毫好感，反而交织着复杂极了的种种神情：惊骇、恐惧、悲哀、痛苦，甚至还有点仇恨。只有对人生绝望的人才会投射出这样的目光。

"你别害怕。"梅生含笑地望着她，竭力想减轻她的恐惧。他轻轻摸着她的额头，不料她像只受惊的兔子，猛地推开梅生的手，全身蜷缩成一团，用充满敌意的目光警戒着。

过了片刻，她突然喊叫道："你是谁？这是什么地方？"这是她重返人间后的第一句话。梅生发觉她说话时全身瑟瑟发抖，像发疟疾似的。

"安静一点，姑娘，不要害怕，这里没有人会伤害你……"梅生后退一步，笑容可掬地安慰她。但是，这个女子仍然惊慌不安地环顾着周围。她看了看占据半个房间的长桌，对上面许多奇形怪状的玻璃瓶凝视了很久，又把目光移到梅生身上打量着，接着她转过头来向窗外望去，瞥了一眼玻璃窗上晃动的树影月光，突然挣扎着坐起，声嘶力竭地喊道："你放我走！你放我走！"也许是觉得身单力薄，自己的要求不会得到别人的同意，她又伤心地哭了起来。

梅生不曾料到会出现这样尴尬的局面，一时慌了手脚。他连忙上前像哄小孩似的劝她，和颜悦色地对她说："姑娘，你现在是在月光岛上，你知道吗，这里是个孤零零的海岛，四周都是大海，没有人会来伤害你的。你害怕什么呢？"

梅生这番话居然生了效，女子停止了哭泣。她仿佛大梦初醒，脑海里忘却的记忆好似大雾遮盖的景物，渐渐云消雾散，显示了出来，不过，那

也是模模糊糊的，并不清晰。于是她抬起眼睛，疑惑地一面注视着梅生，一面喃喃自语道："这到底是怎么回事？我怎么会在这里？"

梅生见她开始安静下来，紧张的心理已经消失，不觉松了口气。他没有急于回答女子的问题，而是继续向她介绍月光岛，还做了一番自我介绍。他在说话的时候，用螺丝刀打开了一听菠萝罐头，放在她的面前。

她这回没有推却，默默地接过来，用汤匙尝了一口。可是她仿佛又触动了心事，仅仅尝了一口就再也吃不下去了。她的鼻子一阵酸楚，泪水像断线的珍珠一样顺着面颊淌了下来。许久以来，她记不清有多少年了，没有人对她这样关心，这样体贴，她那颗冰冷的心被一点点的温暖感动得颤抖了。

梅生并不理解她的满腹苦衷，以为她身体不适，忙问："你怎么啦？哪儿不舒服？"

女子侧过脸，用手抹去泪珠。沉默半晌，她用恳切的口气轻声问道："请你告诉我，我到底是怎样到这个岛上来的？"

梅生这时的心里十分矛盾。他不善于说谎，可是他也不敢马上把真情实况告诉她，他担心这个女孩子脆弱的神经承受不住这样大的刺激。

女子见他沉吟不语，越发疑虑重重。"难道还有什么不能对我讲的吗？"她问。

"不……不是……"梅生吞吞吐吐地说。他见女子一双眼睛火辣辣地直盯着自己，越发找不出合适的字眼来。憋了半天，他只得无可奈何地说："当然可以。"

他停顿了一会儿，又说："不过，你必须答应一个条件我才告诉你，行吗？"

"还有条件？"女子的嘴角浮现出一丝不易觉察的微笑，她的笑容是

很动人的。

"当然,不许激动。不论听到什么,都不许激动,能做到吗?"梅生突然增加了勇气,对她说。

女子咬了咬嘴唇,微微点头,算是答应了梅生的条件。其实她并不理解他的用意究竟何在。

这时,梅生拖过一把椅子,坐在女子对面,不过他还不敢正视她。他清了清嗓子,扼要地讲起七天前海狼老爹是怎样在渔轮的船舱里发现她的,又是怎样跑来找他,怎样从船舱里把她抱上来以及抢救的。

"说实在的,你怎么到这儿来的,我也不太清楚。我只知道你是被拖网从海里捞上来的。当时天已经黑了,你又裹在一堆鱼中间,所以渔夫们把几千斤鱼拖上船,你即刻和鱼一起入了库。幸好海狼老爹在无意中发现了你,不过很不幸,当时你早已死了……"

"我死了?"女子失声惊叫起来。她的表情简直比听见太阳从西边升起还要惊愕。

"嘘——"梅生做了一个手势,示意她不要忘记刚才提出的条件,"你以为我撒谎骗你吗?我把你从船舱里抱出来,差不多快9点钟了。你停止呼吸最少有6个小时(这时,女子若有所思地点点头),幸好你的心脏还有百分之几的微血管没有完全凝固,动脉、静脉和微血管组织也没有完全僵死。所以我抱起你的时候,发觉你的皮肤还没有失去弹性(梅生说到这里,满脸涨得通红,偷偷地瞥了她一眼),这使我产生了抢救的念头。当然,如果在医院里,你准会被送进太平间……"

女子眨眨眼睛,怀疑地摇着头。"没听说过,人死了还能复生……"她喃喃地说。

梅生有点恼火,态度生硬地说:"我早就料到了,任何一个人处在你

的位置，都会骂我是疯子、骗子，嘴里不说，心里也会这样想的。"说罢，他在房内激动得走来走去。

"你生我的气了？"靠在枕头上的女子见梅生面带愠怒，有些不安。

"啊，不、不……"梅生站住了，用抱歉的口吻解释道，"你别见怪，我就是这么个脾气。"停顿片刻，他继续用平静的声调，仿佛是向学生讲课似的对女子谈起他的见解："要想动摇一种长期形成的世俗观点，哪怕是一个常识性的问题也极不容易。就以人的死亡来说，这是人们司空见惯的现象，可是谁能正确地回答，什么是死亡的本质？怎样才算是死亡呢？"

"战国的时候，虢国的太子突然昏厥不省人事，许多御医都诊断他已经死去，宫廷里也准备为太子做后事、发丧，但是当时的名医扁鹊却力排众议，把已经'死了'三天的太子救活了。这个古代医学上的奇迹用现代医学知识来看，不过是一种很普通的休克处理方法罢了。但是，你可以想象，在几千年的时间里，有多少这样并没有真正死亡的人，被那些一知半解、不学无术的庸医误诊为死亡，白白葬送了性命！"他的声音发涩，说话的调子也提高了，"今天这种情况还不是照样存在，医学还没有从根本上脱离蒙昧的阶段。一个健康的人，突然得了急病，或者遭到意外事故，这种非正常性的死亡和年老丧失生理机能引起的死亡本质上是截然不同的。就像一台出厂不久的崭新机器，损坏了几个零件，完全可以修理。轻率地宣布死亡是不能容忍的！"

梅生愈说愈激动，没有发觉那个女子突然脸色苍白，呼吸急促。她的头一阵晕眩，身体不由得瘫倒在枕头上。

等梅生回过头来一看，不禁吃了一惊。"你怎么啦？你看我这个人，对你讲这些干什么……"他一面后悔地责备自己，一面上前扶起那个女

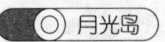

子。见她渐渐好转，梅生便叫她好好休息，他也准备回到自己的卧室去了。

"你好好睡一觉吧，现在对你来说，最要紧的是多休息，我不打扰你了……"他说。

梅生刚要走出门，那个女子突然用很大的劲攥住他的手，挣扎着坐起来，用急不可待的口吻央求地说："不，你不要走！"

梅生疑惑地望着她，对她的举动感到有些莫名其妙。

"我想问你一件事，不知该不该问。"那个女子急促地喘着气对梅生说。她的神色凄惶，似乎有无穷的顾虑。她接着又补充了一句："当然，如果你觉得没有必要，也不要为难。"

"没有关系。只是我担心你的身体，过多地说话对你的健康不利。如果不是十分重要的事，留着明天再谈也可以嘛。"梅生向她解释道。

"不，我希望早点知道，越早越好。"她固执地说。她见对方没有异议，便说道："按照你刚才的说法，我已经死过一次了，而且情况已经到了现代医学无法挽回的地步。因此，我很想知道，你是用什么灵丹妙药把我救活的……"她特别在"灵丹妙药"这几个字上加重了语气。

梅生见她绕了这样大的弯子，仅仅是提出这个问题，不禁哑然失笑。"你是不是以为我还要保密？"他冲她一笑，立即转身去取那只盛满蚂蟥的玻璃缸。但是当他走到操作台旁，他却犹豫了。

"有必要吗？"他想，因为他觉得这里面的动物实在可怕。

女子的目光一直追随着他，这时也停留在那只玻璃缸上。

"那里面是什么？"她似乎有某种预感，急促地问。

"蚂蟥——"梅生的话冲口而出，尽管后悔不已，但已经收不回了。

"啊，原来是这样！"那个女子用几乎听不见的声音自语道。

梅生见对方没有动静，以为她并不是自己想象的那样脆弱，便告诉这个女子，拯救她生命的并不是什么灵丹妙药，而是这种外貌丑陋、令人厌恶的蚂蟥。"你大概知道，蚂蟥这种动物可恨极了。人们下田插秧，它就用吸盘牢牢地贴在人的大腿或者脚踝上，咬破人的皮肤，同时不断分泌一种特殊的液体，使人体血液里的血小板失去凝固血液的功能，这样一来，伤口不会愈合，血液就像决堤的河水源源不断地流入它的口中。"他见那个女子全神贯注地注视自己，不由得避开她的目光，继续发表他的学术见解，"在一般情况下，蚂蟥这个吸血鬼对人类或其他动物都是有害的。但是事物都有两面性，蚂蟥的这种分泌物，具有阻止血液凝固的功能，却是大自然赋予人类的宝贵药物。你想，人的死亡很重要的一个原因是血液在血管里凝固了，接着心脏停止跳动，随之而来的是肌肉僵化，体温下降，就像一条奔腾的河突然停止了流动一样。但是蚂蟥的分泌物却具有特殊生理功能，能在一定的条件下促进凝固的血液重新溶化，所以我们把这种神奇的分泌物命名为——"

"生命复原素！"那个女子突然激动地喊叫起来。她的脸色由于兴奋泛出一团红晕。

刹那间，梅生惊呆了。他的脸色陡变，一双眼睛睁得像铜铃似的。他似乎不敢相信自己的听觉。因为据他所知，这种神秘药物的名称到目前为止，世界上只有两个人知道，一个是孟凡凯教授，另一个就是他自己。

他目不转睛地打量着靠在床头上的女子，仿佛第一次见到她似的，同时缓步向她走去。的确，这是梅生第一次端详这个陌生的女子。虽然整整一个星期，他食不甘味，寝不安枕，守候在她的卧榻之旁，但是在这些紧张的日日夜夜，说句不好听的话，这个女子仅仅是他的实验材料，他来不及，也没有想到注意她的面容。现在不同了，完全不同了。他要好好地看一看，把她的脸庞深深地映在他的脑子里。的确，这个女子长得很美。她身材苗条，温柔可爱；长睫毛下的大眼睛像一泓碧蓝的深潭，蕴含着脉脉温情；线条柔美的鼻梁下端，一张大小合适的玫瑰色嘴唇紧紧闭合，似乎不愿向人透露她的秘密；苍白得像大理石一样的脸颊上有一对含笑的酒窝，使她的一颦一笑格外妩媚动人……

梅生痴痴地注视着。他注视得越久，心里越加疑惑，这个女子长得多像他的老师孟凡凯，鼻子、嘴巴，甚至连她说话的声调都那么像。

难道她……

他只顾这样凝神注视，而且离她这样近。那个女子害臊起来，感到如芒在背。她极力避开梅生灼热的目光，灵机一动，对他说："我渴极了，给我一杯水吧。"

梅生如梦初醒，连忙转身去取玻璃杯。然而他仍然回头向她瞥了一眼，问道："你是怎么知道的？"

女子的神色顿时一变。她的嘴唇抽动，不可抑制的泪水突然像涌泉一样夺眶而出。"我怎么不知道呢？"她伤心地说，"我的爸爸就是第一个发现生命复原素的人……"她再也说不下去了，俯身在枕上悲伤地大哭起来。

玻璃杯从梅生的手中"砰"的一声掉在地上，砸得粉碎。梅生的全身像电击似的一阵战栗，他无法想象生活中还会出现这样的巧遇。他感到揪心的痛，但同时也感到难言的喜悦。他不知自己是怎样跑到那个女子的身边，又是怎样毫无顾忌地把她的一双手紧紧握在自己温暖的手掌中的。他含着泪，用颤抖的手抚摸那个啜泣的女子的肩头，喃喃地说："你是孟薇？真的？这不是做梦吧？"

她的确就是孟薇，孟凡凯教授的独生女儿。她把头紧靠在梅生那双紧

攥的拳头上。郁结在她心中的万般苦楚，终于像冲出火山颈的岩浆，可以向面前这个可以信赖的人、她父亲最钟爱的学生倾吐了。她悲喜交加，像见到离散多年的兄长一样，把满腹话语凝聚成一句最简单不过的心声："梅生哥哥……"

三

　　四年前，一个寒冷、漆黑的晚上……

　　风刮得很猛，高压线在寒风中不停地呜咽。向海滨蜿蜒伸展的一条松林大道寂无人影，显得格外荒凉。这一带原是T城风景最美的地方，离马路一侧的人行道不远处，一幢幢别墅式的造型典雅的小楼，掩映在一片小松林里，这是东南海洋大学教授们的住宅区。此时黑暗吞噬了一切，点缀在道旁和庭院中的森森树影仿佛隐藏着可怕的危险。当暮色浓重，狂风大作的时候，那些蜷缩在黑暗中的小楼窗户里先后映出了暗淡的灯光，可是临街的一幢小楼，有扇玻璃窗敞开着，里面却漆黑一团，使人疑心那是无人居住的空房。

　　不过倘若留心观察，在背景模糊的窗口下面却伫立着一个大约十六七岁的女孩子。她像一尊石像一样木然地凝望着漆黑的夜空，似乎不知道什么是冷，对拂面吹来的寒风丝毫没有感觉。她的头发散乱，目光呆滞，神色悲哀，一行泪珠默默地在脸颊流动，那般悲痛欲绝的模样，简直叫人目不忍睹。谁也不知道她在黑暗中究竟呆立了多久，但是当马路两旁的街灯一下子明亮时，她像是猛然惊醒，伸手关上窗户，转身向房间另一边缓缓移步。

她拧开了电灯，在这一刹那间，她的面容暴露无遗了。

她就是梅生在月光岛上救活的那个女孩子——孟薇。不过比起在月光岛上的模样，她这时要显得年轻得多，脸颊也丰腴饱满些，不脱少女特有的天真和稚气。但是她的神色委实太悲哀了，意想不到的飞来横祸，像夏天的冰雹，把这株柔弱的嫩草摧残得奄奄一息。

事情发生在几个小时以前。

那时，这个小家庭还笼罩着欢乐的气氛。优雅、轻快的钢琴声，带着令人陶醉的旋律飞出窗口，飞到马路两侧的街心花坛，一直钻进过路人的耳朵里。这是孟薇在用音乐的词汇编织她心中的欢乐。第一件最称她心、最高兴不过的事情，是她上大学的事终于有了着落。昨天晚上班主任老师家访时，悄悄地告诉孟薇的妈妈，今年的高等学校考试，孟薇名列前茅，取得了全校最优秀的成绩，学校打算推荐她上全国第一流的大学。为这，母女俩兴奋得一夜未眠。

次日清晨，喜事接踵而至。邮递员带来了母女俩盼望已久的消息：出国访问的孟凡凯教授从遥远的巴黎拍来一封电报。

"妈妈，妈妈，爸爸今天要回来啦！"孟薇兴奋得满面通红，一阵风似的扑在孟母的怀里，像撒欢的小猫高兴得直打滚儿。

"都快进大学了，还像个三岁的娃娃，一点不成样子！"孟母被女儿搂住脖子，喘不过气来。她轻轻地推开孟薇，嗔怪地说。

"妈——"未来的大学生撒娇地捂住妈妈的嘴，不让她再说下去，"难道你不想爸爸，爸爸离家都快三个月了，嗯？"孟薇调皮地反驳道，一双水灵灵的大眼睛闪烁出少女的天真。

"死丫头，越说越不像话了！"孟母佯怒地举起手，做了一个吓唬女儿的动作。孟薇却咯咯地笑着，从妈妈的怀里挣脱了。

这是个幸福美满的家庭。三个月前，孟教授前往欧洲参加一个国际海洋生物化学的学术会议，并进行学术考察。他即将归来的消息给全家带来了无法形容的欢乐。孟薇首先想到要把考上大学的喜讯，在爸爸跨进家门时，第一时间告诉他。她用自己丰富的想象力揣测爸爸听到这个消息时的表情，忍不住开心地笑了起来。孟母的心里也有种说不出来的高兴。这不仅是因为丈夫远道归来，心爱的独生女儿考上了大学，在她的心头还隐藏着一个莫大的秘密，连女儿也被瞒着。这一天，在她的心里，是被永远铭记的，因为30年前她和孟凡凯正是在这天喜结姻缘，在海滨的一个乡村小学的教室里举行了婚礼。那时她刚刚20岁，在小学当国文教员。她无论如何也不会忘记，在穿上新嫁娘的花旗袍还不满一个月，便与丈夫挥泪而别。孟凡凯搭上一艘开往巴黎的法国邮船，到欧洲去寻找科学的真理了。他先在巴黎求学，继而在布鲁塞尔、哥本哈根和伦敦的大学任教。一直到祖国新生的消息传到大洋彼岸，他才冲破重重的封锁，辗转回到祖国，和离别了10年之久的亲人团聚。而她，始终在偏僻的乡村苦苦等候着丈夫的归来。她是典型的东方女性，温柔善良，而且意志坚定。在孟凡凯留学国外的漫长岁月里，她节衣缩食，从自己不多的薪金里留下极少的生活费，其余全部用来赡养孟凡凯80岁高龄的老母亲，使丈夫能够安心求学，为他免去后顾之忧。孟教授每每想起自己贤惠的妻子，总是无限感慨地说，如果没有她的牺牲，他是不可能出国深造的，更谈不上在科学上取得成就。这话说得并不过分。这一对结发夫妻相敬如宾，感情深厚，在朋友中被传为佳话。

也许是想到今天是他们结婚30周年的纪念日，孟母从清早起就手脚不停地忙碌开了。她才50岁出头，但严重的心脏病已经让这个刚毅的老教师提前退休。可是这天，她像是变年轻了，天气变化带来的不适似乎也减轻了，她一连跑了好几趟菜市场和食品商店。为了准备这顿不寻常的晚餐，她从上午忙到下午。当她看到铺着雪白台布的餐桌上摆满了丈夫平日最爱吃的菜肴时，她的脸上才露出了满意的笑容。

快近黄昏的时候，天气骤然变冷了。气象台预告的西伯利亚寒流突然降临这个依山傍海的城市。风在屋顶上怒吼，门窗刮得哐当直响。孟薇和母亲不免暗暗担心，她们的心情像窗外阴沉的天色一样变得暗淡下来。

她们坐在卧室里小声议论着，唯恐天气会耽误孟凡凯的归期。这时，一阵急促的敲门声打断了母女的谈话。她们的第一个反应是兴奋地站了起来。

"是爸爸。"孟薇不假思索地嚷了起来。她的脸颊由于极度兴奋泛起一团红晕，这让她的容貌更加妩媚可爱了。但是待她兴冲冲地前去开门时，她的手臂被母亲一把拽住。

她俩迅速交换了一下眼色，孟母急忙用疑惑的目光示意孟薇："等一等！"孟薇起先对母亲的这番举动感到纳闷，但是，不到几秒钟，她也警觉起来，脑子里打了一个大大的问号。

"砰！砰！"的敲击声变得更加急促，更加暴躁起来。孟母衰弱的心脏像是被重锤敲打了一样突然感到分外不适。她用手捂住胸部，勉强扶着女儿的手臂，向客厅走去。

"谁呀？"她大声问道。

不料回答她的却是刺耳粗暴的声音："快开门！"接着雨点般的拳头落在门板上，发出令人惊恐的响声。

孟薇和母亲愕然了。她俩默默地对视了一眼。孟母见女儿脸色煞白，

惊慌失措，赶忙把孟薇搂得更紧一些，似乎这样可以安全一些。

"别害怕，妈妈去看看。"她轻声安慰女儿。不过孟薇发觉她在说话时，嘴唇不住地颤抖着。

孟母稍稍镇定了一会儿，便穿过卧室外一间面积不大的小客厅，伸手拉开了门后的弹簧锁。

在这一瞬间，两个身穿蓝色制服的人气势汹汹地闯了进来，卷进了一股冷风。来人面目陌生，满脸愠怒，显然是对迟迟不开门极为不满。他们没有马上开口，而是用冷冰冰的目光在母女俩的脸上打量着，脸上露出一副不可一世的傲慢神气。

"你们二位找谁？"孟母并没有被他们咄咄逼人的目光吓唬住，反而提高了嗓门挑战似的问道。

"我们？这个你管不着！"其中一个瘦瘦的高个子轻蔑地冷笑着，从鼻子里哼了一句。

"这是孟凡凯的家吗？"另一个有些发胖的、身材矮矮的人态度比较缓和，面对孟母明知故问道。

"是的，请问有什么事情？"

但是，这两个行动诡秘的人并不急于回答孟母提出的问题。他们对视一眼，旁若无人地跨进客厅，把孟母和孟薇丢在后面。

瘦高个子背着手在房内来回踱步，一双鹰一般的眼睛四下窥视。矮胖子慢条斯理地走到客厅中央的圆桌前，俯身朝摆满了一桌子的菜肴瞧了一眼，会意地浮出一丝冷笑。接着他大模大样地坐在靠墙的沙发上，从黑色公文包里取出一张不大的纸片，示威性地放在沙发前面的玻璃茶几上。

孟薇母女一直目不转睛地注意来人的动静。她们无法揣测来者的意图，然而从来人盛气凌人的举止、说话的腔调，以及那种像蛇一般冷冷的

目光里，她们隐隐地感到不安。孟薇还是头一次经历这样的场面，在她的生活里，只有在小说和电影中，才见过类似的描写和镜头。可是她做梦也不会想到，这种可怕的场面会发生在她的家里，她自己的面前。她的目光随着那个坐在沙发上的矮胖子的动作，一下子停留在茶几上的那张纸片上。她距离茶几只有一步，纸片上的字迹可以看得一清二楚。当目光在纸片上停留了几秒钟后，孟薇突然倒抽了口气，双手紧紧捂住喉部，惊吓得说不出话来。

她看得十分清楚，茶几上的纸片是一张《搜查证》，上面用毛笔写了"孟凡凯"几个字，还盖了一个猩红的印章。

屋子里的空气像凝固了似的。孟薇压抑得喘不过气来了。

矮胖子故意用肥胖的短指头把《搜查证》往前推了推，拖长声调说明了他们的来意。"孟凡凯里通外国，罪证确凿，已经逮捕法办。现在我们——"他看了一眼他的伙伴，加重语气说道，"我们是奉命前来搜查的，请你们二位予以协助。"

矮胖子的话音未落，孟薇按捺不住地嚷了起来："你们血口喷人，完全是一派胡言，我爸爸根本不会做出这样的事情……"

她哽咽着，泪水模糊了眼睛，但是她不愿意在这些陌生人面前落泪，迅速转过脸抹去泪痕。

"姑娘，说话要考虑后果，法律对任何人都是铁面无私的！"矮胖子皱着眉头，阴沉着脸教训道。

"少说废话！"站在墙角的瘦高个子不耐烦地冲着孟薇嚷道，"老实告诉你们，孟凡凯一下飞机，就被我们逮捕了。你们要是不老实，那是自讨苦吃……"他向坐在沙发上的同伴递了个眼色，矮胖子会意地站了起来。

"你们想要干什么？"孟薇见状厉声问道，上前挡住那个矮胖子。

就在这时，瘦高个子气冲冲地抓住孟薇的胳膊，狠狠地把她推开。

整个过程进行的时间不到几分钟，这期间孟母愣在一旁，始终没有吭声。她不是没有话可说，更不是默认别人对她丈夫的指控和诬蔑。她的嘴唇翕张，仿佛有千言万语要倾诉；一双手在不停地颤抖，似乎是想找出一个最有说服力的证据，为她的亲人洗刷不白之冤。但是，她那衰弱的心脏像是突然窒息了，不能支撑她去说话，也不能支撑她去做任何一件事情。她的眼前一阵发黑，一切声音和视像顿时消失得无影无踪，她觉得自己像是踩在松软的棉花上，两条沉重的腿轻飘飘地悬空起来……失去了知觉。

过了一会儿，孟薇刚缓过来，便听见身后"哎哟"一声，猛地回头，只见母亲脸色铁青，牙关咬得紧紧的，身体摇晃得像一株被狂风拔起的枯木，缓缓地向后倾倒。她悲痛地大叫："妈妈，妈妈，你是怎么啦？"

大约过了一个小时，或许更长一些。大门"砰"的一声关上了，翻箱倒柜的声响从客厅和楼上孟教授的书房里消失了。搜查的人走了。他们到底找到了什么罪证，没有人知道。屋子里静得出奇，显出从未有过的空旷和冷寂。

孟薇突然感到一种莫名的恐惧攫住了她的心。母亲人事不知地躺在床上，脸色像大理石一样苍白。她紧握着母亲那双柔软的手，母亲的手上沁出一层薄薄的冷汗，脉搏忽慢忽快，很快变得像游丝一般细微了。她心急如焚地等待医生的到来，可是她给急救站打了三次电话，不知什么原因，急救车却一直没有影子……

她轻轻松开母亲的手，试图再催促一下急救站，这时，她母亲的身体微微蠕动了一下，一双紧闭的眼睛慢慢睁开了。

"妈妈——"孟薇全身战栗着，悲喜交集地扑在母亲怀里。

孟母强打着精神，半坐半卧地倚在垫得高高的枕头上，爱怜地看着女儿，轻轻地用手揩去女儿脸颊的泪珠，但是，她自己的脸上却扑簌簌地落下泪来。

"薇儿，你爸爸肯定是遭到了天大的冤枉。想起来实在太可怕，你爸爸一生老老实实、勤勤恳恳，怎么会落到如此下场？这样可怕的罪名加在他的头上，他怎么受得了啊……"说到这里，孟母心中一阵酸楚，她的胸口像被什么堵住似的，满脸憋得通红。她大口大口地喘着气，额角沁出的冷汗把灰白的鬓发也浸湿了。

"这是根本不可能的，没有人比我更能了解你爸爸了。我记得很清楚，他在国外的时候，许多著名的大学邀请他当教授，答应给他提供最优厚的待遇及高额的薪金，也可以把家属带去，唯一的条件是改变国籍，但是，被你爸爸严词拒绝了。他给我来信讲，他痛恨那些贪图物质享受、忘记祖国的人。他说，他的知识和才能不是属于个人的，他要无保留地贡献给祖国……"孟母用尽全身气力说着，她仿佛预感到有些话如果不及时告诉女儿也许再也没有机会讲了。

"你爸爸当年回国并不是轻而易举的。因为他的研究引起了国外的注意，所以他们千方百计地阻止他回国。后来你爸爸瞒过了他们，在几个好朋友的帮助下冒着生命危险，偷偷地钻进一只货轮的底舱，装成一个船员，才逃出了他们布下的天罗地网。这些经历他并没有到处张扬，现在却有人诬告他里通外国，这又是从何说起……"

孟母说到这儿，呼吸突然变得急促起来。她闭上眼睛，眼角迸出一颗晶莹的泪珠。

孟薇见状大惊失色，使劲地摇晃母亲，大声地哭喊道："妈妈！妈妈！"

过了片刻，孟母从女儿的哭喊声中惊醒过来。她的嘴唇嗫嚅着，脸颊的肌肉不停地抽搐。她像是在残酷的死神魔掌里挣扎，依依不舍地攥住女儿的手，用她生命的最后一星火花说出了她临终前最后几句话。

"薇儿……我的孩子……妈妈顾不上你了……可怜你……你一个人……孤苦伶仃……往后你一个人……怎么办……怎么办……"

她的话没有说完，生命的火花便在那失了光泽的眼珠里跳动了一下，突然熄灭了。但她的一双忧伤而悲哀的眼睛始终没有合上，仍旧木然地凝视着卧室的天花板——她并不愿意现在就死。她怎么舍得把年幼的女儿抛在这个可怕的人间，但是又有什么办法，谁又能违抗死神的命令，她的手不得不松开了……

"妈妈，你……你把我一个人留在这儿，我一个人怎么生活？我不能没有你，你怎么这样狠心把我扔在这里……你快睁开眼睛看一眼你可怜的女儿，快一点睁开你的眼睛……"孟薇扑在妈妈的身上号啕大哭，但是妈妈的手冰凉冰凉的——她已经永远安息了。

孟薇的哭声被窗外咆哮的风声淹没了，没有人听见，也没有人能够分担她的悲痛。她声嘶力竭地伏在母亲的尸体上恸哭，抱着母亲的头颅千百次地吻着，贴着母亲没有知觉的耳朵拼命地叫喊。她以为这一切都不过是一个可怕的噩梦，也许一眨眼工夫，黑夜就会过去，幻境也会消失，母亲又会笑吟吟地出现在她的面前，笑声、歌声又重新充溢着这间熟悉的楼房……

然而，她的头脑终于从纷乱中清醒过来，严酷的现实逼迫这个只有十五六岁的少女睁开眼睛，停止无谓的哭泣，正视眼前的困境。她像突然长大了很多，开始思考过去从未动脑想过的许多问题。她久久地伫立在窗前，任凭凛冽的寒风拂面，她觉得这样反而好受得多。她第一次感到周围的世界是这样陌生，刚刚发生的事情像多年的往事已经非常遥远。她从悲哀和绝望中抬起头来，饱含泪水的眼眶里迸射出成熟、严峻的目光。她想从现在起，她就要和可爱的少年时代诀别了，永远地诀别了。她不能指望任何人的帮助，在她面前，是刀山，是火海，全要她单枪匹马地闯过去……

几天之后，孟薇把母亲的骨灰埋葬在郊外的公墓。这天，天色阴沉得可怕，蒙蒙细雨下个不停，就像她的泪水永远流不干似的。阴风惨惨的墓地，只有一块块东倒西歪的墓碑，看不见一个人影。她跪在埋葬母亲遗骨的泥水里，哭得死去活来，几乎昏厥过去。

"孟薇，不要太难过了……"一个熟悉的声音从背后传来，接着一把雨伞把她头上的雨遮住了。

孟薇吃惊地回过头，站在身后的原来是她的班主任老师。她一下扑到班主任的怀里，像见到了世界上最亲近的人。她哭得更伤心了。

"我全都知道了，孩子！"神情悲哀的女教师像母亲似的把孟薇搂在怀里，温柔地抚摸她沾满雨水的头发，"你要坚强些，孟薇，人死了是哭不活的，现在最要紧的是考虑自己今后的出路——"

孟薇眼泪汪汪地望着慈母般的班主任。

出路，孟薇是思考过的，而且一直是这几天萦回脑际的问题。

她一连几次到海洋大学打听爸爸的消息，可是除了一张张冷冰冰的面孔，没有人能告诉她确切的消息，甚至连他关押在何方也无从打听。家，她从小在那里长大的温暖的家早已不复存在。

那幢舒适的小楼已经贴上了封条，留给她的只有楼梯底下一间不到四平方米的黑洞洞的储藏间，里面勉强容得下一张单人床……

不过，在这人生的十字街头，这颗饱尝人间辛酸的年轻的心，还没有

对生活完全绝望。眼前还有一线光明，促使她能够抑制内心的悲痛，决定要坚强地活下去。

"老师，不瞒你说，像我目前的处境，唯一的出路只能寄托在上大学。我反复考虑过，反正再过几天大学就要开学，不管分配到什么地方，我只要有个落脚的地方就行，至于将来，我现在还考虑不到那么远，过一天算一天……"孟薇止住了啜泣，鼓起勇气向班主任谈起她今后的打算。她清楚地记得几天前，对，就是妈妈去世的头天晚上，她是从班主任嘴里知道自己考上了大学的。

班主任转过脸去，默不作声，脸上露出极为仓皇的神色。她挽着孟薇的胳膊，心事重重地走出公墓。在她们即将分手时，这位心地善良的女教师终于开口问道："孟薇，你在本市还有什么亲戚吗？"

孟薇疑惑不解地瞅了瞅忧心忡忡的班主任，机械地摇了摇头。

"外地呢？"

"没有，一个也没有。我原来有个姨妈，前年也去世了，是得癌症死的。"孟薇答道。

班主任叹了口气："我马上要离开这里了。"她悲哀地告诉孟薇，"这个学校我也待不下去了，在许多问题上我跟他们的看法有分歧，他们看我不顺眼，我也看不惯他们那一套。算了，不说这些了。到哪儿都一样，只是我担心你……"班主任说到这里，喉咙哽咽，眼圈也红了，似乎有难言的苦衷。

"老师——"孟薇心里一阵发热。她激动地握着班主任的手，眼泪扑簌簌地掉了下来。

"我很快就要走了，到很远很远的地方去，以后我们很难有机会见面了。"班主任爱抚地用手梳理着孟薇鬓角的一缕柔发，深情地说，"孟

薇，你是个聪明懂事的孩子，在这个时候，廉价的安慰是多余的，不过我还是有几句话要和你讲。"她强抑住内心的悲痛，委婉地提醒她的学生："生活的道路是坎坷不平的，尤其是对你来说，今后可能还会遇到许多不顺心的事情，我希望你坚强起来，任何时候都不要灰心失望，不要丧失活下去的勇气。记住，好孩子，你一定要记住我的话……"

她再也无法讲下去了。孟薇依恋地目送着班主任老师，直到老师的背影在她的视线里消失。她分明看见，班主任扭头离开时，抑制不住地掏出手帕掩面哭泣。班主任的心里似乎有难以诉说的苦衷，但究竟是什么呢？她始终猜不透。

生活很快把答案告诉了这个天真幼稚的女孩子。不久，高等学校的录取通知书都寄给了那些幸福的同学们，唯独孟薇似乎被人们遗忘了。她哪里知道，她的名字已经被那饱蘸浓墨的黑笔从新生名册里轻轻地抹掉了，不知是谁还在旁边加了一段小注：

> 该生各门功课成绩优秀，因其父在押，据调查为里通外国的"危险分子"，经上级指示，撤销该生大学录取资格。但口头上不得将上述情况通知本人。

这份权威性的结论连同孟薇的试卷，据说完好地保存在她本人的档案袋里，只是若干年后由于某种原因被烧毁了，人们无法核查。

几个月后，当T城和外省的许多大学开始办理一年一度的新生入学时，孟薇的邻居发现这个女孩子失踪了。孟凡凯所在的东南海洋大学财务处也发现她很久没有来领取生活费。这个消息曾经引起一场骚动，不过过了一段时间，人们寻找她的热情逐渐冷淡下来。整件事对于其他人来说就像一

块投进池塘的石子，溅起一片涟漪，不久又恢复了平静。

没有人知道她的行踪，也没有人去留心打听她的消息，她像一粒尘埃一样从地球上消失了，也从人们的记忆里消失了。

大约过了几年，在一个落日黄昏的码头上，有个衣衫褴褛的女孩子畏畏缩缩地走到售票窗口，买了一张渡轮的船票。她在一只磨损得很厉害的破书包内掏了很久，找出了刚好够买一张船票的几枚硬币——那大概是她仅有的全部财产了。她在穿过很长的摇摇晃晃的跳板时，随手把那只旧书包扔进了跳板下面的大海里，不过当时乘船的人并不多，没有人注意她这个有点反常的动作。

渡轮是定时往返T城和一水之隔的一个渔港的，中间要经过一道水流湍急的宽阔海湾。当小渡轮载着百十个旅客突突地破浪前进时，谁也没有留心那个女孩子的举止。她起初在底层的舱房徘徊了一会儿，接着又爬上舷梯来到上面一层客舱。有人仿佛见到她倚着船舷向渐渐远去的T城凝望了很久，直到那一片沿着海岸延伸的树木和楼房消失在浓厚的暮霭中，她才恋恋不舍地离开……

不一会儿，渡轮靠岸，旅客们纷纷蜂拥而出，但是那个女孩子始终没有露面。只是第二天黎明，小渡轮上的清洁工打扫舱房时，在船尾的甲板上发现了一只沾满泥浆的女式旧布鞋。那个清洁工看了一会儿，便弯下腰，厌恶地用手拾起鞋，顺手扔进了大海。

"呸！"他掸了掸手。

布鞋在海面泛起一个很小的水圈，然后就消失了。

四

时间，在充满欢快的笑声中，如飞瀑、流泉般地逝去了……

一轮洁白无瑕的明月，在絮状的云间穿行。轻柔的海风徐徐吹来，轻轻拂动孟薇的裙子和披在脖子上的纱巾。她双手抱膝，一动不动，安静地坐在月光岩上，融融的银辉笼罩着她那苗条婀娜的身躯，仿佛是一尊古希腊名家雕塑的大理石像，面对着夜色宁静的大海出神。

在她脚下，动荡不安的浪涛跳跃出千朵万朵雪白的浪花，节奏分明的波浪像歌声，像一曲绵长的旋律轻轻拨动她的心弦。她神思恍惚，在静谧的海空中神游、消失，以至不复存在。但是她的灵魂却在战栗，一阵轻微的、痛苦的战栗，伴随着一股深沉的哀愁。

她很久没有这样的感觉了。三年漫长的岁月，她在月光岛上可以说过得十分愉快、幸福、无忧无虑。虽然她时常感到困惑，以为自己做了一场梦，但这毕竟是刹那间的感觉。梅生像兄长似的对她无微不至地照料、海狼老爹和渔民们的真诚相待，使她心灵的创伤渐渐愈合了。她也像许多对生活并不奢望、易于满足的人一样，对过去不幸的遭遇开始释怀了。她深沉地爱上了月光岛，爱上了岛上的新生活。

每当落日黄昏，她常常陪伴梅生攀上月光岩，用灯光驱散黑暗和死亡；实验室里，她协助梅生进行征服死亡的实验，整理论文，复核实验数据，在这方面他们配合默契，使实验的速度大大加快了。当然，作为一个

女性，孟薇的出现使梅生的生活发生了根本改观，她把自己细腻、深沉的感情倾注在料理日常家务的琐事中……

他和她，内心深处都在培植爱情，但谁也没有表露出来。他们默默地期待着，不声不响地期待爱情种子的萌发。他们只盼望这样恬静、和谐的生活永远继续下去，谁也不离开谁，永远在一个桌上吃饭，一同攀登月光岩，一起肩并肩地眺望大海中壮丽辉煌的落日……谁也别想来打扰他们。

他们想得多么天真啊！

这天，海狼老爹出海归来，给梅生捎来一封信。他看着，看着，眉头皱了起来。

"谁来的信？"孟薇双手泡在洗衣盆里，问道。

梅生把信递给她，忧心忡忡地说："局里决定取消月光岛的灯塔设置，因为这条航线来往船只不多，没有必要设专人看守灯塔……"

孟薇轻轻地"啊"了一声，用围裙擦擦手，接过来信，浏览了一遍。

他们的心突然沉重起来。

按说，局里的来信合乎情理，在某种程度上是令人高兴的。

信中除了通知梅生做好移交工作的准备，还对他今后的工作做了妥善的安排，也许是为了纠正多年对梅生才能使用的不当，航运局为他争取了一个难得的机会，允许他参加出国留学生考试，而且告诉他，出国考试一个星期后在T城的东南海洋大学举行，他必须提前报到，办理各种手续。

事情来得太突然了，梅生一时没有了主意。"我不去了，让他们另外给我找个别的工作，大学、科研单位都行……"他靠着墙，双臂抱在胸前，嘟哝着说。

"你说了些什么呀？"孟薇把洗好的衣服晾在屋外的绳子上，用责备的眼光回头瞥了他一眼。

"我……"梅生低头不语了，他的脚在地板上毫无目的地踢着。

"多难得的机会，争取都争取不到，怎么可以放弃呢？"孟薇说道。

"可是你——"梅生抬起眼睛瞅了一眼站在门旁的心爱的姑娘，心情矛盾极了。

"你不用为我担心。"孟薇释然一笑，宽慰他说，"海狼老爹前些日子说，他们渔村想办个夜校，给渔民上课，学习文化，问我乐意不乐意当教员。你如果能考上，我就搬到渔村那边去，我想这个工作我总是可以胜任的。"她故意说得很轻松，但是梅生看得出来，她内心的痛苦并不亚于自己。

"不，我不能把你一个人孤零零地扔在月光岛上。要走，我们一起走！"梅生突然涨红着脸，鼓起勇气把憋在心里多年的话说了出来，"我早就考虑过了，我们回家乡去，家乡熟人和朋友多，找工作并不困难。那里山清水秀，风景优美，我们每天骑着自行车一块儿上班，回到家一块儿进行我们的实验……"他沉浸在自己构造的幻想中，眸子里闪动着幸福的光芒。

孟薇闭上眼睛，脸上泛起少女的红晕。她的心"怦怦"直跳，一种从未有过的幸福感像电流一般迅速传遍她的全身。也许这就是爱情的魅力吧，她不知道。她希望梅生张开双臂，把她搂在怀里，这时候哪怕是死在他的拥抱里，她也是心甘情愿的。

梅生仍在滔滔不绝地描绘他对未来的憧憬，不曾理会姑娘的心情。他见孟薇没有吱声，不由得问："你说呢，孟薇？"

孟薇羞涩地瞥他一眼，脸红得更厉害了。

"不，无论如何不能这样想。"沉吟片刻，孟薇若有所思地说道，"我完全理解你的心思，你这样考虑都是为了我。"

　　她低着头，手挠着辫梢，深情地说："不过这是我无论如何也不能接受的，你不能为我做出这样大的牺牲。你的事业才刚开始，路还长着哩。你的研究成果是属于全人类的，拯救千千万万不幸夭折的人是你的神圣职责。你怎么能够不想想这些，只是为了儿女情长而贻误自己的远大前程呢……"

　　孟薇说到这里，又怕梅生误解了她的意思，便亲昵地靠在他的肩头，低声耳语道："梅生哥，你放心走吧，我等你，等你一辈子。"

　　梅生的眼睛湿润了，他无法反驳孟薇句句在理的话，他感激地把孟薇搂在怀里，第一次吻了她。

　　"薇，你太好了。"他喃喃地说。

　　离别的日子终于来了。临走这天，海狼老爹一大早就领着他的老伴来了。远远的他就高声喊道："孟薇，我给你找了个伴儿，你就不会闷得发慌了。"

　　海狼老爹的老伴50岁出头，硬朗的身子骨，乌黑的发髻，看上去像是40来岁的样子。她一见孟薇便亲昵地拉着她纤巧的小手，一面上下打量，一面对海狼老爹说："哎哟，这闺女长得多俊啊，比电视里的美人还漂亮哩！"

　　孟薇羞得满脸绯红，忙用别的话岔开了。这时，梅生听见屋外的热闹声，从房内迎了出来。

　　"我们要是有这么个闺女该多好……"海狼老爹的老伴仍然絮絮叨叨地说。

　　"亏你想得出来！"海狼老爹啐了老伴一口。

　　孟薇把海狼老爹夫妻俩的对话全都听到耳朵里了。她心里一动，想起一个念头，便对海狼老爹的老伴说："要是老妈妈看得起我，就收下我这

个干女儿吧。"

话音未落，海狼老爹的老伴喜出望外地拍着膝盖，冲着海狼老爹用拳头在他背上报复了几下。"怎么样，死老头子？"她兴高采烈地说。

海狼老爹捋着胡须，哈哈大笑起来："瞧你美的，还有个干女婿哩！"说罢，他拉着梅生的手，似乎是问："对吧，噢？"

孟薇被老人说得不好意思起来，扭头跑进了房间。梅生心花怒放地望着孟薇的背影，当着海狼老爹夫妻俩的面，宣布了他俩的决定：他考试回来就和孟薇在月光岛上举行婚礼，他们郑重地请海狼老爹作为长辈主持婚礼，还邀请全岛的渔夫和他们的家人来欢度这个喜庆的良辰。

"好，好极了！"海狼老爹满脸堆笑，额上沟壑似的皱纹完全舒展开了。

虽然离别的时间是短暂的，至多半个月梅生应该就能回来，但接踵而至的分离将是旷日持久的，也许三年、五年，甚至更长。

想到这些，孟薇的心像针戳似的一阵阵紧缩、疼痛。她有点悲观地预感，她担心自己脆弱的神经受不住这样漫长的煎熬，她甚至怀疑自己虚弱的身体能否坚持这样茫茫无期的等待……

梅生提着一只皮箱踏上渔轮的甲板。海狼老爹拉响了沉闷的汽笛。孟薇的心像是被呜咽的笛声撕碎了，她拼命地咬着嘴唇，抑制住内心的悲痛，但是当渔轮加大马力，在船尾掀起旋转翻腾的浪花时，她突然产生了一种莫名其妙的孤独感，那泪汪汪的眼睛望着船上的梅生，仿佛渔轮狠心地把她的心上人抢走似的，忍不住掩面痛哭起来。

梅生的心也碎了。他第一次领悟到生离死别的痛苦。他扶着船舷的铁栏杆，隐隐听见孟薇的啜泣声。他后悔自己不该轻率地离开月光岛，更不该离开心爱的姑娘。他泪水盈眶，一面不住挥手，一面高声喊道：

"薇——我很快就会回来的……"

孟薇哭得更伤心了。

从此，她仿佛丢了魂似的，每天傍晚都独自跑到月光岩上，痴痴地坐在悬崖边上，默默凝视大海；有时候背靠着孤零零的灯塔，望着月亮和星星出神。她等待着，焦急地等待着，望穿了双眼……

渔轮当天下午3点多钟停靠在T城码头。梅生和渔夫们一起在码头附近的一家饭馆里用了一顿便餐。他们约定，十天以后，梅生仍在这儿和他们碰头，搭船返回月光岛。如果有事，可以委托海狼老爹在化工仓库工作的表弟代为传递信函。海狼老爹随即把表弟的地址告诉了梅生。

时间不早了，梅生急忙叫了一辆出租汽车，从海狼老爹的手里接过皮箱，和船上的渔夫一个个握手告别。海狼老爹意味深长地嘱咐道："别忘了，快点回来！"

"噢，我们还等着吃喜酒哩！"不知是谁补充了一句，接着大伙儿嘻嘻哈哈地笑了起来。

梅生却没有心思和他们开玩笑。他的耳畔一直萦回着孟薇"嘤嘤"的啜泣声，这声音使他肝肠欲断。他朦胧地感到自己也许犯了一个不可饶恕的错误，从离开月光岛的那刻起，他就这样考虑。然而当他坐上出租汽车，直奔东南海洋大学时，他的思想又开始被即将到来的考试占据了。离月光岛愈远，他对出国留学的愿望愈强烈，现在任何人也无法扑灭他要独占鳌头的欲念了……

出国留学生办事处设在海洋大学主楼的三楼。梅生爬上旋转的楼梯，匆匆推开沉重的木门，时钟刚刚敲了五下，离下班只有一个小时了。

几个工作人员正在埋头收拾桌上乱七八糟的登记表格。一个卷发的满脸雀斑的中年妇女，没完没了地抱着话筒和看不见的对方谈论昨晚的一场什么

电影。梅生忐忑不安地把毕业证书和通知单递给那个女人,她不耐烦地白了梅生一眼,继续对着话筒又说又笑,足足过了五分钟,才把脸转过来。

"你怎么这么晚才来报到?"她瞥了一眼梅生的通知单和毕业文凭,颇为不满地质问。

"对不起,我离这儿很远,交通很不方便,是刚刚赶到的……"梅生连忙解释。

"再晚半个小时,就要取消你的资格了!"她扭动着肥胖的身躯怒气冲冲地说,接着又烦躁地把梅生的证件掷在桌上。

幸好她挑不出更多的毛病。待发作完毕,她拉开抽屉,扔给梅生一张登记表:"填吧,每一项都要填清楚,我们还要调查核实的!"她用肥胖的短指头敲着桌面,那种盛气凌人的口气,使人立刻想起警察训斥犯人。

梅生没有计较这些。他靠着办公桌的一角,掏出了钢笔。登记表列举的项目通常是可以想象的。它是铁面无私的严厉法官,使每个人在它面前无从隐瞒任何秘密、任何隐私。这上面的每一项都有极其丰富、寓意深长的潜台词。千万不要小看这张薄薄的、面目清秀的白纸,它是考核的依据、晋升的凭证、一个人的命运,甚至整个家族的枯荣盛衰何尝不操纵在它的手里。它像影子一样忠诚,时时刻刻伴随着你,无论你走到天涯海角,它总是形影不离……不过梅生丝毫没有这样的感受,他的经历和家族实在不能再简单了。他迅速越过许多对他来说是空白的栏目,唰唰地写着,当他的笔下出现家庭成员一栏时,他手中的笔不由得停住了。

他几乎不假思索,立即填上了"孟薇"这个亲切的名字。他把自己内心全部的爱熔铸在这个神圣的表格内,庄严地把他生活的秘密向社会第一次公开。他特别注明他们不久就要举行婚礼,仿佛他不是在填写登记表,而是向人们发送结婚请柬。接着他郑重地告诉这位公正无私的法官,他的岳父就

是在押的孟凡凯。他认为科学家的良心不容许他有丝毫的不诚实。他坦荡地写上了他们的关系，并且把从孟薇那儿听来的情况，简要地作了说明。

他像是完成了一篇学术论文，从头至尾浏览一遍，改正了几个字，自己觉得满意了，这才递给坐在对面、已经很不耐烦的那个女人。

"我们还要核实调查的！"她扫了一眼登记表，像是不放心地又一次提醒梅生。

"没有事了吧？"梅生准备走了。

"等一等！"那个女人发现什么似的，突然把梅生叫住，"你的通信地址为什么不填？"她指着登记表，气势汹汹地问道。

"我现在还没有找到住宿的地方……"

"那不行，这么多人，有事情上哪儿找你们？"

大概是这个胖女人的嗓门实在使人受不了，坐在另一张办公桌的一个年轻姑娘同情地转过身来，给梅生出了个主意。

"你填上你家的地址也可以嘛！"她说。

"对了，我在本市还有个临时通讯处。"梅生突然想起海狼老爹的表弟，便把这个地址填在登记表上，让他们有事从那儿转给他。

10天，像旋风似的飞快地过去了。眼看到了和海狼老爹约定的时间，但是梅生的归期却因故推迟了。

梅生提交的学术报告是关于生命复原素的论文，这项重大的科研成果在学术界引起前所未有的震动，也受到当地不少大人物的关注。一夜之间，这个名不见经传的大学生突然成为T城上空一颗灿烂的明星。许多大学和研究所纷纷邀请他做学术报告，电视台的记者把他包围住了。他还莫名其妙地接到当地要人的宴请，毫不例外，每一次他都听到人们在席间转弯抹角地向他打听："生命复原素能不能延长寿命？"他们用令人感动的献身精神向这位初露头角的年轻科学家表示，他们如何支持科学事业，为了发展科学，他们愿意用自己的宝贵身体，还有他们家人的宝贵身体无偿地供他试验……

几天后的一个傍晚，梅生如释重负地摆脱了新闻记者的追逐，独自溜出了旅馆。他决定让绷紧的神经松弛松弛。

灯火辉煌的大街，像一条繁忙的灯光河流。他随着拥挤的人流信步来到全城最繁华的闹市，在一个个摆满五光十色商品的橱窗前徜徉。蓦地，他的目光被橱窗里面一件件式样新颖的女式服装吸引住了。他的心头像触电似的一动。"该死！"他自言自语地咒骂着自己，向一家百货公司走去。

他这才想起他和孟薇的婚礼。十几天来他把这件事忘到脑后去了。他没有采办一件结婚用品，没给孟薇买一件结婚礼物，甚至连封短短的信也没有写。他懊悔至极，简直无法原谅自己。

他走进一家装饰着五颜六色霓虹灯的百货公司。这里商品多，顾客也多。梅生像一尾鱼在人流中游动。他在橱柜包围的空间转了一圈，最后停留在一排专售服装的柜台前时，已经被挤得满头大汗了。

他像长颈鹿似的伸长脖子在货架上搜索他的猎物。他的眼睛被各种颜色、质地和式样的女式服装弄得眼花缭乱，他的商品知识实在太贫乏。他左顾右盼，想找位售货员参谋参谋，给孟薇挑选几套合适的衣服。这时，离他不远的一个顾客和女售货员搭讪的对话，钻入他的耳膜。

"孟老，你买点什么？"这是女售货员的声音。

"啊，您还在这儿工作。"说话人的声音不大，咬字有些含混不清。这位被称作"孟老"的人自言自语地说："这儿都是女式服装，我要这些有什么用……"他说得很慢，话语中包含着无限的伤感。"这会儿女式服装花样真不少，可惜我的孩子……"说到这儿，他突然打住了。

那个女售货员一阵唏嘘。过了一会儿，听见她小声问对方："你女儿还没有消息吗？"

对方没有立即回答，沉吟片刻，喃喃地答道："这么久了，怕是没有什么指望了。"

"您甭着急。"女售货员正想要安慰他几句，几个顾客拥上来指这要那，她便忙着应付了。

女售货员和顾客的对话，在嘈杂喧闹的大厅内断断续续地传入梅生的耳际，他起初没有在意，甚至可以说没有引起他的任何反应。而且他的前后左右是进进出出的男人和女人，使他无法看清那个顾客的模样。可是当女售货员走到他的对面时，这一番对话仿佛重新回响在他的耳畔。他这时脑子一亮，像是把每句话都仔细加以推敲，揣测它的含意似的，这样一想，他的情绪突然变得亢奋起来。

"那个人是谁？他的女儿怎么啦？"他问女售货员。

女售货员一愣，疑惑地瞅着面前的这个顾客。她见梅生并无恶意，便叹了口气，说道："嘿，甭提了，他还是个有名的科学家哩！前几年不知道捅了什么娄子，关进了监狱，前几天才放出来。出来也是白搭，老伴早死了，一个独生女儿也失踪了……"

"他姓什么？"梅生的心脏差不多快要蹦出来了，急促地问道。

"姓孟呀！"售货员答道。

梅生这时再也顾不上细问了，他来不及和女售货员道谢，扭头向大门冲去。他发狂似的推开挤在前面的顾客，一面杀出一条狭窄的通道，一面高声喊道："等一等，孟教授，等一等！"

百货公司里的顾客不知道发生了什么事，惊讶地东张西望，面面相

觑。那个女售货员更是目瞪口呆，吓得一夜失眠，她还以为自己一言不慎，又给孟教授带来了麻烦哩。

事态的进展如同惊险小说一样离奇、巧合，令人难以置信。

这天晚上，孟教授屋内的灯光彻夜未息，不时传来阵阵爆发性的笑声。梅生和他的老师，不，应该说是他未来的岳父孟凡凯畅谈了整整一个通宵。他们彼此有多少话要相互倾诉啊！三包大前门抽完了，重沏了两遍茶，这次意外的重逢让他们俩兴奋到了极点。这一老一少像孩子一样，一会儿哭，一会儿笑。当孟凡凯教授听说梅生用生命复原素救活了自己的独生女儿，他老泪纵横，紧紧拥抱着未来的女婿，不知道用什么言语才能表达他的喜悦……

"老师，我一直疑惑不解，孟薇也时常挂记这件事，那些人凭什么给你安上里通外国的罪名？"梅生把这几年的研究进展向坐在对面的孟教授做了详细汇报后问道。

孟教授回答得也很巧妙。他把半截烟头捏灭，嘴角浮出一丝嘲弄的微笑，道出了一番石破天惊的妙语来。

"我研究了一辈子自然科学，自信多少还懂得一点科学研究的方法论，这就是详细地、大量地占有第一手资料和确凿无疑的实验数据，然后从中推导出令人信服的科学结论。我想，不仅是我，几乎每个从事科学研究的人毫无例外都要遵循这个原则。这是铁的原则。"他习惯地摸了一下满头的银发，深邃的目光一直射到梅生的心底，继续说道，"但是我发现我错了，这条原则在另一种场合是不合用的，至少在法律上，或者我们生活的某些角落，人们却遵循另外一条相反的原则。他们首先制造骇人听闻的结论，而且根据这个结论去行使他们至高无上的权力，当然他们也要为

自己的立论寻找大量的证据，不过他们是要让你自己的嘴去编造符合他们口味的材料，在你写的文章、书信、日记，甚至早已被你忘却的谈话中，他们像高明的考古学家，可以从中发掘各种印证这个结论的材料，于是这个结论就叫作铁证如山了……"

孟教授告诉梅生，他在巴黎参加国际海洋学术会议，那是七年前的事了。一次会议休息，孟教授沿着宽敞的回廊散步时，忽然瞥见离他不远的地方有个年轻的外国人正东张西望着，脸上露出惊慌不安的表情。孟教授好奇地迎上去，用英语和他对话，对方苦恼地摇摇头，嘴里"叽里呱啦"地说个不停，显然他不懂英语。孟教授便改用法语和他谈话，这个外国人仍然连连摆头，双手不停地比画，像是有什么非常紧急的事情。孟教授见对方焦虑不安的神情，心里暗暗着急。他四下张望附近有没有译员，但此刻代表们都纷纷离开，回廊一带只剩下他和这个穿着打扮都很奇怪的外国人。孟教授百般无奈，只得硬着头皮搜肠刮肚，把他懂得的五种语言轮番试了试，对方仍然像哑巴似的，一筹莫展。

正在这种极为尴尬的情况下，这个外国人忽然冒出几句世界语来。

孟教授年轻时自学过几年世界语，长久不用大半都忘光了。他听出这个外国人懂得世界语，便用笨拙的世界语和他谈了起来。原来闹了半天，这个其貌不扬的年轻人是阿拉伯某国的王子，他和几个保镖第一次到巴黎，大概是昨天晚上的宴会使他肚子不适，他此刻正为找不到厕所急得团团转……热心肠的孟教授听罢付之一笑，便领着这位王子穿过回廊到需要的地方去。他哪里想到他就这样把自己送进了监狱。

"那他们为什么又把你放出来了呢？"梅生问道。

"你最近大概没有看报纸吧？"孟教授苦笑地答道，"这位小王子前

不久陪同他的父王来我国访问。他对那天在巴黎闹的笑话大概印象太深，所以对我这个中国人还有点印象。他一下飞机就和接待他的外事部门指名要见他的中国好朋友。他当然不会想到因为他，我蹲了七年监狱，家破人亡……"

屋子里沉默下来。孟教授的目光停留在墙上的一张全家福，那是他们十年前国庆节的留念。他和他的夫人并肩坐着，在他们中间是满面笑容的孟薇。她笑得那样天真，那样开心，像一朵盛开的紫罗兰。

孟教授的眼睛湿润了……

尾声

海上起了雾，白茫茫如浓烟般的弥天大雾……

太阳隐没了，海鸥蜷缩在礁石的缝隙和荒凉的沙滩上，不住地战栗。

一艘游艇在海上穿行，它走走停停，忽快忽慢，唯恐碰上了隐没在浓雾中的暗礁和可怕的漩涡。艇首上，梅生和孟教授一站一坐，目不转睛地注视着前方，虽然无情的大雾挡住了视线，使他们看不清百米以外的景物，但他们的眼睛仍然睁得大大的，努力想看清离他们的目的地还有多远。

游艇向月光岛驶去。在这个时刻，他们俩都保持沉默，沉浸在人生最幸福的激流中。生离死别给心灵带来的创伤和痛苦、屈辱和悲愤在心里郁结的积怨，这时都随着激荡的海浪一去不复返了。他们俩一个想到久别重

逢、死而复生的爱女，一个想着生死与共、情长意深的情人，这两种不同的爱，把这两代人的生命联结在一起，他们不约而同地想象即将来到的欢乐场面。在他们的眼前，大雾似乎消失了，生活的阳光，明媚的灿烂无比的阳光，在他们身上和心头洒满了。

终于影影绰绰看见了月光岛的轮廓，灯塔、月光岩、树木……在乳白色的浓雾中若隐若现，似远似近。梅生兴奋地立在船头上，一面向孟教授指指点点，一面指挥艇尾的水手向什么地方靠岸。

游艇掉转了船头，开足马力向海湾驶去，经过那幢石头房子窗下的岩岸，向岸边几株亭亭玉立的棕榈树靠去。

在这一瞬间，梅生向孟教授递了一个惊讶、困惑和夹杂着某种不安的眼色。就在游艇驶过石屋的刹那间，梅生发现临海的那扇窗户紧紧地关上了，而且当他们跳上岸时，没有任何人来迎接他们，海狼老爹、他的老伴，还有他们的孟薇，一个人也没有。

月光岛在大雾中沉默着，木然地凝视着这两个踏上海岛的不速之客。他们的目力所及，是一片令人恐惧的冷寂、荒凉，像是踏进了洪荒时代的荒岛。

"孟薇——"

"薇儿——"

他俩不约而同惊恐地喊叫着，但是回答他们的是悠远的、悲伤的回声。

梅生第一个冲进房里，门半掩着，空无一人。当他从他的卧室走进隔壁孟薇的卧室——那间实验室改做的小房间，他惊呆了。

一切都恢复了原样，和三年前孟薇初来时一模一样。那间孟薇的卧室，重新布置成一间严谨的实验室：铺着雪白床单的操作台；镊子、钳子和解剖刀擦得锃亮，井然有序地躺在那只磨损得很厉害的铁盘子里；培养热带蚂蟥的玻璃缸，在桌子中央静静地卧着，依然发出轻微的沙沙声；储藏药品的柜子回到了原来的位置，靠墙立着。梅生记忆中孟薇的卧室，她在这里度过了三个春秋的卧室，那张用木板拼成的单人床，一张临窗的小写字台，还有梅生用石块垒成的堆放杂物的石桌，像梦境似的消失了。孟薇的衣服、被褥，甚至连她的小圆镜子、梳子和漱口杯，一切的一切，都无踪无影了。好像月光岛从来没有出现过孟薇这个人一样，孟薇也从未住过这间房子，从未在这儿生活三年。

梅生像被雷击似的觉得一阵晕眩。他勉强靠在门板上，半天说不出话来。

"她到哪儿去了？会不会搬到渔村去了呢？"孟教授吃惊地望着脸色苍白的梅生，轻声问道。

梅生半信半疑地点点头，默默地和孟教授走出门外。这时，他的脑子像一团乱麻，几乎丧失了思考的能力。房内的变化完全出乎他的意料，他几乎不能相信这是真实存在的。他当然考虑过孟薇也许会到渔村小住些日子，和海狼老爹的老伴做伴，这并不是不可能的。但是她绝对不会把她的卧室重新改变成这副模样，也没必要把她的衣物全部带走，仿佛她是下决心不再回来似的。这一切究竟意味着什么？会不会发生了什么意外呢？

满腹疑团的梅生茫然地走着，沿着一条通向渔村的小路。这条横贯岛屿的小路也不知走过多少遍，但这一回他却感到如此陌生，仿佛是初次来到似的。孟教授跟在他的后面，气喘吁吁，最后他突然停住了脚步。

"还没有到吗？"他不安地问。

梅生心里纳闷极了，他们已经不停地走了一个小时，按说早该进了渔村，至少可以看见海岛西部十几间疏疏落落的房子了。

　　但是脚下这条满是沙石的小道渐渐消失了，他们的双脚分明踩在松软的沙滩上，隔着浓密的大雾，梅生和孟教授几乎同时听见海浪拍岸的声音。

　　梅生霍地站住，惊恐地回过头来，对孟教授说："奇怪，我们已经走过了，渔村应该在那边。"他向他们走来的方向指了指。

　　"没有看见什么渔村呀？"孟教授喃喃地说，他的脸色由于惊骇变得难看极了。

　　"会不会是雾太大……"梅生嘟哝着，但是连他自己也难以相信这样的解释。

　　他们像大海中迷失方向的船只，继续漫无目的地走着，可是横在眼前的除了浓密的雾障，便是难于穿行的热带丛林。渔村消失了，不留痕迹地消失了，连一块木板，一张破渔网都不剩地消失了……

　　"我再也走不动了，梅生，我的脚已经肿了。"孟教授一屁股坐在地上，用手揉着肿胀的脚，他的脸上大汗淋漓，显出十分痛苦的样子。

　　梅生神情恍惚地停住了，他同情地看了他的老师一眼，抬头向前面望去。他惊讶地发现，那座屹立在月光岩顶的灯塔，直挺挺地耸立在他的前面不到五步远的地方。他们是怎样走到这儿来的，居然攀登了470级石阶。他完全记不清了。

　　"这究竟是怎么回事？"他心烦意乱，像是被人捉弄似的，愤怒地喊叫起来。

　　孟教授昂起头吃惊地望着他的学生。他蓦地从地上跃起，两眼瞪得像铜铃似的，大惊失色地指着梅生头顶的天空，怪声怪调地嚷叫道："瞧，那是什么？"

　　他们同时看见了一个不曾见到的怪物在天空缓缓移动，那是一只酷似

脸盆形状的怪物，周身发出刺眼的绿光、黄光，边缘有一团金红色的火焰喷出。它一面迅速旋转，一面向天上移动，隐约还可以听见沉闷的"隆隆"声。

"飞碟！"孟教授惊呼起来。

"飞碟？"梅生的心怦怦直跳，他睁圆眼睛注视着这个愈来愈小的怪物。梅生足足看了五分钟，直到它在天际完全消失……

当他恋恋不舍地收回视线，转过身来，却一下子惊讶得说不出话来。他清清楚楚地看见，刚刚还是大雾弥漫、混沌一片的月光岛，此刻万里晴空，碧海澄波，像水洗了似的清晰地展示在他的眼前，似乎有谁暗中施展了魔法。孟教授的举动更加使他惊诧不已。他发现他的老师席地而坐，手里拿着两封不知哪里来的信，戴着眼镜，拿着其中的一封，正在聚精会神地看信哩！

这一切都令人不可思议，梅生怀疑自己的神志是不是有些错乱了。

"这是哪儿来的？"梅生蹲下来，不解地问。

孟教授似乎没有听见，他把看完的信默默地递给梅生，接着又拆开第二封。

梅生的手哆哆嗦嗦地接过信，定了定神，目光在信纸上移动。

他的心情紧张到了极点。

这是一张用公文纸潦草书写的公函，信文不长：

梅生同志：

我们荣幸地通知你，在本届招收出国留学生的考试中，你的成绩和提交的论文均是令人满意的。不过，你的社会关系是令人遗憾的，它将会成为影响你继续深造的不可逾越的障碍。出于对

你的关心，以及为国家选拔人才，我们再三和你所在工作单位的有关部门商洽，建议你对这一问题慎重考虑，权衡利弊，如果你同意上述看法，请迅速函告我们，时间还来得及。

　　此致

敬礼

留学生办公室

××年×月×日

　　梅生刚把信看完，那边的孟教授大叫一声，把梅生吓了一跳。

　　只见孟教授双臂向空中挥动，嘴里不住地喊道："薇儿，我的薇儿，你不能这样，爸爸还来不及看你一眼，你就这样走了……"

　　接着，老教授歇斯底里地仰望着天空，绝望地咆哮着。那种痛苦的表情简直叫人忍受不了。

　　"孟教授，你怎么啦？"梅生惊慌地上前抱住孟教授，唯恐他失足跌到悬崖下面。

　　"她走了……永远……永远不回来了……"孟教授伤感地用手捂住眼睛，颤抖着声音说道。

　　"谁……谁走了？"梅生感到脊背一阵发冷，他连忙从孟教授手里夺过那封信。当他的目光接触到信文第一行时，就呼吸急促起来，一股热血轰地冲上头顶。他克制着自己，读着这封孟薇留给他的第一封信，也是最后一封信。

　　亲爱的梅生哥：

　　　　我心里有好多好多话要向你说，可是来不及了，我等不到你回来的那天了。再过一个小时零五分钟，我就要永远离开月光岛，离开你们的地球，到那个遥远的星球上去。我永远也不能和你见面，不能和你一起分担我们生活的艰苦与欢乐，想到这些，我又忍不住掉泪了。从你离开月光岛，我的心也随你飞回我的故乡，那隔海相望的T城。我一直等你，从早到晚，听着窗外的潮水哗哗地涨起，又悄悄地落下去。望着月光岩上的月儿，从东方升起，又在西方降落。就这样盼呀，等呀，等着你回到我的身旁……

这些日子，我做了许许多多很美丽的梦。月光岛上的渔夫们也和我一样，做了许许多多美丽的梦。你知道吗，这些天他们忙极了。女人们用木薯和椰子酿酒；男人们钻到海底摸海参，捉鲍鱼，找干贝；有的人还潜水去寻找美丽的珍珠……你知道他们在忙什么吗，你一定想象不出，他们是为我们的婚礼做准备，等你回来哩！

我打心底爱上了他们，月光岛上的渔夫们，你不会嫉妒吧。

他们的心地多善良，多正直，简直像水晶一样纯洁。我是下决心给他们上课了，在你出国留学的日子里，我就搬到他们那里，教他们认字、唱歌，和他们一道出海打鱼……

梅生哥，我就整天这样陶醉在自己编织的梦里，自己欺骗自己，麻醉自己。我对生活并无过分的奢求，我也决不会对他人的生活有丝毫不利的地方，我天真地幻想，社会的强者对我这样的弱者该会宽宏大量，让我苟且偷生，在这个孤岛生活下去……

海狼老爹回来了，一个人孤零零地来到我这儿的。我突然产生了不祥的预感。是的，我承认，我是个感情脆弱的人，我的心

已经被社会无情地踩蹂过，脆弱得经不住任何微小风浪的折磨。

你没有回来已经使我大大失望，海狼老爹带回的这封信更是打碎了我的幻想，把我推入痛苦的黑暗深渊……

请不要责怪我，梅生哥，我不是神经错乱、胡思乱想，我懂得生活严酷的现实，也亲身经历过这种摧残心灵的折磨。我不是不敢为父亲辩护，也许他罪孽深重，咎由自取，应该永远沉沦地狱。虽然我始终不敢相信这点，可是他的女儿——我，怎么能承担他的罪过，永远无法摆脱这种洗刷不掉的耻辱，哪怕死过一次，也不能摆脱厄运呢？

梅生哥，残酷的现实又要降临在你的头上了。我看懂了这封来信的含义，是的，我不怪罪写信给你的人，我理解他们的心，善良的好心，他们的确是出于对你的关心。而我，你最亲爱的孟薇却不能眼看着你因为我的牵连，影响你的一生、你的事业、你的前程。不，不能，哪怕我死一千次，我也不能让你为我牺牲，付出这样大的代价。

梅生哥，其实我应该满足，当我冷静下来的时候，我这样想。

我感谢你继承了我父亲的事业，也感谢你用生命复原素救活了我。

这令人难忘的三年，你留给我的美好回忆足以补偿我过去的辛酸。

我该知足了，不能贪得无厌地获取我不该得到的幸福。在这诀别的时刻，我只有一个心愿，我希望你把这项科学研究继续下去，拯救千千万万不幸的男人、女人和可爱的孩子。我想，父亲身陷囹圄也会感到莫大的安慰。

梅生哥，永别了，但不要以为我会走上绝路，重蹈上次的覆辙。当然我曾经萌生过这个愚蠢的念头。我偷偷摆脱了时刻不敢离开我的老妈妈和海狼老爹的老伴，跑上了月光岩，可是，就在我想要纵身跳下去的时候，老妈妈从背后抱住了我，我欲生不能，欲死不能，只好悲伤地号啕大哭……

"孩子，我们都知道了！"不知什么时候，海狼老爹和许多渔夫都赶来了。他们一个个怒不可遏，眼里喷射出愤怒的火焰，对我的遭遇十分同情。海狼老爹对我说："孟薇，我的女儿，跟我们走吧，远远地离开这儿！"

我疑虑重重地望着一个个皮肤黝黑、面容善良的渔夫，他们眼里充满信赖、同情的目光，似乎都在期待着我的回答。

"你们？到哪儿去？"我小声地问。我的心里十分惶恐，不明白海狼老爹说的是什么含义。

他们大概猜出了我的疑虑，互相望着，会意地笑了，露出雪白的牙齿。忽然，海狼老爹用一种我不懂的语言和大家说了些什么，他们互相商量了一会儿，他们说话的内容我完全不理解，但从他们严肃的表情可以判断，他们商量的是件十分重大的事情，而且和我有关。

过了片刻，大家赞同地点点头，脸上露出非常高兴的表情，有人甚至情不自禁地鼓起了掌。

海狼老爹走到我的身边，又用我们习惯的语言对我说道："我的女儿，我现在要坦率地告诉你，我们都不是地球人，我们更不是渔夫。你也许听说过，在距离地球很遥远的宇宙空间有一

颗美丽无比的天狼星，那就是我们的家乡。我们是自由的天狼星人。

我们35个天狼星人自由组合了一支考察队，我们都是对地球生活有着浓厚兴趣的科学家和大学教授。"他说罢，把站在我周围的渔夫们，不！是天狼星人，一一向我做了介绍。他们的名字都很出奇，我简直无法记住。不过我好容易记住了老妈妈的名字，她叫契阿伯勒宫格尔斯特卡尔玛咪，是天狼星上首屈一指的地球生物艺术史专家。

我惊讶极了。海狼老爹，不，他是著名的天狼星科学院院士，他大概看出我的疑惑，便主动向我解释，他们在地球上考察了10年，收集了大量极为丰富的资料。经过实地考察，他们推翻了天狼星人过去沿袭下来的对地球人的传统看法，据说那是10万年前他们的一位先哲所作的结论，那位先哲认为地球人是比天狼星人更高级、更文明、进化程度更高、更伟大的生物群。

"我们尊重伟大的先哲，但是他的结论是我们无法接受的。"这个老院士严峻地说，"所以我们要马上回去，把我们考察的结果告诉我们的同胞，他们是非常乐于接受新思想、新见解的。"

我忘记了自己的身份，也忘记了自己的处境，不禁好奇地问："你们认为地球人如何呢？"

"请你原谅，当着你的面讲也许是不礼貌的。"这位老人突然歉意地说，"在我们看来，地球人还未最终脱离动物的状态，野蛮！愚昧！自私！褊狭！虚伪！怯懦！残暴！粗野！……"他一连说了十几个最难听的字眼，我不由得捂住耳朵，为我们地球

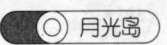

人受到这样大的侮辱羞愧万分。

也许是为了摆脱这种尴尬局面，好心的老妈妈向她的丈夫使了一个眼色，责备道："你何必当着她的面说这些！"

接着她转过脸，对我说："女儿，你甭生气，他并没有指每一个地球人，这仅仅是一种哲学上、理论上的概念而已……"

"不，老妈妈，你不必解释了，"我拉着她的手，说道，"真理一开始总是不容易被人接受的……"

他们听见我这样说，全部满意地点点头。

梅生哥，以后的事情我就不必和你细谈了，时间来不及了。

我接受了他们的邀请，和他们一道飞向那个遥远的天狼星。现在大雾已经笼罩了月光岛，那是他们的飞船正在着陆，再过一刻钟，我们就要乘坐这艘来自天狼星的飞船永远离开地球，我们留在地球上的一切痕迹也将随着飞船的离去自动消失。

永别了，他们正在呼唤我。梅生哥，我希望你答应我最后一个请求：忘掉我，自己坚强地活下去。要记住，科学需要你献身……

啊！飞船快起飞了，我要走了……

终身爱你的薇于月光岛上

梅生沉默了。

他手里紧紧攥着孟薇的信，长久地仰望着万里碧空。那里有一只雄鹰展着翅慢悠悠地旋转，自由地翱翔。

几朵白色的云朵凝固不动，像睡着了似的；不知名的热带花朵在岩缝里怒放，随风播送阵阵幽香；海浪不知疲倦地拍打沙滩，唱着安详的催眠

曲。这一切仿佛告诉他，地球从来都是这样和谐、美好，似乎什么事情都没有发生过。

梅生望了望神思恍惚的孟教授，用手摇了摇他的胳膊。

"孟教授，我们回去吧！"他口气坚决地说。

"那她……她呢？"孟教授仿佛不曾睡醒似的嘟哝着。

"走了，她走得好！"梅生咬着嘴唇，头也不回地冲下了月光岩。

他跑得飞快，灯塔、月光岛、孟教授以及往事都远远地被他甩在身后了……

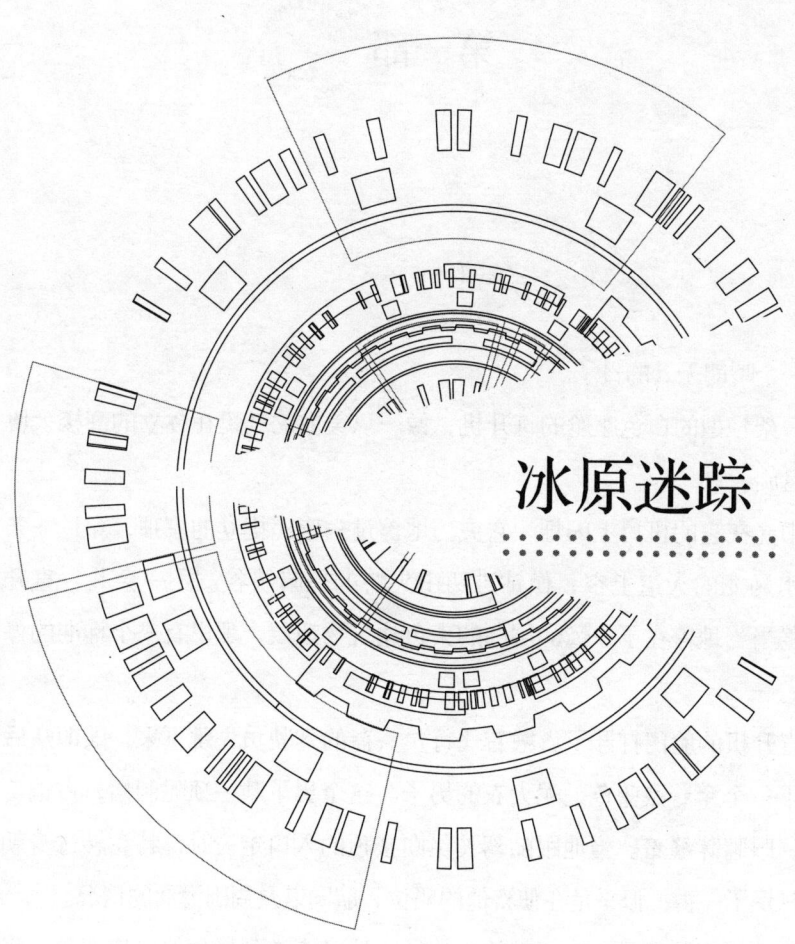

冰原迷踪

第一部

（一）

一个晴朗无云的日子。

一架轻型的白色座舱的直升机，像一只美丽的蜻蜓在林立的高楼大厦上空盘旋。

阳光在它的机翼上闪烁，它灵巧地擦过一座座挺立的屋顶，穿过一条条车水马龙的大道上空，像钻进两山夹峙的昏暗峡谷。不一会儿，直升机稳稳当当地停在了一幢60层高的茶色建筑物顶层，那里有一个标准的停机坪。

直升机的舱门打开了，戴着飞行员头盔的驾驶员先跳下来，随即从后座走下一个穿着藏蓝色毛呢大衣的男子。这个男子戴一顶呢制帽，古铜色的脸，眼睛眯缝着。当他跟随驾驶员向楼顶的入口走去时，特意转过身朝四周打量了一番，似乎是在侦察他的船位、航向以及周围海面的情况。

直升机驾驶员是一个沉默的小伙子，他径直走到楼顶的电梯门前，将男子交给在那里迎候的一个穿黑西服的年轻官员。

年轻官员微微一笑，开口道："沈船长，辛苦您了——"说罢，主动地伸出手来。

　　来的人是沈志挺，一位退休的老船长。一身笔挺的旧呢制服和擦得铮亮的铜扣子，记录了他大半生不平凡的航海经历，他到过世界上所有的海洋，去过所有的大港口。在航海界，提起沈志挺的大名，人们都会不约而同地竖起大拇指。

　　但是他不认识面前这个年轻的官员，也不知道直升机把他从海边的家里急如星火地接到北京来的原因，所以当他勉强地和对方礼节性地握手时，他瓮声瓮气地问道："这是到哪儿了？你是谁？"

　　年轻官员淡淡地答道："国家科技调查部……我嘛，只是一个小秘书，其他问题待会儿您就知道……"然后带沈志挺上了电梯。

　　沈志挺当然知道国家科技调查部是主管全国科技调查的首脑机关，权限很大，可是这和他一个小小的船长有何关系？何况他已办了退休手续，现在唯一的兴趣是每天划着小舢板钓鱼，"渔翁之意不在鱼"，他常以此自嘲。听听海浪的喧声，任凭海风吹拂满头白发，他便心满意足……这个什么调查部凭什么打扰他宁静的生活呢？

　　没等沈志挺深想下去，电梯就停住了，年轻官员领着他穿过铺着地毯的长甬道，然后走进一间灯火通明的房间。

　　沈志挺的眼睛四下张望，只见房间呈阶梯形，有一排排椅子，上面稀稀拉拉坐着七八个人。他刚在前排的座位上落座时，有人在扩音器中说："关灯，现在开始！"

　　房间骤然暗了下来，前面墙上长方形的荧幕里，出现了忽明忽暗的模糊影像。

　　荧幕上很快出现了大雪纷飞的画面。夜幕中的大街积雪盈尺，两旁店铺的霓虹灯和橱窗的灯光五光十色。踏雪逛街的人们，在街上艰难行驶的汽车，一群裹得严严实实的孩子在雪地里堆雪人、打雪仗、追逐奔跑……

　　沈志挺的眼睛渐渐习惯了黑暗，他忘记了刚才的不快，眼前的画面使他的心情变得轻松愉快起来。他像许多老航海一样，懂多种语言，到过许多地方。刚刚出现的镜头，他一眼就看出是日本北海道首府札幌一年一度的雪节。当年，在他年轻的时候，他只是船上的二副，他们的船停靠石狩湾的小樽港卸货，他和几个要好的船员去札幌玩了几天，正好赶上了当年的雪节。市中心大通公园的雪雕艺术展览、真驹内的游艺活动、国际广场各国参赛的大型雪雕——好像也有中国参赛的作品……他想起在札幌一家温馨的小酒店度过的无忧无虑的晚上，在寂静的森林里踏雪漫步的情景；在乡村旅馆热气腾腾的温泉沐浴的氛围，历历往事，使他恍若梦中。

　　忽地，荧幕上的画面换成了滑雪的竞技场面。技艺高超的选手在陡峭的雪坡上飞驰，越过一个个障碍，这是冬季奥运会竞赛的场面，他没有亲眼看过，但札幌雪节期间曾经承办冬季奥运会，他是知道的。那里的雪大而厚，他可是亲身领教过，他很喜欢北海道冬天洁白晶莹的世界。

　　荧幕里出现了观看比赛的人群。在寒风凛冽、满天飞絮的山坡，临时搭起的看台上拥满了观众，多数是当地人，还有不少专程赶来的外国人。摄影师似乎是有意捕捉观众的表情，镜头缓缓地推进，掠过一张张兴奋、激动、天真、纯情的脸孔。有满脸稚气的日本男孩、女孩；也有大声喊叫助威的啦啦队，他们头缠白布条，挥动旗子；也有吹吹打打的乐队和冻得脸色通红的老人和女人……

　　突然，镜头凝固不动，定格在一个男人的身上。这时，扩音器传来画外音："各位领导请注意，就是这个人！"随着画外音，镜头逐渐扩大到他的脸部，直到他的脸部占据整个荧幕。

　　沈志挺不由得探身凝视画面，眼睛睁得大大的，画面由模糊变得清晰，显然是经过计算机处理，所以毛发毕现，轮廓非常清楚。

荧幕上是一个上了年纪的日本人，大约五十多岁，圆脸，扁鼻子，戴一顶针织的毛线软帽，颌下留有一寸多长的短髭。因为他戴着一副挡雪光的变色镜，所以看上去有点神秘。

"现在大家再注意，我们稍稍做些技术处理……"画外音又说。

这时，画面中的日本男子摘掉了变色眼镜，现出了他的庐山真面目——他长着小眯缝眼，笑容可掬，却是一副高深莫测的谦卑表情。这个人以及他特有的笑容，让沈志挺的后脊梁像触电一样掠过一阵痉挛。他太熟悉这个日本人了！

"沈船长，您认出来了吗？"坐在沈志挺身边的一个人问道。

沈志挺没有回答，也没有注意谁坐在他旁边，仍然目不转睛地盯着荧幕上的日本人。

"请问，这是什么时候拍的片子？"他突然问道。

扩音器中立即有人答道："这是上个月北海道电视台现场直播的新闻，东京NHK电视台的卫星频道向全球转播，距现在不到一个月……"

"不可能，绝对不可能……"沈志挺一反常态地嗫嚅道。他无法面对这个现实，因为在他的记忆里，这个日本人，还有另外两个人早已不在人世了。

但是，坐在他身边的那个人却咄咄逼人地问："沈船长，您为什么说不可能？这个人究竟是谁？"

黑暗的演播厅突然静寂无声，所有的眼睛都转向沈志挺。

黑暗中一双双闪光的眼睛，让他想起北海道旷野中的狼群。

"他……他是吉野荣夫，日本很有名的极地科学家……"说完这句话，沈志挺觉得一阵晕眩，连他自己都难以相信这样武断的结论。

房间里的灯突然被打开，明亮得让人睁不开眼。

沈志挺慢慢睁开眼睛，发现刚刚坐在身旁的人此刻已站在他面前，躬身向他伸出手来。

"沈船长，太谢谢您了，您给我们帮了大忙……"那人的脸上漾出笑容，说话语气很诚恳。

"您是——"沈志挺慌忙站起身，和对方握了握手。

在电梯上迎候他的那位年轻官员从身后探过头来介绍："这位是国家科技调查部部长——"

"谢——士——元，"部长颔首，"很高兴见到您，请您到我办公室来，有好些事还要请教沈船长……"

此刻沈志挺才发觉演播厅里都是些大大小小的官员。他有点受宠若惊，但更多的是莫名其妙，难道就是因为这么一档子事，便派了一架专机，把他从老远老远的地方接来？他实在想不通里面的奥妙……

（二）

部长办公室使沈志挺想起船上的驾驶台——一溜落地的茶色玻璃窗从不同角度将城区居高临下地摄入眼底，又将城市的喧嚣挡在外面。房间布置得舒适又考究，居中位置的柚木大写字台气势不凡，颇像船长发号施令的位置，所不同的是那里摆着的是五六部电话和占了整整一面墙的电脑屏幕。这一切象征着房间主人的权力和显赫的地位——这里连接着中国的首脑机关，同时又沟通着每一个科研基地、每一艘在大洋航行的考察船和绕着地球旋转的科学卫星。

房间的另外一半是部长接待客人、与同僚议事的地方，围成一圈的意大利皮沙发放在玻璃大茶几的四周，屋角摆着几盆绿茵茵的名贵花木。整

个房间自成格局，情调比较优雅。

当谢士元和沈志挺前后脚进入办公室时，只有那个穿西服的年轻官员陪同。沈志挺这才知道，他姓王，是部长的秘书，一位办事干练的年轻处长。

"沈船长，请随便坐——"谢士元将沈志挺请到沙发上，随即脱去上身的西服，挂在衣架上。

他身材修长，皮肤白净，颇有学者风度，但他年纪不大，四十刚出头，眉宇之间透出少年得志的神态。此刻，他穿一件咖啡色开司米绒衣，斜靠在沈志挺对面的沙发上，这番打扮和做派，倒是减轻了沈船长的心理压力。他像个谦恭的晚辈，特地来向沈船长请教，而不是以部长之尊，对下级施以询问之责。

王秘书在一旁斟茶倒水。沈志挺毕恭毕敬地端坐在软塌塌的沙发上，不改海员的本色。

"什么人都别让进来，我和沈船长好好聊聊……"谢士元吩咐秘书。他从秘书手里接过保温杯，抿了一口，双手捧着那个金属杯子慢慢转动。

"……沈船长，您最后一次见到吉野荣夫是什么时候？"谢士元漫不经心地问，但问题却是经过一番深思熟虑后才提出的。

沈志挺对这个问题早在意料之中，不过，吉野荣夫骤然出现在札幌的雪节，却是他连想也不曾想过的。在他的记忆深处，埋藏着一段非常非常痛苦的经历。他一生漂洋过海，业绩辉煌，只有这一次"兵败麦城"，他最不愿去揭这个伤疤。

沈志挺抬头望了望对方，见谢士元用平静的目光注视着自己，他用舌尖舔了舔干燥的嘴唇。

"我当然记得。十年前，对，整整十年。我当时是'海豹号'破冰船

的船长，我们奉命去南极洲，具体目的地是南纬70度的毛德皇后地，我们的任务是接回希望站的全体科学家。你大概知道，希望站是一个国际科学考察站，科学家来自各个国家，有中国人、日本人、阿根廷人、美国人、以色列人、智利人，还有一名法国人……"

"那个中国人是不是叫桑岩，搞冰川研究的？"谢士元轻声问。

"是的，桑岩是考察队队长，还兼希望站站长。"沈志挺语气肯定地答道。

"请您接着往下说……"

沈志挺对那次漫长的南极洲航程记忆犹新，虽然过去了整整十年，他却无法抹去脑海中留下的痛苦记忆。他对科学家们在南极的使命并不太了解，这不在他的职责范围之内。他只是像军人一样，服从命令，按照规定的航线，把船开到预订的地点，把那些需要撤离的科学家安安全全地接回，将他们载到指定的港口——他的责任就尽到了。

可是这一次，沈志挺并没有顺利地完成他的使命。他记得，"海豹号"渡过南大洋的时候遇到了可怕的风浪。那年春天的海况非常差劲，漂浮的巨大冰山、白茫茫的浮冰连成一片，阻挡着船只的前进。"海豹号"虽然是艘很不错的破冰船，但是无法和巨大的冰山抗衡。金字塔形的冰山、小岛一般大小的桌状冰山，像是一艘艘摆开阵势的敌舰，挡住了"海豹号"的航道。虽然景色漂亮，船员们可以大饱眼福，可他作为船长却几天几夜没敢合眼。

到达南纬60度的时候，风浪越来越大，极地气旋卷起暴风雪，导致"海豹号"无法按原计划抵达预订地点。海上风雪弥漫，能见度不足100米，狂暴的海浪使船只随时都有倾覆的危险。这时，距离希望站所在的冰岸还有三天的航程，根据无线电接收的信息，希望站处境相当危险，暴

风雪几乎将希望站掩埋，大雪封门，站上的人困在考察站，已经一个多星期了。

"……我收到桑岩队长的传真，知道考察站和我们的处境一样糟糕。在无线电通话时，桑岩队长忧心忡忡地告诉我，希望站建在海边陡峭的冰崖上，海湾的风浪很大，从接收的气象资料分析，近期天气非常糟糕，有进一步恶化的趋势。"沈志挺继续说，"所以，在当时的紧急情况下，我决定昼夜兼程，加大马力开往希望站所在的莫索尔海湾，尽管这样要冒很大的风险，'海豹号'很可能出现意外。但除此之外，也没有别的选择。"

听到这里，谢士元从沙发上站起，默默地走到窗前。

"我尽了最大努力，用了四天四夜赶到莫索尔海湾。事先我通知桑岩队长，让他们做好撤退的准备，最要紧的是清理站前的空地，清扫积雪，因为直升机将在那里降落……"

突然，谢士元回过头，接过话茬儿说："我知道，您派去的直升机在天气好转时飞到希望站，第一次接走了四名科学家，还有三名科学家准备下一个航次接走，这时突然发生了可怕的冰崩。"

"是这样的。一切来得太突然了，希望站的几幢集装箱式房屋，连同那座高高的冰崖，像散了架一样土崩瓦解。幸亏'海豹号'离岸较远，否则后果不堪设想。当时直升机刚刚升空，机上的驾驶员和四名科学家目睹了这一幕悲剧……太可怕了……"沈志挺说着说着，声音哽咽起来。

"当时直升机上有一位科学家无意中用摄像机拍下了这个场面，留下了这幕悲剧的珍贵资料。"望着窗外的谢士元补充道。

"你全都知道？"沈志挺抬起泪光闪闪的眼睛，望着对方的背影，小声地问。

谢士元不置可否，没有吱声。

过了片刻，谢士元走到写字台，他那修长的手指娴熟地敲击电脑的键盘，神情专注地盯着墙上的荧光屏。

"沈船长，您看——"谢士元唤道。

沈志挺转过脸，荧光屏上出现了他十分熟悉的画面：

一望无际的银色冰原，高低起伏的山岭被冰雪淤平，轮廓柔和而妩媚。洁白晶莹的大地，没有一点瑕疵，令人赏心悦目。随着镜头移动，狂风疾走，一团团雪花飞驰，在冰原勾画出风吹的痕迹。这时出现了孤零零的灰黑色的建筑，周围堆着很深很深的雪，出现了杂乱的辙印和清理积雪的空地，建筑物呈"凸"字形，从上向下俯瞰，看得十分真切。不用说也猜得出来，这是希望站的鸟瞰图。

沈志挺这时才猛然想起，这是在直升机上摄下的镜头，可以看见掠过雪地的直升机的影子。难道这就是当时那位科学家在直升机上拍摄的那盒录像带？

他的血液涌上太阳穴，呼吸变得急促起来，不由得探身盯着荧光屏。

他看见了陡峭的冰崖，这像城墙一样屹立在海湾的冰崖发出幽蓝幽蓝的寒光；冰层像奶油蛋糕一样一层一层的，轮廓分明；石钟乳般的冰溜倒悬着，像一柄柄锋利的刀剑；冰崖底下的海水深蓝发绿，如一泓碧玉，起伏、跳跃、摇荡……忽地，画面一片混乱，天旋地转。几分钟过后，乳白色的雪雾像蒸汽一样占据了画面，接着是大块大块的冰崖坍塌，像阳光下融化的冰激凌，轰然倒下，一块块，一片片，速度越来越快，继而是整座陡崖像一座大山倒塌下来，掀起巨浪，掀起漫天雪雾……谢士元敲击键盘，画面消失。他抬头，目光与沈志挺不期而遇。

"情况就是这样，希望站整个儿毁了。我们后来派出直升机搜索，飞

了好几个航次，都没有发现希望站的踪影，海湾里也没有发现希望站的遗物，连一块木板，一个瓶子也没有找到……"沈志挺的心情十分沉重，那次惨痛的经历对他刺激太大，他什么时候都忘不了。

"来，沈船长，您歇会儿。"谢士元同沈志挺回到沙发坐下，继续说，"我之所以请您再看看当年的录像带，是为了帮助您回忆一些细节，毕竟这是十年前的事情……"

"你放心，我的记忆力很好，尤其是那次南极航行，刻骨铭心，任何细节都忘不了。"沈志挺表白道。他可不服老。

"这我相信。那么，您是不是可以肯定，当时在希望站还有三位科学家？"

"绝对没有错，这是后来反复清点过的。我记得后来还在报纸上公布了的……"

"不错，各国的新闻媒介都有报道，我这里保存了这些资料。"谢士元的手指轻轻敲着茶几上的玻璃板说，"但是，据我所知，您这次开船去接希望站的科学家，始终没有见到留在站上的三个人，是不是这样？"

谢士元抬起眼睛，他的目光异常严峻，有一种咄咄逼人的气势。沈志挺是个很聪明的人，他立即意识到这位年轻的部长对他的回答并不十分相信，至少还有疑虑。

沈志挺不慌不忙，淡淡一笑："谢部长，你说得一点不错。我是'海豹号'的船长，当然只能守在我的岗位上，我的岗位就在驾驶台，因为当时天气很差劲，海况也不好，时间不允许我随直升机去希望站。不过，我对那三位留在站上的科学家都很熟悉。桑岩队长不用说了，我们是老朋友。我和日本极地科学家吉野荣夫，还有一位以色列人，他叫哈迪姆，也是老熟人。"他侃侃而谈，毫无顾忌，"所以，刚才看见札幌雪节

的电视，我一眼就认出了吉野荣夫，虽然他老了，老多了，但模样还是没变……"

"这样说来，你以前见过吉野荣夫？"谢士元打断他的话，紧紧追问。

这是他最关心的，因为在他的信息库里并没有这方面的资料。

在他看来，根据掌握的档案资料，沈志挺只是在照片上见过吉野荣夫。希望站毁于冰崩后，"海豹号"派去直升机搜索，结果一无所获，希望站和留在站上的人全部被埋在坍塌的冰崖之中，没有生还的可能。在一切努力归于失败后，沈志挺不得不放弃了继续寻找的指望——当时的情况也不容许"海豹号"再拖下去，气温急剧下降，海上的冰情越来越严重，冰山四伏，他们的处境极其危险。

几天后，"海豹号"撤出莫索尔湾，踏上了返航的旅程……

这些情况，谢士元很清楚，他调阅过所有的档案资料。

所以，他判断沈志挺没有见过吉野荣夫本人。但作为当事人，他对吉野荣夫会有印象，他见过吉野荣夫的照片，也见过科学家们拍摄的站上生活的录像带，那里面也有吉野荣夫的一些镜头。

因此，当科技调查部的情报部门获悉吉野荣夫出现在札幌这一重要情报时，谢士元和他的属下首先想到了"海豹号"的船长沈志挺，必须请当事人鉴别此人是否是吉野荣夫，这是问题的关键所在。

可是，谢士元没有料到沈志挺一眼就认出吉野荣夫，而且对他相当熟悉。唯一的合理解释只能是科技调查部的情报工作还有疏漏，作为一项秘密计划的决策人，谢士元绝不允许出现这样大的疏忽。

"这帮饭桶，他们是干什么吃的，对沈志挺的情况一点儿也不了解……"他心中暗暗骂道。

不过，他对沈志挺仍是和颜悦色，谦恭地坐在他对面，像个老实听话的小学生。

沈志挺没有想那么多。他坦诚地说："事情是这样的，希望站的科学家们出发时，那是在此之前两年，'海豹号'奉命送他们去毛德皇后地。他们在上海集合后，登上'海豹号'。我记得是当年的11月20日从黄浦江启航的。除了运送他们到目的地，我们的船还有其他的任务，主要是为我国在南极洲的四个科学站补充食品和燃料。一路上都很顺利，穿过台湾海峡、马六甲海峡，进入南半球，12月中旬抵达澳大利亚的霍巴特港，那是塔斯马尼亚岛的首府。在霍巴特港停了三天，'海豹号'继续向南航行，不料在第三天穿过西风带时遇到特大风暴。我在海上漂泊了30多年，不止一次遇到狂风恶浪，但都没有那次西风带的风浪险恶。这一带号称'船只的坟墓'，不知有多少航船在这里葬身海底。由于大浪大涌，船只颠簸摇晃，像一个脆弱的蛋壳随时可能被击碎。最糟糕的是，固定在后甲板的两架直升机在风浪中撞坏了，一架机翼折断，另一架尾翼和螺旋桨损坏严重。'海豹号'的情况也不妙，主机屡屡出现故障……结果只好打道回府，又回到霍巴特港。"

沈志挺端起茶杯，喝了几口，继续说："当时的情况，'海豹号'必须修理，直升机也要换，这都不是十天半个月能办妥的。但桑岩队长他们等不了，因为莫索尔湾1月底就将封冻，他们必须在此之前登上毛德皇后地……"

这时，谢士元恍然大悟，他扬起右手，示意对方不必再讲了。

"明白了，他们改乘澳大利亚南极局提供的'达尔文号'考察船前往毛德皇后地，是这样吧？"谢士元说。

"一点不错。我和希望站的全体科学家在海上生活了一个多月，当然

对他们每个人都非常了解。"沈志挺答道。

谢士元站起来，对一旁默默无言的王秘书说："你安排沈船长到宾馆休息，派一辆车，由沈船长支配……"

然后，他回过身，笑容可掬地向沈船长道谢："非常感谢您的帮助，有事请和王秘书联系。"

沈志挺握了握他伸出的手，意欲退出办公室，忽然，他停住脚步。"谢部长，我冒昧地提一个问题……"

"请讲——"

"吉野荣夫明明十年前在那次冰崩中丧生了，怎么可能今天又出现了呢？"老船长终于吐出心中的疑问。

谢士元双眼直视对方，沉吟半晌道："老船长，您问得很好，这正是我们感兴趣的问题……"

（三）

东方泛出鱼肚白的蒙蒙亮光，在铁道两旁积雪尚未消融的农田上，乳白色的晨雾还像幽灵一样游荡。一列草绿色的列车大声喘息着，车头射出的灯光拨开挡住视线的浓雾，在一个小小的站台停了下来。

北方的早春颇有寒意，从乱砖头筑成的小车站走出的信号员把脖子缩在棉大衣领子里，睡眼惺忪地走着，站台上薄薄的残雪在他的皮靴下"咯吱"作响。

列车最后一节的邮车拉开了门，押运员吆喝着，扔下几包邮袋。

一辆电瓶车从信号员身旁擦过去，驶向前面的邮车。

信号员冷不提防地闪到一旁。"你小子一大早找死呀……"他嘴里不

干不净地骂了起来，电瓶车回报的是一阵戏谑的笑声。

这趟车在小车站只停三分钟，因为到站的时间太早，上下的客人一向很少。所以当信号员走到软卧车厢门前，见到踏板上走下一个裹在呢大衣里的乘客，他立即劝阻道："马上开车啦，回去吧——"

那个乘客未加理会，双脚落在站台上，将披在肩上的大衣穿好，这才抬起头淡淡地说："我在这儿下车——"

信号员好奇地打量着对方。这人年纪不小，头发花白，古铜色的脸上镶嵌着一双老是眯缝着的眼睛。也许是晚上没有睡好，他神色有些疲惫，但很讲究仪表，下车前刮了胡子，脸颊光洁，变得年轻多了。信号员一看他的打扮，心里立刻猜出七八分，因为他那身藏蓝色的海员制服，还有头上那顶镶有铁锚标记的制帽，早就说明他的职业了。

此人正是沈志挺船长。

列车从身旁徐徐开走，消失在晨雾笼罩的田野。沈志挺拎着一个轻便的小旅行箱，走向空无一人的车站。

信号员是个多嘴的人，在一旁搭讪道："您口音不像本地人，以前来过这儿吗？"

沈志挺不紧不慢地走着，像在舰桥上漫步，目光却充满狐疑和困惑。他本不想和陌生人搭腔，这时却忍不住问道："以前，车站好像不在这儿，我记得车站很不赖，是两层楼，现在怎么这么破破烂烂……"

"哦，您以前来过。"信号员好像遇到老熟人，如数家珍地侃了起来，"还不是涨水闹的，我刚参加工作那阵儿，车站离这儿还有五里地，那是八年前的事了。后来不知道咋回事，海水上涨，一个星期的狂风暴雨，海水像钱塘江的大潮呼啦啦地往上涨，见什么冲什么，海边的渔村连人带房子被卷走了，果园、农田被淹了，沉入大海……连我爹和我爷爷也

没见过那么大的海潮，几丈高的浪头齐刷刷地冲过来。早先的车站您是见过的，钢筋水泥的房子，几百年也毁不了，可海潮冲过来，立刻跟沙子堆的玩意儿一样土崩瓦解，铁轨也拧成了麻花儿。水塔，还有货场全都被冲得无影无踪……这条铁路断了一年多，后来就移到这儿，重新铺轨，车站马马虎虎瞎凑合。听人说海水还得涨，说不定过几年咱们这儿也得沉到海底……"

沈志挺的心也猛地下沉，下沉……

这些年，老船长解甲归田，足不出户，对世事看得越来越淡漠了。电视，偶尔也看看，每当电视里报道各地海水上涨、陆地淹没的消息，他只当是地球上每时每刻发生的股票上涨一样随意看一眼，这些与他无关，似乎离他很远很远。他累了，像一艘锈迹斑斑磨损严重的旧船，如今只想在避风港里了此残生。对于防护堤外的风浪，他想得很少，也不想打听了。但是，这一次，一路上听到看到海水疯狂上涨，吞噬农田和城镇的可怕景象，却如此触动他的心。他和大海打了一辈子交道，对海洋有着恋人般的感情，然而如今他觉得自己对海洋越来越陌生了。

海洋究竟出了什么毛病？他想不明白。

他紧接着问："那么，县城呢？"他是问县城是否也被淹没了。他去过县城，那是个景色很美的滨海小城，当年下火车走不多远就到了。

信号员给了他放心的回答："县城还在老地方，那里地势高，占了便宜，不但没淹着，还成了不赖的港口，大船可以开到大街上去了……"他笑了起来。

这时，他俩走到简陋的小站外。信号员关掉手里的信号灯，用手指了指站外的广场，那里有一排昏暗的店铺，在黎明的晨光中越发陈旧破败，毫无生气。他告诉沈志挺，去县城的汽车天亮才开来。"那边有旅馆，也有卖小吃的，您可以去歇一会儿……"热心肠的信号员说。

沈志挺谢谢他的好意，穿过站前广场，径直走向对面的一家乡村旅馆。他叫醒了店里的女老板，开了一间还算干净的单人房间，又让女老板沏了一壶酽茶，这时结了一层霜的玻璃窗外面已经大亮了。

他毫无睡意，但是在去县城之前，他需要把自己的思路理清楚。

"也许，我是真的老了，过去我不是一个优柔寡断的人，航线一旦确定，不管遇到什么风浪，我下的命令从来是说一不二的。可是现在，我却思前想后、朝令夕改，这是怎么回事？"沈志挺抄着手，在不到十平方米的小房间里来回踱步。

他在"甲板"上走了十来分钟，仍然没有满意的答案。他觉得有点累，便和衣倒在床上，把那件呢大衣当被子盖上了。

在沈志挺的脑海里，这些天始终摆脱不了一个模糊的面影的纠缠。他躺在国家科技调查部安排的宾馆的席梦思床上，闭上眼睛，这个面影就在眼前晃动。这是个眼睛很大的男孩，约莫十二三岁，具体的模样又想不太真切。但他永远忘不了那双黑珍珠般的眸子，充满疑问还有一点胆怯，后来是喜悦、激动和欢天喜地的神情。瞬间的变化是这样深深地印在他的记忆里，他无论如何摆脱不了这双会说话的眼睛。

他想，大概就是这双眼睛促使他决定离开北京，登上了东去的列车，一趟一趟地换车……他原本可以一走了之，回到老家，继续过他的退休生活，但是这双眼睛却像黑夜中的灯塔，驱使他千里迢迢来到这个荒村小站，投宿到这家冷冰冰的鸡毛店，而且，下一步，他还不知道此行的目的地在何处，哪里是终点……

他记起来了，那一年，很久很久以前的一个夏天，他披着南太平洋的海风，回到青岛胶州湾的码头。连家也顾不上回去，就登上火车，连夜赶

到这个小站。不错，小站的位置不在这儿，可站名没变。他也是在一家小客栈歇息了几个钟头，乘头一班公共汽车赶到县城的。

桑岩托他给妻子和儿子带了一包东西。那次在霍巴特港给桑岩他们送行，桑岩很动感情地说："沈船长，这一去就是三年，我最放心不下的是我的妻子和还不懂事的儿子。妻子在县城中学教书，她身子骨弱，我这一走，她带着个孩子，担子可够重的……"

桑岩没有再说下去。他托沈志挺带回的物件很普通：一封厚厚的家书、一摞照片，再就是几件大人和孩子的衣服。他记得里面有一个很招人喜欢的考拉熊玩具、一只皮革做的小袋鼠……整整一包，这是一颗做丈夫、做父亲的滚烫的心。

他走在一条乡村小路上，前面的山坡有一排灰色的楼房。天很热，烈日像火炉一样烤得他浑身冒火。

一个晒得浑身流油的男孩，乌黑的头发上滴着水，从后面连跑带跳地追上来。他只穿一条小裤衩，扛着一个汽车内胎做的救生圈，样子怪滑稽的。

男孩准是到海边游泳去了。

"小朋友，田聪老师的家在那边吗？"沈志挺叫住男孩。田聪是桑岩的妻子，她在县城中学当老师。

小男孩闻声站定，救生圈从肩膀上溜下来，那一双忽闪忽闪的大眼睛在沈志挺的身上转悠，目光是疑惑的，仿佛在思索该怎样回答陌生人的问题。

"你不认识田聪老师？她是县城中学的老师呀……"沈志挺又问了一句。

"你是谁呀？"小男孩有点胆怯地问，"你找我妈干吗？"

沈志挺端详着他，不禁笑了起来。

"啊，你是桑世杰！对不对？"沈志挺走上前，摸着小男孩水淋淋的头。

男孩赶紧后退一步，仰脸望着他，疑虑重重地问："你怎么知道我的名字？我从来没有见过你……"

"哈哈，我不仅知道你的名字，我还知道你长大了想干啥，信不信？"沈志挺逗着男孩。他的模样活脱像桑岩，好可爱的孩子。

"你骗人！"男孩对陌生人的畏惧消失了，他突然感到面前这个叔叔很可亲。

"好呀，那我们打赌，怎么样？"

"赌什么？"

"这样吧，要是我赢了，你得把那个救生圈给我；要是你赢了，我把这包东西给你。你瞧，这里面可有好多好多好玩的东西哪……"

"行，你说，我长大了想干啥？"

男孩从沈志挺手里接过那包东西，好奇地将上面的拉链打开。

突然，他眼睛一亮，从里面抽出桑岩那封厚厚的家书，他认识信封上父亲的笔迹。

"爸爸的信？！"男孩的黑眼珠里闪过一阵惊喜，他迅疾地拿着那封信，高高举过头顶，光着两只脚丫子，像小鹿一样飞快地朝山坡奔去。

"妈妈，妈妈，爸爸来信啦……"他欢欣雀跃地喊道，竟把沈志挺忘在一边了。

一番巧遇使他很快见到了桑岩的妻子。田聪在他印象里是个文静、知书达理的女教师。他扼要地谈了桑岩他们远征的情形，田聪坐在一旁听得很仔细。但是那个起先对他畏惧的桑世杰坐不住了，对沈志挺异乎寻常地

热情起来，缠着他讲航海冒险的故事，还恳求带他上船。"他做梦都想当一名船长……"田聪笑着说。女教师知道，在儿子那童稚的心里，沈志挺如今是他最崇拜的偶像了。

太阳像一轮火球快要沉入大海时，沈志挺谢绝了桑家母子的挽留，踏上了归途。他完成了桑岩的嘱托，给田聪留下地址和家里的电话，告诉他们有事可以找他。

他没有想到，这次短暂的拜访之后他再也没有来过，虽然他答应过桑世杰他还会再来，但他没有履行自己的诺言。3年后，当他前去执行驶往南极的使命，知悉桑岩等人在冰崩中失踪，抱着沉痛的心情返回之后，他再也没有勇气面对失去丈夫的田聪，更无言面对失去父亲的桑世杰……

多少年来，不论是白天还是夜晚，沈志挺一直在悔恨中痛责自己，他不能原谅自己没能尽到船长的责任。虽然冰崩的发生和他毫不相干，谁也无法预料希望站发生意外，沈志挺却总是抱怨自己失职。"倘若提前几天，甚至几小时，直升机就可以在冰崩之前接回桑岩队长他们，事情就会是另外的结局，这难道不是我的过错？我还有什么脸去面对同行，面对他们的亲属……"沈志挺在那次返航的途中，在回国后的辞职报告上，在提前退休后的漫长岁月里，他都是这样不断地、痛苦不堪地受到良心的谴责。

何况当时的报纸、电视对希望站三名科学家的失踪做了详尽的报道，他也不止一次面对新闻记者的跟踪采访，他要说的话、他的心情，他觉得说得差不多了，还能再说些什么呢？

他给田聪写过一封很长的信，从此失去联系。他只希望带着终身的遗憾和无法弥补的悔恨，度过平静的余生，别的什么也不去想了。

但是，沈志挺万万没有想到，几天前发生的事打破了他十年的平静

生活，也改变了他的想法。吉野荣夫突然露面，仿佛是漫漫长夜出现了曙光，他立刻联想到桑岩，他是否也还活着？也许那次冰崩并没有使他们丧生，只不过没有找到他们。否则，失踪10年的吉野荣夫怎么会在札幌出现……

老船长一颗麻木的心像注入兴奋剂一样重新复苏跳动了，他再也不能待在北京的宾馆里了。几天后，他按照老地址给田聪发了一封挂号信，告诉她，他将立即和她见面，他有很多很多想法要告诉她。

他觉得眼前出现了一片光明，他的航船又将开出避风港，驶向辽阔的、波涛起伏的海洋……沈志挺不知不觉地睡着了。

他是被一阵急促的敲门声惊醒的。他翻身坐起，用惊愕的目光望着站在床前的女老板。

"你是沈船长？"胖胖的女老板问。

沈志挺不置可否，动了动下颌。

"哎呀，这可太好了！"女老板忽然高兴得拍起巴掌，一阵风似的跑出房门，"桑船长，你要找的沈船长在这儿呢……"她的嗓门足可以声传十里。

沈志挺站了起来，披上大衣，他被女老板的举动弄糊涂了。

这时，门外走进一个中等身材、两肩宽阔的年轻人，身穿棕色皮夹克，很英俊的脸上长满了络腮胡子。

沈志挺的目光和对方不期而遇。

"沈船长，我是桑世杰……"年轻人向前跨了几步，礼节性地握了握沈志挺的手。

沈志挺一阵心酸，但很快忍住了。他上下打量对方，企图从对方身上找到记忆中的痕迹，却失望地喃喃自语道："完全变了，认不出来了，如

果不是你说出名字，我在大街上是绝对不认识的……"

那记忆中的眼睛会说话的男孩，在他的眼前永远地消失了。他经历了一场漫长的梦，往事是那样飘忽、遥远……

（四）

桑世杰开着一辆越野吉普擦过县城旁边一条干涸的引水渠，爬上了起伏的山岭。他没有进县城，而是盘旋而上，在弯弯曲曲的公路疾驰。

沈志挺默默地望着车窗外面，满目尽是嶙峋的巨石，树很少，只是背阴的山坡点缀着枯黄的杂木林，有的地方还残留着冬天的积雪。唯一使他高兴的是又见到了大海。蓝色的海形影不离地拥抱着海边的山地，时而被山岩挡住，时而露出她的倩影。沈志挺深深地呼吸着海的气息，不时投去依恋的目光。

他弄不清桑世杰究竟要带他去哪儿，有什么重要的事要跟他谈。车站小客店的重逢，似乎没有给他带来企盼的喜悦，甚至也没有一丁点儿他想象中的激动。面前这个脸色阴沉、沉默寡言的年轻人，很难想象就是十几年前那个天真可爱的男孩，不仅外貌毫无相似之处，性格也判若两人。当然，沈志挺忽略了时间的绝对法则，他和桑世杰之间毕竟留下了十几年的鸿沟，而这十几年发生的许许多多的事情，在情感上留下了无法抹去的创伤，不是三言两语能够补偿的。

在小客店里见面时，沈志挺刚刚说明来意，桑世杰立即打断他的话："沈船长，很高兴你来看我，车预备好了，我们先走，等会儿我们好好谈一谈，你看行吗？"话说得很得体，不冷不热，但沈志挺觉察出对方似乎抱有明显的敌意。

他把到了嘴边的话又咽了回去。

"我来是有件很重要的事情要告诉你们，跟你父亲有关的……"

沈志挺有点手足失措，说话结结巴巴的。

桑世杰不置可否地点点头："我知道，我也有重要的事情要跟你谈……"他的语气依然冷冰冰的。

沈志挺知趣地闭上了嘴巴。他猜不透桑世杰为什么如此冷淡，也想不出自己有什么地方对不住他们母子。他后悔自己干了件蠢事，干吗非要来这里一趟？如果知道桑世杰这样冷漠地对待他，他是无论如何也不会管他们的闲事的。

坐到车上，沈志挺心里翻来覆去地思忖，他不必和桑世杰计较，毕竟他是个孩子，等见到了田聪再说吧，她是个通情达理的人。他又这般宽慰自己。

"你妈妈身体好吗？她还在教书吗？"沈志挺问，他试图打破车里沉闷的空气。

不知是没有听见，还是其他原因，坐在前排驾驶位置的桑世杰没有回答，还把脸扭了过去。

桑世杰的脸上笼罩着乌云，如同车窗外面的天空。

沈志挺心境黯然，索性闭上双目。不能被别人理解是痛苦的，如果被别人误解那就更加可悲，他此刻的心情便是如此。

吉普车嗷嗷地吼叫着，像是拼了命一样地往山上奔去，车开得很猛，弯道拐得很急，沈志挺像个布口袋一样在车里左右摇晃，头也有点晕眩。

忽地，吉普车压着坑坑洼洼的山坡腾跳起来，离开了公路，往前蹿了几十步，然后"嘎"的一声刹住了。

桑世杰跳下车，喊了一声"沈船长"，拉开后面的车门。

　　沈志挺扶着车门下了车，定睛望去，车到了山顶，公路从分水岭一侧拐弯下山。这里居高临下，辽阔的大海一览无余地展现在眼前，伸向烟云缥缈的天际。山巅的岩石上寸草不生，但是前面几步远的小山坳却像个绿色盆地，长满一人多高的小松树，郁郁葱葱，在山风的呼唤中发出呜呜的声响。

　　桑世杰什么也不说，朝松树林疾驰过去，突然双膝跪下，扑倒在地，号啕大哭起来。这个男子汉心中郁积多年的悲伤，终于找到了宣泄之处。他哭得呼天抢地，令人为之动容。

　　沈志挺大吃一惊，跟跟跄跄地走上前去。他这才发现桑世杰下跪的地方竟是一座长满野草的坟头，坟前立着一块两尺来高的石碑，碑上是"慈母田聪之墓"几个大字。

　　"妈妈，沈船长来看……看你来啦……"桑世杰伏在地上呜呜地哭道。

　　沈志挺悲从心来，不禁老泪纵横。他万万没有想到田聪早已不在人世。从桑世杰悲伤的哭泣中，他似乎听见了这个失去双亲的孩子倾诉的万般苦楚。桑岩失踪那年，他不过十三四岁，孤儿寡母相依为命，生活的艰难给他的心灵蒙上的阴影太深太深了。不料，过了仅仅三年，厄运又降临到他的头上。这年桑世杰高中还未毕业，田聪却因忧郁过度，加上积劳成疾，过早地撒手而去，将桑世杰孤零零地留在人间。失去双亲的桑世杰饱尝了人世间的炎凉冷暖，经受了超出他这个年龄能承受的种种磨难。他牢记母亲临终前的遗言，凭借坚强的意志，像长在石头缝里的一棵小松树，坚韧地活了下来。

　　桑世杰永远不会忘记，母亲至死也未瞑目。她是不甘心这样死的，她放心不下尚未成年的儿子，但是她心里相当清楚，残忍的死神已经不答应她的苦苦哀求。她紧紧地拉着儿子的手，泪水夺眶而出。她将生命最后的

一点火光点燃起来，支撑了最后几分钟，这才无奈地消逝在死亡的黑夜之中。

她对桑世杰说："儿啊，你爸爸没有死，他还活着。你去找沈船长，走遍天涯海角也要找到他。你去求求他，记住，只有沈船长才能找到你爸爸，你要去找爸爸……"

但是，桑世杰始终没有联系上沈志挺，他们之间总是出现"历史误会"的时间差。他满怀希望寄出的信不是石沉大海，就是贴上地址不详的条子退了回来。他跑去打听"海豹号"的行踪，得到的回答是"海豹号"早已退役——这意味着考察船早就拆掉当作废钢铁卖了。他当然不知道沈志挺南极之行后等待他的是体面的退休。刚过55岁生日的沈志挺含泪告别了驾驶台，从此隐姓埋名回到故乡度过余生，在他的故乡——渤海边上一个偏僻的小岛。

在他们之间，时间酿成的误会太多太多，但沈志挺什么也不想解释，他理解桑世杰的心情。他凝视着坟冢前的墓碑，似乎一切不快都烟消云散了。

他恭恭敬敬地脱下制帽，朝着墓碑鞠了三躬。

"田老师，我来晚了……"他喃喃自语。

过了良久，他把手搭在桑世杰的肩膀上："世杰，要哭你就痛痛快快地哭吧。不过我今天到这里来，是要告诉你，也是要告诉田老师，你的父亲桑岩也许还活着，我是为这个而来的。命运如今把我们连在一起，我们的使命就是要找到你爸爸，不管有什么艰难险阻，不管风浪有多大，对于船长来说，只有一个选择，就是起锚，前进，左满舵……"

老船长说到这里，挺直腰杆，目光炯炯，仿佛又回到了驾驶台上。

桑世杰止住眼泪，从地上站了起来，目光在沈志挺的脸上停留了几分

钟。他满腹的委屈以及多年郁积在心中的误解，被这一席肺腑之言全部化解了。

他扑向沈志挺，两个男子汉紧紧地拥抱在一起……

（五）

离开山巅，桑世杰驾着越野吉普轻快地翻过分水岭朝后山开去。弯弯曲曲的公路如一条长蛇通往山麓一处很隐蔽的海湾。这一带跟前山截然不同，看不见荒山秃岭，漫山林木葱郁，有的大树很有些年头了，山势也很清秀，山涧里清泉奔流，叮咚作响。

当吉普车从山坡上冲下来，驶过一座造型雄伟的铁桥时，沈志挺的目光立即被海湾吸引住了。

夹峙在山岭之间的海湾，平静得如同一泓秋水，水光潋滟，深邃莫测。海湾入口处两道长长的海岬如同巨人的长臂拥抱着海湾，入口很窄，涨潮时只容一艘船通过，两边的山崖如城堡状隔海相望，不仅形势险要，也是天设地造的避风港。

此时，海湾中船只不多，远远的对岸隐约出现几艘灰色的舰船，笼罩在山岭的阴影里。

沈志挺啧啧称奇，他对大海、大洋了若指掌，这是有名的潜龙湾，一直是军事禁地，他当了几十年船长，也是只知其名而未见其貌，因为民用船只从来不得擅自入内。

没有想到，此刻潜龙湾一览无余地展现在眼前，他的心情不亚于在海底找到珍宝的潜水员。

正待开口询问，桑世杰已把吉普车拐向海湾一侧的码头，那里停着一艘白色的豪华游艇，模样颇像一只在碧波中悠闲游玩的白天鹅。

桑世杰从制服口袋里掏出一个很小的遥控器，朝游艇按了几下按钮，游艇尾部的自动门徐徐打开，他连人带车一起进入船舱，自动门旋即关上了。

"你开这条船？"当桑世杰领着沈志挺从舷梯走上后甲板，沿着一条铺着地毯的甬道走进船首一间舱房时，沈志挺憋不住地问。

桑世杰点了点头。

沈志挺一边大步流星地跟在桑世杰后面，一边审视这艘豪华至极的游艇。对于舰船的知识，沈志挺本人就是一部百科全书，但是从进入船舱的那一刻起，他发现自己像刘姥姥进大观园，看到什么都是那样新奇，又是完全陌生，因为这是一艘设计非常奇特的游艇，它的外观和一般游艇没有什么两样，但是内部结构非常复杂，绝非普普通通的游艇。

不过，究竟是怎样的船，具备什么特殊性能，他的脑子还有很多问号。

桑世杰把沈志挺安顿在沙发上，从冰箱里取出了罐装饮料，又忙着去煮咖啡。

桑世杰说："妈妈去世后，我别无出路，就去参军，在海军的一艘核动力巡洋舰当兵，从擦洗甲板开始，一步一步往上爬，几年工夫熬到了少尉。头几年我的运气不坏，被选送到了海军军官学校培训，虽然时间不长，却学会了不少东西。当时我以为我是完全有资格留在舰上的。可是有一次会餐，喝多了酒，我借发酒疯狠狠地揍了我的顶头上司。他是个专打小报告整人的卑鄙小人。他是基地司令的什么远房侄子。结果是我倒霉，转年我就被列入了复员的名单……"

说到这儿，桑世杰坦然地笑了起来。

他的笑容，以及他那朗朗的笑声，使沈志挺想起十多年前那个浑身水

淋淋的男孩。

桑世杰继续说："这样也好，我成了无牵无挂的自由人，脱掉军装，回到了家乡。找工作不难，好几家航海公司都要我，我都不中意。后来，这艘游艇的主人找到我，高薪聘请我当船长。他是个神秘的日本人，我猜想他一定很有势力也很有钱，不过我至今不知道他是干什么的，也不知道他的真名实姓。他对我唯一的要求就是什么都不许打听，这是必须遵守的君子协定。我的任务就是管好这只船，在他需要时航行到指定的地方。所以，我经常往来于中国和日本。我的工作很轻松，也很自由，因为游艇的主人每年只有一两次在海上生活，说他是休息也行，说他是工作也行。我从不主动接触他，除非他主动找我。这也算是我们之间的默契。另外，他要用船，通常是提前通知我。所以，我有充沛的时间，做我愿意做的事情……"

"啊，日本人的船，怪不得……"沈志挺注意到桑世杰的这间卧室的书柜占了两面墙壁，大办公桌上是一台新型的电脑，看来，年轻的船长没有虚度时光。

桑世杰还告诉沈志挺，那个日本船主大伙儿叫他森田先生，快70岁了。"他现在就在船上，前天刚从日本冲绳岛接来的……"他说。

"那，我要不要见见他……"沈志挺问。

"不必，他一般不愿见陌生人。"桑世杰说。

"船上还有什么人？"沈志挺喝了一口咖啡，问道。

"连我在内，只有四个人。一个是我的副手，我们轮班驾驶；还有一个管主机的；另外一个是厨师兼管家，他是我中学最要好的同学，能烧一手一流的法式大菜。对了，我马上让他开饭，我从早上到现在还没有吃饭呢……"

他一提醒，沈志挺也觉得饥肠辘辘了。吃饭时，桑世杰问那个矮矮胖胖的管家，森田先生是否有什么吩咐。管家说："森田先生还在休息，他只问过你什么时候回来，我说你已经回来了，还有这位沈船长……"

吃罢饭，天色已晚，桑世杰将游艇开出码头，停在海岬的陡崖下面，这是一处隐蔽的地方，提前到来的夜幕将游艇掩盖起来，但是对岸的山岭仍然抹着夕阳的光亮。

他们回到桑世杰的卧室，沈志挺觉得该告诉他自己所知道的一切了。他从国家科技调查部派直升机如何接他到北京讲起，谈到日本札幌雪节的电视专题片和吉野荣夫以及他和谢士元的谈话。为了解释清楚，他还回顾了两次赴南极航行的经过、他和桑岩的交往，特别是他因未能接回桑岩等人而受到的舆论压力，因此提前退休，在孤独寂寞中打发时光的遭遇，他讲得尤其详细。

桑世杰默默地坐在对面的椅子上，唯恐漏掉一个字。虽然他从母亲那里知道了父亲的一些情况，这些年也收集了很多关于那支探险队的资料，但是许多细节以前闻所未闻。

他想起可怜的母亲，如果母亲还活着，亲自听沈船长讲述的这一切，那将是多么高兴。因为母亲直到临终那一刻，也是一直坚信父亲还活着，她不相信任何关于父亲死去的传言。可惜的是，母亲来不及等到这一天，这是无法挽回的憾事。

他还后悔自己任性，做事太莽撞。前天接到沈船长的挂号信——那是母亲生前的县城中学的校长送来的——桑世杰一见信封下面的寄信人，心头涌起的不是喜悦，而是莫名的怨恨。他完全误解了沈船长，所以在车站的客店才会那样没有礼貌，现在他为自己的褊狭而羞愧，只是不知道怎样表达心中的悔恨……

　　沈志挺说罢事情的原委，抬起头，见桑世杰脸上红一阵，白一阵，神思恍惚的样子，连忙问道："小桑，我讲的这些，你都明白吗？"

　　一句话让桑世杰从纷乱的思绪中醒了过来，特别是头一回听沈志挺叫他小桑，心里顿时热乎乎的。"从今以后，我听你指挥……"他声音颤抖地说。

　　这句发自内心的话，足以代表一切的表白。沈志挺望着对方，眼眶一热，心里什么都明白了。

　　"你说有什么重要的情况要告诉我，是真的吗？"沈志挺问。

　　桑世杰点点头，立即走到书桌前，敲击电脑键盘。"这台电脑与全球联网，可以获得世界各地的信息。"桑世杰边说边敲打键盘。

　　这时，电脑的屏幕出现了一些视频和图像，沈志挺上前盯着屏幕，上面显示的图像都是与桑岩的探险队有关的，希望站的历史资料频频出现。

　　"你从哪里搞到这些资料的？"沈志挺问道。

　　桑世杰回眸狡黠地一笑："沈伯伯，不是我吹牛，你刚才说的日本札幌雪节的新闻电视片，我也能很快调出来……"

　　"我完全相信，是不是我不讲你也知道吉野荣夫出现了……"

　　"不，我没有这么大的能耐，不过我相信这个发现很快就不是秘密了，我的电脑能够以最快速度捕捉到它们，几乎是同步的。"

　　桑世杰接着说，他开发了一套特别的软件，专门自动收集有关桑岩探险队的信息，并且自动跟踪，迅速鉴别，加以筛选。它像一座大资料库，不断补充最新发现，捕捉散布在各种媒体上的信息。

　　电脑不仅有综合的信息，还对探险队的每个成员加以分类，设立若干子系统，其中桑岩、吉野荣夫和哈迪姆三人的资料是最为详细的。

　　当然，这台电脑还具有翻译的功能，各种文字的信息都能自动转换成中文，使用非常方便。

说到这儿，电脑的屏幕上出现了一组南极冰原拍摄的镜头，几个头戴绒帽、戴着遮光镜的探险队员在冰上跋涉，接着是冰雪的特写画面。在刨开的雪堆里有一些物件。摄像机将物件越拉越近，画面越来越清晰。有一只杯子、一具望远镜和一些影像不清的物品。

这时，视频上叠印出文字，原文是法文，电脑随即将它转换成中文：

      ……维尔迪尔探险队一行七人于本月17日越过南纬70度，继续徒步横穿南极大陆，在距希望站站址500米处的雪原，发现了当年探险队的遗物。由于气候寒冷，十多年前的探险队遗物保存完好。这些遗物目前已送往巴黎历史自然博物馆，其中有餐具、考察队的仪器和一些罐头食品，专家们认为这批遗物中最有价值的是一本用中文书写的考察日记，由于考察队中只有一名中国人，因此可以断定，日记的作者是探险队队长桑岩。他是中国杰出的极地冰川学家，在十年前的冰崩中失踪，至今下落不明。

沈志挺目不转睛地盯着电脑屏幕上的画面，问道："这是什么时间收到的？"

桑世杰离开办公桌，走到舷窗前，窗外夜色如墨，黑暗中响起很大的风声。

"昨天，法国国家电视台播送的新闻，这是迄今最新的信息……"

"这两桩事不会是巧合吧。吉野荣夫刚在日本露面不久，又发现了桑岩的日记。"沈志挺手托着腮沉思道。

在这一刻，他们都不约而同地想到了同一个问题，怎样找到桑岩，按

他们的推断，桑岩还活着。

突然，房门被猛地推开，一个身披风衣，面孔被一顶礼帽遮住的人，坐在自动控制的轮椅上，双手扶着两旁的扶手缓缓而入。

这是个行动不便的人，约莫70多岁，皓首银须，脸色红润。他的额头宽阔发亮，是那种聪明过人的脸型，目光敏锐，似乎一眼就能看透别人的心思。

桑世杰连忙疾步上前："您……您怎么来了，我听说您在休息，所以没敢打扰……"

那人不动声色，淡淡地说："没有关系，我不妨碍你们谈话吧？"他的脸转向一旁发愣的沈志挺："桑船长，你该向我介绍这位先生……"

桑世杰应道："是，这是我父亲的朋友，当年'海豹号'船长沈志挺，沈船长——"

那人的手从扶手上抬起，沈志挺上前握了握，发觉他的手冰凉冰凉，像死人的手。

"幸会，幸会，很高兴认识你，希望你在这里过得愉快，像在'海豹号'上一样。你看多巧，我的游艇也叫'海豹号'，这不是很有意思吗？"

沈志挺恍然大悟，此人竟是游艇的主人森田先生，会说一口流利的中国话！他说了几句客套话，但这个神秘的人抬起手不让他说下去。

他迅速转动轮椅，背朝着还未从惊愕中反应过来的桑世杰和沈志挺，用不容置疑的命令口气说："桑船长，马上启航，开往日本北海道！"

说罢，轮椅已经走出门外，房门在身后关上了。

桑世杰和沈志挺面面相觑，竟然说不出话来。这一切都像一场梦，他们都不敢相信这是真的。

看来，游艇神秘的主人对他们谈话的内容了如指掌。

这个神秘的森田先生究竟是什么人？为什么刚从日本来又要去北海道？沈志挺如坠五里雾中。他向桑世杰打听，但桑世杰能够提供的情况也有限。"他来无影去无踪，从不和我们多谈什么，所以我真的对他并不了解——而且也不想去了解，不是有君子协定嘛！"桑世杰回答得也很俏皮。

说罢，桑世杰招呼沈志挺："走，上驾驶台，马上启航！"

"海豹号"游艇悄无声息地驶出潜龙湾，向大夜弥天的沧海驶去。

第二部

（一）

黑夜如永恒的梦，陪伴着酣睡不醒的冰原。太阳似乎抵挡不住极地的酷寒，冻僵了，熄灭了，坠落在高低参差的冰山后面，很久很久不曾露面。深邃莫测的夜空、冻结的海湾和远近的冰崖雪坡，在雪光反射中虚实难辨，如同涂上了神秘诡谲的色彩。

这是一个死寂的世界，除了风的吼叫，没有一丁点儿声音。

海洋没有浪花的欢笑，河床失去急流的奔腾，山坡上，以及广袤的冰原上，看不见生机勃勃的绿色。大地仿佛是停止呼吸的僵尸，冰雪编织的

白色裹尸布覆盖在它那冰冷冰冷的躯体上面。

不过，按照太阳的时钟，此刻正是新的一天的黎明。但是漫长的极夜笼罩着大地，看不见破晓的曙光，也没有一线光明，除了满天星光和朦胧的雪光，夜色越发深沉了。

这时，似乎是向黑夜挑战似的，风雪掩盖的一幢长方形建筑门前奔跑着几个人影，那座建筑的一个个窗户灯光耀眼，如同一列黑夜中行驶的火车。唯一的一扇大门忽开忽关，水银似的灯光倾泻而出，映照着出出进进的人影。远远地，可以听见你呼我喊的声音，打破了冰原的寂静。

这里是希望站，千里冰原上一个孤独的科学考察基地。站上的七名不同国籍的科学家在风雪中艰难地度过了三个漫长的极夜。当极地的太阳重回大地时，他们就该踏上返回"文明大陆"的航程了。

但是，意外的事情在不该发生的时候却突然降临了。按照极地生活的严格纪律，极夜期间任何人未经批准不得擅自外出，野外工作除非特殊需要一概停止进行；有的野外观测项目也必须停止进行；能够用仪器自动观测的，绝不用人工代替。这是铁的纪律，也是南极生存的常识。极夜的黑暗，风雪的暴虐，寒暑表的水银柱一直在零下40摄氏度以下，任何一点疏忽都将导致不可挽回的死亡。

可是，这天早上，当值班的法国科学家乔尔斯在餐厅收拾杯盘狼藉的餐具时，发现日本科学家吉野荣夫没来就餐。

希望站的餐厅兼作会议室，也是平时大家聚会的最大的房间，每个人都有固定的座位。

乔尔斯是法国巴斯德实验室的极地医学博士，一个胖胖的乐天派，整天笑眯眯的，这个月轮到他当班下厨，给大伙儿做饭——希望站没有专职厨师，由站上的科学家轮流当厨。

"吉野先生是不是还在做梦钓鱼呀，他可是说过想吃我做的法式鱼排……"戴着一顶圆桶状白帽子的乔尔斯一边抹桌子，一边打趣地说。

坐在餐桌旁的桑岩咽下一口麦片粥，警觉地抬起眼睛，扫视了一眼餐厅，其他的人都在，唯独没有吉野荣夫，并且他餐桌上的刀、叉和盘子原封未动。

个子瘦小的哈迪姆离开餐桌，头一个站起来："我去看看，也许是睡过头了。"他是以色列人，鼻梁高挺，眼窝深陷，是特拉维夫大学的气象学家。他每天的早餐都吃得匆匆忙忙，因为他要赶回气象观测室记录天气数据。

"喂，哈迪姆，你不要打扰吉野荣夫的美梦……"坐在窗前的贡多斯用叉子敲着碟子说，"吉野的那一份我来解决吧。"

贡多斯的英语说得很蹩脚，餐厅里爆发出一阵笑声。

贡多斯是阿根廷人，希望站与外界联系全指望他，他是一个技术熟练、心灵手巧的电讯工程师。

哈迪姆走了没多久，很快就风风火火地回来了。他站在餐厅门口，慌慌张张地告诉桑岩："队长，吉野的房间里是空的，卫生间也没有人……"

话音刚落，餐厅里所有人都唰地站了起来。

桑岩推开椅子，第一个大步冲出餐厅。

作为站长，他最担心的是每个队员的人身安全。

尤其是极夜期间，到处潜伏着危险。希望站的每个科学家都有一间不到五平方米的卧室，除了一张床，一张小书桌，还有一个不大的衣柜，余

下的空间就很有限了。

卧室如吉野荣夫本人一样井井有条，整洁干净，物品摆放毫无凌乱之感，各有各的位置。壁上没有像别国的科学家那样贴满花花绿绿的照片，只有一幅日文版的南极地形图，还有一幅富士山的全景照片，床头有一把电吉他，吉野荣夫闲暇之时喜欢自弹自唱。

桑岩没有发现吉野的卧室有任何异常迹象。他退出房间，急匆匆地走到前厅。这里有一扇密封门，考察站的出入口即在此，风大雪大时密封门是不能打开的。密封门对面是一排衣帽柜，每个队员外出的御寒服和雪地靴均存在这里。按照南极考察站的统一规定，出入考察站的人员在此更衣。因为室内外的温差很大，为了保持室内清洁，沾满冰雪的靴子不能进入室内，必须在这里换上拖鞋。

桑岩在前厅和几个队员相遇，他们分头寻找吉野荣夫，没有发现他的踪迹。吉野荣夫常去的实验室也是空的。

桑岩听大家说罢，上前打开吉野荣夫专用的衣帽柜。顿时，在场的人面面相觑，脸色变得严峻起来，困惑的目光带着几分惊讶。

因为衣帽柜里空荡荡的，角落里扔着一双换下的拖鞋，外出穿的御寒服和雪地靴不见了。

大伙儿心里纳闷：这样奇寒的极地之夜，吉野荣夫干吗独自外出，连个招呼也不打呢？而且，他在极地生活多年，有丰富的经验，难道他会和自己过不去，拿生命当儿戏？

与桑岩面对面的瘦高个子叫约翰逊，用手将了将满头亚麻似的长发说："这几天，吉野在实验室干得很晚，昨天晚上11点我回宿舍，路过他的实验室，里面还亮着灯……"他是美国哥伦比亚大学的生物学家，很年轻，却蓄着大胡子。

"这个吉野，已经不是第一次了，有好几次外出都超过了规定的时间，而且他也不和我联系，还把报话机给关了，让我瞎着急。可是等他回来你问他吧，他除了点头哈腰，一个劲地说对不起，下回还是老样子，你简直拿他没有办法。"阿根廷电讯工程师贡多斯气恼地说。

按规定，去野外工作的队员都带有无线电报话机，他们应该经常与希望站的电台保持联系。

贡多斯说的情况，桑岩是知道的。在希望站各有个性的不同国籍的队员中，吉野荣夫是个叫人捉摸不透的人。有人开玩笑，说他是只孤独的老狐狸，倒也入木三分。他对谁都和和气气，谦恭有礼，从来不和别人争执，但是谁也无法猜透他那笑眯眯的面孔后面究竟隐藏着什么。对工作，对他分管的研究课题——他是从事冰川调查的——那是无可挑剔的，一丝不苟，尽心尽力，称得上是一流的学者，但是他和所有的人都保持等距离外交，既不敞露心扉，大面上也过得去。也许，他就是这种性格的人吧。

不过，桑岩有时也闪过一丝疑虑，在此之前，吉野荣夫多次发生过擅自外出，或者逾期不归的行为。虽然希望站像联合国一样是个松散的团体，每个队员的专业不同，可以自由地支配自己的时间，但是起码的极地生活纪律是不能不强调的，可是吉野荣夫却"一而再，再而三"地违反了纪律。

当然，吉野荣夫每次外出都很辛苦。他是个工作狂，一到冰原就什么都忘了，全身心地扑在工作上，这点也是实情。所以每次吉野荣夫违反纪律，只要他诚恳地道歉，桑岩除了提醒他注意安全，似乎也不好多说什么。尽管他也知道吉野荣夫闪烁其词，没有讲真话。

　　桑岩见大家议论纷纷，默默地穿上御寒服，换上雪地靴。他的脸色严峻，像乌云笼罩的天空。吉野荣夫在寒冷的极夜独自外出，后果不堪设想，他深知事态的严重。其余的人见桑岩要出去，也纷纷从衣柜里取出外出的服装、手套和帽子。

　　桑岩和贡多斯握住密封门的把手，用力拧开，顿时一股逼人的寒流迎面而来。厚厚的积雪掩埋了门前的钢架阶梯，房屋三分之一的墙面堆着深深的雪。

　　"脚印！"不知是谁喊道。

　　门前的积雪踏出了很深的足迹，足印向左手边的车库延伸。

　　夜色朦胧，看不见多远，桑岩和众人直奔车库，只见车库前面的雪地留下了散乱的辙印。他立刻什么都明白了。

　　乔尔斯上前推了推车库的铁门，发现门是虚掩着的。他不禁吃了一惊，因为他兼管着站上的物资。他第一个跨入车库，打开电灯，一眼就发现靠墙的一辆雪上摩托不翼而飞。那是一辆性能很不错的新式摩托，速度快，配备了电热防寒头盔和御寒装置，保暖性能尤其好。

　　众人面面相觑，无不感到惊讶。桑岩手托在下巴上一声不吭。

　　从辙印上看来，吉野荣夫走出门外不远，便驾着雪上摩托向站区一侧的山坡驶去，那里通向辽阔的冰原。

　　桑岩打量着面前的队员，心里盘算着应急良策。站上人手很少，阿根廷电讯工程师贡多斯是走不开的，他必须守着电台，保持跟外界的联络。乔尔斯，乐观的法国医学家，这个月值班，一日三餐够他忙乎的，抽他出来也不合适。至于约翰逊，这个美国小伙子倒挺能干，可他这几天闹胃疼，吃不下饭，虚弱得很……

他掰着指头算来算去，可以挑选的人很有限了。

桑岩越过过膝深的雪堆走到房前的空地上，这里的雪不太深，一辆雪地车埋在雪中。他一边用手套扫去踏板和车盖上的积雪，一边对身后的约翰逊说："你去叫哈迪姆来，带上报话机。对了，找几根结实的尼龙绳……"

贡多斯道："桑岩，你不能去冒险，天太黑，冰裂缝很多，太危险！"

"你去守着机器吧，我随时和你联络。"桑岩不予理会，吩咐道，"你们快进去，会冻坏的……"

寒风砭骨，嘴里哈出的热气立即在眉毛、胡子上涂上一层白色的冰霜。桑岩待以色列气象学家哈迪姆赶来后，对约翰逊说："站上的事情请你全权负责，所有的人不得外出，我和哈迪姆去找吉野，我们会小心的……"

"可是，你们这样做是得不偿失的，冰上的情况非常复杂，万一——"贡多斯气恼地嚷了起来，"你是一站之长，要考虑后果！"

"贡多斯，现在救人要紧！你知道当年英国斯科特上校的探险队，在遇到暴风雪时，队员奥茨独自一人走出帐篷，再也没有回来。现在我们不知道吉野为什么一个人出走，是因为长久的黑夜，心情忧郁造成的神经错乱，还是别有原因？总之，他现在的处境相当危险，也许每耽误一分钟，危险就会加重一分，所以我们无论如何都要找到他。我作为队长，更是义不容辞……"桑岩平静地说。

贡多斯抓住车门的手松了下来，桑岩的一席话打动了他，也感动了在场的其他人。

贡多斯突然上前紧紧拥抱着桑岩，又去拥抱哈迪姆。

他哽咽地说："千万小心，我将24小时守在机房和你们联络……"

约翰逊和其他人——与桑岩、哈迪姆拥抱告别。他们心里都明白，极夜的冰原处处是可怕的死亡陷阱，桑岩和哈迪姆驾车外出找人，冒的风险实在是太大了。

哈迪姆坐上驾驶座，启动预热器，马达的轰鸣打碎了冰原长久的寂静。这时，乔尔斯跟跟跄跄地奔来。他手里捧着一大包东西，所以在雪地上摔了几跤。

"桑岩、哈迪姆，给——"他气喘吁吁地说。

"乔尔斯，这是什么玩意儿？"贡多斯伸手托起沉甸甸的口袋。

桑岩从车门探出身子说："乔尔斯，这——"

"吃的，还有饮料和压缩食品，够你们吃12天的。"细心的厨师说。

亏他想得周到，忙乱之中，桑岩把这桩大事忘了。

雪地车的前排车灯射出雪亮的光柱，冰面像玻璃一样闪光。接着，雪地车像一头从笼中放出的猛兽，发出一阵咆哮，继而向前猛冲过去。

碾碎的冰层和雪块像受伤一样痛苦地呻吟起来。

耀眼的光柱越走越远，渐渐融入黑暗。

有人突然惊呼："快回去吧，我的脚冻僵了……"

<h1 style="text-align:center">（二）</h1>

"哈迪姆，醒一醒，别再睡了！"桑岩用力摇晃身后的哈迪姆，大声喊道。

哈迪姆蜷缩在雪地车的后排座位上，头歪着，眼镜被金属链子吊在胸前。微弱的光亮照着他胡子拉碴的脸，泛着青灰，他像是老了十几岁，形

容憔悴。他扭动身体，嘴唇喷喷有声。过了片刻，他挺直上身，睁开惺忪的眼睛。

"我……我睡了多久？"他一边戴眼镜一边问。

桑岩将右臂伸过去，腕上的夜光表是深夜三点一刻。

"你可睡了不少时间，不觉得冷吗？现在车里的温度越来越低，我担心你这样会冻着……"桑岩望着座前一排红红绿绿闪光的仪表，不无担心地说。

从希望站出发后，他们在风雪弥漫的冰原度过了三天三夜——其实看不见白天，夜的网如弹簧般无限地向前方延伸。冰的世界广袤无垠，像凝固的大海没有尽头。路很难走，因为冰原并没有路，起伏的冰原到处是刀刃似的冰坎。雪地车东奔西突，用坦克一样的钢铁履带碾碎坚固的冰雪。在冰坡陡峻之处，它吼叫着，加大马力，一步一滑地攀爬。最初，他们依稀可见雪上摩托的辙印，雪地车紧紧咬住不放，希望能很快找到他的踪迹。可是在翻过一处积雪很深的山坡时，风雪迷住视线，雪上摩托的辙印消失不见，似乎被大雪掩埋了。

这时，雪地车的位置大致在冰原的一道隆起的山梁上，狂风卷起白毛似的雪片漫天飞舞，看不清十几步以外的景物。狂啸的风敲打着车窗，如山呼海啸，令人心悸。哈迪姆是极地气象学家，他用雪地车内的风速测定仪测试风速，发现风速高达每小时300公里。在地形如此空旷的地方，雪地车处境相当危险。

"桑岩，我们必须找个避风的地方，弄不好雪地车会被风卷走的……"哈迪姆焦虑万分。

"问题是……暴风雪太大。"桑岩一边启动雷达，在荧光屏上搜索方

位，一边答道，"现在只好碰碰运气，前边是个斜坡，往前走走看……"

他拉紧控制闸，雪地车颤抖着，像瞎子一样向前迈步。桑岩这时完全凭直觉驾驶，他不能判断前面会遇到什么危险，因为挡风玻璃外面混沌一片，连车灯的光柱也被黑暗吞没了。

哈迪姆的一颗悬着的心也快要提到嗓子眼儿上，他感觉出雪地车的履带在急剧下滑，像是失去控制，速度越来越快……

"这个坡很陡，你抓住……"哈迪姆提醒桑岩。

桑岩的手心快要攥出汗来。雪地车的脚闸和手闸都用上了，但仍然不能控制住下滑的速度，他隐约感到情况不妙。

他没有料到这个斜坡这样长，这样陡。雪地车如同从很高很高的滑梯上向下冲去，没有阻拦，没有摩擦力，风驰电掣地俯冲而下。

失重的感觉使他俩一阵晕眩，雪地车颠簸起来，如同风浪中的一叶扁舟，随时都有可能倾覆。

桑岩脸色煞白，急忙按下紧急制动的按钮。在这千钧一发之际，雪地车的车尾弹跳出一顶迅速张开的降落伞，履带的钢铁叶片之间伸出无数的钢铁利爪，将冰坡的冰雪牢牢抓住。一阵尖厉刺耳的啸声响过后，雪地车像是被一条无形的绳子拴住，骤然减速。

即使如此，雪地车炮弹形的车头猛烈地撞在一堵坚硬的冰墙上，接着又反弹回来，它的前面竟是一道陡立的冰墙。

"桑岩！你没事吧？！"从惊愕中醒来的哈迪姆喊道。

他看见桑岩的头枕在方向盘上。

"没事。"桑岩一动不动地回答，"太可怕了，我看我们现在陷入了绝境，这样陡的冰坡，我们是很难爬上去的……"

他抬起头，目光是忧郁的。因为桑岩知道，他们的雪地车滑入了一个很深很深的冰裂谷里。

哈迪姆见桑岩没有受伤，倒是放了心。他听了听窗外，风声小了，便要出去看看。

"不，不能出去！"桑岩伸手将他按住。

话音刚落，雪地车外面像是下冰雹一样响了起来，无数的冰块坠落，砸在车顶上。

"冰崩！"桑岩喊道。

他立即旋转方向盘，雪地车贴着陡立的冰墙向水平方向飞快地逃窜。冰裂谷底下是平滑的冰川，雪地车不停地奔跑，像一只顺流而下的小船。

足足跑了一刻钟的光景，桑岩确信逃出了可怕的冰崩区，才像一摊烂泥倒在座椅上，他感到筋疲力尽。

哈迪姆的心狂跳不止。刚才冒冒失失地想走出车外，若不是桑岩拉住他，肯定会葬身在冰雪堆里——想想真有些后怕。

他俩的心头涌起一种死里逃生的感觉。

这时，一切的喧嚣骤然从耳际消失，听不见暴风雪的吼叫，也没有冰崩雪坠的声响，大地突然异常静谧。他们如同从炮火连天的战场突然闯入静寂无声的大森林里，疲惫紧张的神经一下子松弛下来。

只有雪地车发动机发出沉闷的像秋虫一样的唧唧的轰鸣声，这越发增添了极夜的沉寂。

头顶的天空残云飞逝，风雪不知什么时候停止了，也许这儿根本没有出现过暴风雪。

天地似乎也疲倦极了，悄然安睡。

　　哈迪姆迷迷糊糊睡着了，蜷缩成一团，挤在食品袋一旁。桑岩却没有睡意，陷入沉思。

　　他对寻找吉野荣夫已经失去信心，刚才发生的险情，使他对这次行动的正确性也产生了动摇。贡多斯——那个心地善良的阿根廷电讯工程师的话是有道理的，极夜外出找人无异于自杀，因为黑暗、寒冷、暴风雪，以及无处不在的冰裂缝，随时随地可置人于死地。作为一站之长，桑岩懊悔不已，他怎能一时冲动做出这样莽撞的决定呢！

　　吉野荣夫的踪迹在茫茫风雪中全然消失，生还的希望相当渺茫。他和哈迪姆心里对这一点都很清楚，只是谁都不愿意捅破这层窗户纸。不过，经历了刚刚发生的事情，桑岩的心里突然亮堂起来，他意识到此时此刻他们的处境相当危险，当务之急是立即脱离险境。他估计暴风雪已经过去，必须毫不犹豫地抓住有利的时机。

　　桑岩想到这里，立即提着应急灯，走出雪地车。他想仔细检查一下车况，看一看周围的地形。

　　雪地车的状况使他放心。猛烈的冲撞和那一阵劈头盖脸的"冰雹"没有造成多大麻烦，只是车盖的金属顶篷留下了大大小小的麻点。炮弹形的车头像是什么也没有发生，连挡板也未变形，雪地车的抗冲击性能看来无可挑剔。

　　桑岩像称赞它的坐骑一样用戴手套的手拍了拍车盖，脚下的雪地靴踩着碎银散玉的冰面咯吱作响。气温很低，哈出的汽在胡子和眉毛上凝结成霜。他将手里的应急灯举过头顶，朝四下里望去。脚下的冰川缓缓下降，两旁熠熠生辉的冰墙高度也在降低，不像冰崩地带那样陡峻。他试着往前走去，视野顿时开阔起来，朦胧的夜幕中依稀可看出前面是个宽阔的盆

地，像是一口倒扣的大锅，只是天色晦暗，盆地中雾霭沉沉，如烟似雾的白色光带游移不定，像神秘的幽灵忽隐忽现，看不见脚下有多深多远……

他不敢再往前走，因为脚下的积雪愈来愈厚，每迈一步都要费劲地拔出腿来，才能往前移动一步。而且，寒气从脚下传来，穿透身上厚厚的御寒服。他浑身像淋了水一样冰凉冰凉的，他知道，不能在露天里停留过久，否则会冻僵的。

桑岩急忙掉过头返回雪地车。猛然发现车灯暗淡昏黄，似乎支撑不住快要熄灭了。

"不好！"他暗暗吃惊，快步奔上前去。

他拉开车门，车内的温度明显下降，电暖气的微乎其微，已经没有多少热气了。

桑岩这下吃惊不小，他立即唤醒哈迪姆，俩人分头检查。哈迪姆看了看电瓶，发现电瓶快没电了。桑岩也是一脸丧气，油量表已经发出红色警告——车上的油也快告罄。

没有油和电，雪地车很快会变成一堆废铁，变成无法生存的冰箱。

桑岩和哈迪姆商量片刻，决定把雪地车开到避风的安全之地，这里地处冰川地带，上游的冰雪崩坍下来，那将是相当危险的。

据哈迪姆推测，暴风雪之前天气异常宁静，这样无风晴朗的天气往往是暴风雪袭来的前兆，必须尽快找到避风的地方，作最坏的打算。

桑岩此刻只想早早脱离困境，但事到如今别无良策。根本无法判断他们的准确位置，也不知道避风的安全之地在什么地方。

但他还是要试一试，因为待在原地不动绝非上策，单是没有暖气，冻也要将他们冻死，何不碰碰运气呢？

　　他启动马达，顺着冰川的流向滑动。油表的指针在接近"0"处跳动，他索性关上油门，让雪地车以惯性前进。

　　起初，雪地车的速度很慢，桑岩担心它会陷在冰面的雪堆里，他几次试图打开油门，想用最后的一点燃料驱动车轮。但是他的担心是多余的，穿过一处平缓的雪坡之后，他不得不将车辆换成钢铁的履带，因为雪地车似乎加足马力，飞快地向前滑行，速度快得令人晕眩。哈迪姆尖叫起来："快，拉住手闸！"

　　这时的雪地车如同一块从山坡滚下的石头，要想让它停住是完全没有指望了。光溜的冰面无遮无拦，像涂了润滑油的钢板一样平坦光滑。在桑岩的印象里，南极的冰原无一例外是崎岖不平的。狂风像锋利的刀具，雕刻切削，塑造了千姿百态的冰塔、冰沟和冰陡坎，尖厉的冰面寸步难行，可是眼下的冰面光滑如玻璃，令人难以置信。

　　"真像人工的溜冰场……"这个念头在脑子一闪，桑岩倒是有些后怕了，倘若下面是冰冻的大海，后果将不堪设想，而此刻雪地车如同高速行进的火车向下俯冲，速度惊人。哈迪姆大惊失色，喊叫道："不行，快停住，否则我们会粉身碎骨……"

　　桑岩将手闸和脚闸都用上了，但无济于事。"没有办法，减速伞不管用了，减速器好像也不大顶用……"他一面按动仪表盘上的按钮，一面气咻咻地说。

　　雪地车在失控的状态下几乎快要飞起来，挡风玻璃前面一片炫目的光带扑面而来，桑岩和哈迪姆不约而同地闭上眼睛——在这种情况下，他们只能听天由命，任凭命运的安排了。

　　不料，当他们做好死的准备时，雪地车却像是被一只无形的巨掌轻轻地托起来，又像只弹性极好的足球，轻飘飘地弹跳了几下，然后又稳稳当

当地落下，停住不动了。

当桑岩和哈迪姆睁开眼睛时，他们不由得交换了一下惊诧的目光，因为雪地车不但没有发生预料中的翻车事故，而且丝毫未损。这简直是不可想象的奇迹。

哈迪姆探身朝挡风玻璃外窥望，忽然，他失声怪叫道："你瞧，这……这是一条……一条有水……的河……"

一条有水的河！这句话如果在地球的其他大陆，那是没有什么奇怪的。但是在南极冰原，如果不是谎言，就是疯话了。

"你……你是不是有毛病？"桑岩用异样的目光仔细打量哈迪姆，揶揄道。

"真的，有水呀，你看！"哈迪姆的脸贴着玻璃，双手在上面拍打着，十分兴奋的样子，"哇，好大的水面，我们的车子就在河里，你快看呀！"

桑岩似信非信地向外望去，不由得惊呆了。夜色朦胧，没有月亮，但深邃幽远的深蓝色的天幕镶嵌着钻石似的星星，天很高，很神秘，没有一丝云彩。星星在寒夜中瑟瑟发抖，不时有一颗星在大气中燃烧，拖着火焰的尾巴，转瞬之间又消失了。

在星光和雪光的映衬下，一条波光粼粼的河在眼前晃动，不知从哪儿来，也不知流向何处。在河的两岸依然是银色的冰、银色的雪，像是海市蜃楼，又像是舞台上的布景，真假难辨，看不真切。

这怎么可能呢？桑岩揉了揉眼睛，又擦了擦玻璃上的水汽，他无法相信在南极腹地会有一条流动的河，作为一个极地冰川学家，他不能轻易相信这样荒谬的现实。

他打开车门，决定出去看个究竟。

哈迪姆大概也是抱着同样的想法，从另一边开门而出。

"哎呀，糟了！"哈迪姆刚迈出的腿又赶紧缩了回来。

桑岩发现雪地车陷入河床，他的脚下竟是缓缓流淌的水，不清楚水有多深，但他的长筒雪地靴已经进水，像是钻进了一条冰冷的蛇。

桑岩慌忙退回车里，他找出两个装雪样的塑料瓶，灌满了水，打算回去化验化验。

他们心头掠过一阵困惑，惊愕的目光盯着窗外。

他们没法不感到惊讶。很久很久没有见过一条淌水的河了，河流、鲜花和绿的树木，似乎已是很遥远的往事了。

眼下，在冰天雪地的南极大陆，居然有一条不知名的河流，在他们脚下奔流。尽管看不太清楚，但他们发现河水很脏，有一股说不出的异味，完全不像冰川融化的水。

这不是梦，难道是眼睛的幻觉？正当他俩神思恍惚时，哈迪姆又惊叫起来："桑岩，瞧那边，灯光——"

桑岩与他几乎同时发现是那冰雪的河岸，闪烁着明晃晃的光柱，不是一个，而是四五个。绝对不是错觉，光柱在迅速移动，朝他们这边射了过来，像是发出一种特别的信号。

"是不是有人？"桑岩紧张得喘不过气来，低声道。

哈迪姆用手抹了一把脸，答道："这一带没有听说过有哪个国家的考察站……"

"也许是遇上了探险队吧，好像还有不少人。"桑岩突然兴奋起来。

南极的冰天雪地，每年都吸引着不少国家的探险队，像珠穆朗玛峰为登山家所向往一样。

"对呀，说不定和我们一样迷了路，"哈迪姆欣喜地说，"快开灯！"

桑岩启开前灯和尾灯，但灯光十分暗淡，发出昏黄发红的光亮。

正当他们揣测不定的时候，河对岸的冰坡开过来两辆庞然大物，强烈的探照灯射出的光柱划破夜幕，迸射出耀眼的光芒，眼前的冰盖断崖和堆堆残雪清晰无比地出现在眼前。桑岩和哈迪姆被晃得睁不开眼睛，慌忙用手挡住刺目的光束。在这瞬间，桑岩大惊："水陆两用坦克！"

话音刚落，那两辆水陆两用坦克轰隆隆地涉水而来，一前一后将雪地车拦截。探照灯的光束将雪地车死死咬住。

"不许动！放下武器！双手放在脑后，统统出来！"

一个威严而带杀气的声音在夜空回荡。

喊话是用英语、日语反复交替讲的。

不一会儿，桑岩举起双手走出雪地车，哈迪姆也随之而出。

他们莫名其妙地成了俘虏。

（三）

桑岩和哈迪姆稀里糊涂成了俘虏，接着又稀里糊涂被关进了一间黑咕隆咚的房里。

他们是被蒙了眼睛走过一段很长的路才到达关押地点的，既不知方向，也看不见沿途的景物，甚至连抓他们的人长什么模样也不知道。

只听见水陆两用坦克履带的隆隆声和一些人的窃窃私语。桑岩懂日语，听出他们讲的是日语，因此断定他们是日本人。

他们的雪地车也开了过来，大概日本人给雪地车补充了燃料，将雪地车作为战利品一同缴获了。

但是，除此之外，桑岩和哈迪姆弄不明白对方的身份，也不清楚将他们抓起来的目的何在。

他心里很坦然，一点也不感到害怕，因为南极不同于地球上其他地方，这里没有国界，不属于任何国家，这块1400多万平方公里的冰雪世界是全人类的共同财产。

而且，据桑岩了解到的情况，至少到目前为止，任何一个国家的南极科学站，对别的国家的科学家都无一例外地敞开大门，提供研究和生活的方便，这是约定俗成的法规。

用武力扣押别国科学家，从未听说过，也是不可想象的事。

可是，眼下发生的事如何解释呢？桑岩和哈迪姆都困惑不解。

他们在黑房间里关了三个多小时，蒙眼睛的黑布在进屋时已经去掉，但依然漆黑一团，连一丝光亮也没有，房间没有窗户。

所幸的是，里面很暖和，装了暖气，不至于挨冻。哈迪姆有些沉不住气，挨在桑岩身旁，说道："他们将我们关在这儿，既不来人，也不过问，是不是想饿死我们……"

桑岩刚才在黑暗中仔细检查了这个房子，发现脚下和四壁都是富有弹性的塑料，像是一种特殊的化学材料。房间不大，长宽各四米左右，里面有一张桌子和两张行军床，旁边有个很小的卫生间。但是他摸了半天，也没有找到开关一类的装置。

桑岩脱掉进了水的雪地靴，将毛袜子也将下来，光着脚倚在行军床上，用一床毛毯盖住了双脚。

"你放心，他们不敢拿我们怎么样，"桑岩双手垫在头部，淡淡地说，"我听那几个日本人讲，他们马上找什么村长去报告，好像这是事先交代过的，所以我估计待不了多久，他们准会来找我们。"

"村长？"哈迪姆不懂日语，所以感到十分惊讶，"难道这里有日本人的村庄……"

"说者无心，听者有意"，哈迪姆这样提醒，桑岩霍地坐了起来。

虽然黑暗中看不见他的表情，但桑岩的脑海里却像解冻的大海掀起阵阵波澜。这几天的事情，越想越觉得蹊跷。且不说吉野荣夫的擅自出走，就以今天发生的种种怪事来说，也令人百思不得其解。为什么盆地的边缘如此光洁平滑，像是磨光的凹镜？为什么会在冰冻的南极腹地出现一条河流，水量是那么大？当然，令人困惑的还是他们遇到的一群蛮不讲理的日本人。他们是什么人？在南极干什么？为什么对他们如此粗暴无礼？……这些都是无法用常理来解释的。

桑岩无法想象这里会有人类居住。他很清楚，自然条件的严酷，寒冷，暴风雪，没有绿色植物，终年冰天雪地的恶劣环境，使人类无法在这里永久居住。虽然几个世纪以来，有人试图在这个冰雪世界建立永久居住地，但是代价太大，维持不了多久都以失败告终。

然而，他立即否定了自己的想法。

"嗯，事情看来不是那么简单。我想，也许这是一个我们所不知道的居民点，日本人偷偷摸摸在这里建的，因为科学站都是公开的，各国都是如此，没有必要这么神神秘秘，日本人也许想在这里搞什么名堂……"桑岩说。

"对，我也是这么想。日本人对南极的资源，石油与天然气，还有贵

重金属，历来怀有极大的兴趣。我听吉野荣夫说过，日本的极地研究机构从上个世纪开始一直将开发南极矿产资源作为最重要的研究课题，政府给予投资。吉野荣夫也对此毫不掩饰，他说日本是个资源匮乏的国家，他们理所当然会对南极的地下资源感兴趣……"

"其实，日本岂止是对南极的矿产资源感兴趣，"桑岩接过话茬道，"当然，公平而论，不仅仅是日本，许多国家对南极的领土都提出了自己的要求，企图将南极瓜分掉，因为这块土地是一块非常诱人的蛋糕，谁都想分到最大、最好的一块。但是，所有这些要求，目前仍然停留在口头上，或者文字上，谁也没有真正付诸行动。我们今天遇到的日本人的情况却另当别论，他们对我们闯入他们的领地显然十分恼火，采取了无礼的行动，这倒说明了他们有不可告人的秘密……"

"你认为，日本人有什么不可告人的秘密？"

"我也搞不清楚，但是你也注意到了，这里出现了一条河流，真正的河流，而不是冰冻的河流，这一点说明了什么呢？"桑岩将话题一转，朝哈迪姆那边望去。

"啊，这里……"哈迪姆一惊，连声说，"难道说日本人已经提前行动，把他们的太阳旗插到南极冰原了吗？"

想到这一点，他俩都有不寒而栗之感。

桑岩的脑海中像闪电照亮黑暗中的景物一样，那封存在记忆库里难忘的一幕清晰地浮现眼前。

那是五年前一个星光暗淡的深夜，他乘的考察船航行在南太平洋——前天他们离开椰风蕉雨的塔希提岛，此刻正在日夜兼程驶往南方的冰雪世界。

他当时是中国南极考察队的一员，那也是他第一次去南极。

在舱室狭窄的床上，他迷迷糊糊地睡着了，浪涛有节奏的澎湃声伴他入眠。忽然，他被人叫醒，值班的大副站在床前。

"醒一醒，桑教授，请您到驾驶台来一趟，"大副说，"前方有一艘不明国籍的船只，他们拒绝通话，我们通过各种频道与他们联系，对方始终不予回答。但从电台接收的信号来看，他们用日语频繁地联络，你能不能试试用日语问问他们，免得发生意外……"

桑岩一听，睡意顿消，急忙披上衣服。他懂日语，这是大伙儿知道的。

他随大副来到驾驶台，从挡风玻璃向外望去，黑黝黝的海面波涛翻涌，夜幕低垂，看不清500米以外的景物，但是睁大眼睛，仍能在黑暗中发现船只的模糊轮廓，影影绰绰。

忽地，桑岩大惊，前方不是一艘船，而是一支庞大的船队。

值班的大副也吃惊地发现一艘艘船只的轮廓，像幽灵一样向前飘移。桑岩这时的感觉无异于黑夜中看见一列火车，那一节节车厢在眼前晃动，却始终看不见尽头。

他冲进电讯室，从报务员手里夺过话筒，用日语喊道："喂，这里是中国考察船'极地号'，请你们规避，并通报船名、航速、驶往目的地，请回答……"

过了片刻，对方答道："谢谢你们，我们是日本捕鲸船队，航速17节，航向195度，我们的目标是前方的鲸群……"

听到桑岩的翻译，值班大副立即下令"极地号"减速，因为再晚一步，不可避免要发生船只相撞的事故，太危险了。

桑岩默默地望着那支日本的捕鲸船队在黑暗中消失，心中却顿生疑窦。目前并不是捕鲸的季节，何况捕鲸已是国际社会明令禁止的非法行动，日本政府还敢明目张胆地派出一支捕鲸船队在大洋上游弋，这不合常理。另外，据值班大副说，这支船队根本不像捕鲸船，吃水很深，而且像战时一样实行灯火管制，几乎看不见一点灯光，这也令人费解。此外，他们拒绝通话，行动诡秘，这也不合乎国际惯例……所有这一切都令人百思不得其解。

但是，这一幕发生在多年前的情景，此刻却异常鲜明地突现眼前，桑岩联系今天的遭遇，不禁怀疑这是日本在秘密向南极移民。对，他们有发达的航运系统，拥有世界最多的商船，加上目前先进的隐形技术，要实现移民南极，并不是十分困难的事。

他越想越觉得这是完全可能的，自己当时为什么没有朝这方面想呢？也许，全世界一切善良的人都被日本人蒙骗了，他寻思。

不知过了多久，房门突然一阵响动，像钥匙开锁的声音，接着沉重的门"吱呀"一声从外面拉开，只见一个人手持应急灯跨门而入。

桑岩和哈迪姆霍地从行军床站起，定睛朝来人望去，不禁大喜过望。

来人正是离站出走的日本科学家吉野荣夫。他将应急灯高高举起，朝房里四处张望。

"吉野——"桑岩和哈迪姆同时喊道。

吉野大步走上前。"我猜就是你们，桑岩，哈迪姆，你们受委屈了……"他气喘吁吁地说。

桑岩发现吉野浑身直冒热气，脸上流汗，说话时上气不接下气，他显然是急匆匆地跑来的。

"吉野，你说清楚，这是搞什么名堂？"哈迪姆双手抓住吉野的肩膀，疾言厉色地质问，"你为什么一个人偷偷跑了，害得我和桑岩队长在冰天雪地里找你快一个星期了，差点送了命，现在又将我们像囚犯一样关起来。你们想要干什么？"

哈迪姆确实是发火了，好容易找到了发泄的对象。

桑岩也用责备的目光审视着这个日本人，只是不想开口。

吉野满脸尴尬。他一边挣脱哈迪姆的双手，一边用求援的目光转向桑岩："桑岩君，我知道对不住你们，但现在不是解释的时候，请你们相信我……"

哈迪姆松开手，但依然咬住吉野不放："哼，你凭什么要我们相信你？"

吉野的嘴唇嚅动，一时语塞。

"哈迪姆，让他说吧……"桑岩调解道。

吉野用感激的目光投向桑岩，接着说："现在事不宜迟，你们赶快跟我走，到一个隐秘的地方躲起来。因为情况十万火急，有人准备加害你们，我是冒着杀身之祸跑来救你们的。至于详情，以后我会原原本本地告诉你们的……"

吉野这番话是真是假，桑岩他俩无从判断，此刻只能信其有不能信其无，谁知道会发生什么事情呢。

"当然，最安全的地方是回我们的希望站，不过目前走不了，我估计他们早有防备，主要的通道都派人封锁了。这会儿天气很好，很难避开他们的耳目，所以我看你们暂且和我一起，先找个隐蔽的地方躲一下……我在这里有不少好朋友，他们是靠得住的。"吉野答道。

他所说的"他们"究竟是谁？桑岩和哈迪姆一无所知。

哈迪姆意欲开口，见桑岩用目光示意便没有提出反驳。

"事已如此，我看只好这样办。吉野，你要说话算话，必须保证我们的绝对安全。希望站的全体人员都知道我们俩是为找你而来的。他们现在一定也在设法寻找我们的下落，如果我们有什么不测，他们肯定要找你们算账。那时候，恐怕就会酿成国际纠纷，请你考虑……"桑岩的话软中有硬，含有无形的威慑力量。

吉野频频点头。"是，是……"他说，"桑岩君，我正是有此考虑才来救你们，请绝对放心！"

说着他们走出黑牢房，外面空气凛冽，夜空寒星闪烁，碧蓝澄澈，无限深邃。桑岩注意到，他们身后是陡峭的冰崖，关押他们的是个集装箱房屋，像是半埋在冰崖脚下的一口棺材。周围犬牙交错的冰峰寒光逼人，好似一座迷宫。

他想起来还很后怕，关在这里除了等死，逃是逃不脱的，因为到处是冰天雪地。倘若吉野不来，再过几天，他和哈迪姆恐怕会活活饿死。

冰坡下面停着一辆雪地车，吉野招呼他们上车。

远处，凹陷的盆地中央，无数灯火闪闪烁烁，如放置盘中的粒粒珍珠，熠熠生辉，像是一座繁华的城市。

桑岩和哈迪姆吃惊地望着远方的灯火，简直难以置信，因为在南极的冰原上，不可能有一座城市。

这是幻觉，还是梦境，他们说不清楚。

雪地车开足马力，悄无声息地朝盆地中央驶去……

（四）

灯火越来越耀眼，当雪地车驶入盆地中央时，坐在后排座的哈迪姆突然厉声喊道："吉野，停车！"

扶着方向盘的吉野吃了一惊，急忙刹车，转过头问："哈迪姆君，你……"

"你……你是不是要出卖我们？"哈迪姆消瘦的脖子上青筋毕露，手不停地指着窗外，"你看见没有，前面有很多房子，那里都是你们日本人，你是不是要把我们往虎口里送？"

见哈迪姆这样说，吉野圆圆的脸上反而漾出笑容。

"你不要神经过敏，我的车上有特殊通行证，在这里通行无阻，没有人敢检查我的车子，这是其一。"吉野慢条斯理地说，"第二，现在是深夜3点，所有的人都睡觉了，不会有人发现我们……"

桑岩这才注意到雪地车挡风玻璃的右上角贴了一块黄色的圆纸片，上面有个响尾蛇的图案，也许这就是吉野所说的特殊通行证吧。

吉野这样解释，哈迪姆无言以对，但这个精细的以色列人仍然将信将疑。

也许是为了证实自己的一番表述，吉野驾着雪地车朝灯火阑珊的冰雪城市开去。

桑岩和哈迪姆被眼前的景象惊呆了，因为在他们前面是一座规模相当可观的冰下城。

穿过一道长达5公里的冰下隧道，眼前豁然开朗，竟是纵横交错、十字

交叉的街道，街道约有10米宽，当中是一排粗大的方形冰柱，像水晶玻璃一样闪闪发光。街道两旁，是在坚厚的冰层开凿出的一间间房屋，像中国黄土高原的窑洞，但每幢房屋的外墙和门窗式样各异，装饰成不同风格。

如果不是亲眼所见，简直无法相信他们置身于南极的冰下世界。街道的顶上是坚实厚重的冰层。而且据吉野介绍，整个冰下城共有三层，每层之间有电梯沟通，其结构大同小异。在主街两旁的步行道，安装了自动双向传送带，行人只要踏上步行道，便可以方便到达目的地。

吉野边开车边说："为了防止冰层融化，所有冰层裸露的地方，涂抹了一层透明的隔热防渗胶，所以看起来似乎和原始状态的冰没有两样，实际上它们是不会融化的。"

"那么，这里的温度是否需要保持低温？"桑岩很感兴趣地问道。

雪地车拐了个弯，驶向一条略窄的马路，两旁的商店橱窗闪着五光十色的霓虹灯，但卷帘门大都关闭，看不见一个行人。

"整个城市的温度由中央空调控制，永远保持在15摄氏度，另外空气的净化、湿度也是自动调控，在每个小区，都建有一座空气调节站——这个城市共有99个小区。"吉野答道。

当哈迪姆还想问点什么时，雪地车已悄声停在了一家花木店前。

"到了，你们先下车。我把车子开进车库。"吉野说。

桑岩和哈迪姆走出雪地车，置身在城中的步行道上，这才感到暖意融融，有种春回大地的感觉。

对面的店铺，有卖寿司的食品店，有卖服装、皮鞋的，还有卖文具和电器的……用日文书写的牌匾和白底黑字的圆柱形的灯笼，使人恍若置身于东京的街头，哪里会相信这里是南极的冰层下面。

"请进屋吧——"吉野将车开进附近的车库，站在花木店门前，召唤桑岩他们。

桑岩和哈迪姆神思有点恍惚，仿佛梦游一样，跟着吉野踏上门前的几级台阶。当屋门在身后关上，两人被眼前的景象惊呆了。

他们仿佛走进一座姹紫嫣红、青翠悦目的植物园，房梁上吊的、架子上摆的、地上堆放的尽是一盆盆花木，有含苞待放的月季，有幽香淡雅的水仙，有清香袭人的米兰，有雍容华贵的牡丹，也有一些观赏性的绿色植物，还有的叫不出名目。最惹人喜欢的还是靠墙一溜各显风姿的樱花——单瓣的、重瓣的、华丽的、素雅的，争奇斗妍，美不胜收。

哈迪姆不由得伸长鼻子到处嗅，用手摸。"这是不是塑料的？"他转脸问吉野。

"店里有现代化的温室，人造阳光，什么花木种不出来？！"吉野颇为得意地说。

"啊，照你这么说，也能长蔬菜，种庄稼？"桑岩站在一盆灿然怒放的八重樱旁问道。

吉野笑了起来："不瞒你们二位，这座冰下之城的居民，他们每年所消费的粮食，每日三餐的蔬菜、肉类、蛋禽，都可以自给自足。如果有时间，我可以陪你们去参观这里的几家现代化的农场和温室……"

花木店的前厅后面，有一道隔扇门，拉开后是个小巧的客厅。吉野脱下脚上的雪地靴，让他俩如法炮制，自己从一侧的隔扇门进入内室。

客厅是典型日本风格的榻榻米，墙中间是一幅日本名画家东山魁夷的富士雪峰图，当中摆放一张方形矮桌，靠墙摆着坐垫。桑岩和哈迪姆脱了鞋和身上臃肿的衣服，仅穿了一件毛衣，然后席地而坐。

　　"这是谁开的花木店？"当吉野换了一身宽松的玄色绳边和服走入时，桑岩劈头问道。

　　双手交叉拢着袖子的吉野答道："不瞒二位，小店的老板就是内人——"

　　内人，即对人谦称自己的妻子。这么说来，是吉野荣夫的妻子开了这家花木店。

　　桑岩和哈迪姆几乎不敢相信自己的耳朵，因为吉野荣夫过去从未提过这件事。

　　"你老婆也跑到南极来了？！你擅自离开站，就为的是与你老婆相会？"哈迪姆火冒三丈，连损带挖苦道，"你也好意思，我们谁没有老婆孩子。都快三年了，谁都把感情埋在心里。可你却偷偷摸摸跑来跟你老婆调情，害得我们差点送命……"

　　如果不是桑岩连连阻止，哈迪姆准会用最刻薄的话骂得吉野狗血淋头。但是，善于察言观色的桑岩发觉吉野的脸白一阵，红一阵，满脸的悲戚。他是个刚强的汉子，此刻却像霜打了一样，垂头丧气，眼里泪花闪烁。

　　半晌，吉野才用宽大的袖口揉了揉眼睛，开口道："你们根本不了解我……我绝不是那种只顾自己，不顾别人的卑鄙小人……"

　　"那你作何解释？"哈迪姆不依不饶。

　　"说来话长，有的事也并非三言两语能说得清楚。"吉野长叹一声，"这样吧，我想你们这会是又饿又渴了，我弄点吃的来，你们边吃边听我从头道来。"

　　说罢，不管他们是否同意，吉野又拉开隔扇门进到内室去了。

"这小子……不会是玩什么花招吧？"哈迪姆望着吉野的背影，轻声说。

桑岩没有吱声，摆了摆手，示意哈迪姆不要多言。

过了片刻，吉野端出一个盘子，里面有几样小菜和两大碗热气腾腾的面条。桑岩和哈迪姆这时也不客气，风卷残云一般将它们吃个精光。吉野盘腿坐在一旁，也不开口，一副心事重重的样子。

"吃饱了吗？"吉野见他们放下碗筷，问了一句。

"这是你今天做的头一桩好事，我可是饿扁了。面条的味道真不赖，到底是女人的手艺，你为什么不请你夫人出来和我们见见面，难道还像阿拉伯人一样男女有别……"哈迪姆吃饱了饭，情绪也有所好转，一边收拾小桌上的碗筷，一边和吉野说。

"是呀，我们应该向嫂夫人表示谢意，给我们做了这样好的饭菜……"桑岩附和道。

吉野的心情并没有因为他们的话语而变得轻松起来，他似乎没有听见，依然像泥胎菩萨一样端坐一旁，脸色越发阴沉。

"吉野，你这是怎么啦？说话呀！"哈迪姆用拳头朝他的胸膛捅了一下，催问道。

吉野一惊，从思绪中惊醒过来。

"不瞒二位，内人并不在这里。"吉野抬起眼睛，目光是那样哀伤，包含着万般苦楚。

"不在？她……她在哪儿？"桑岩和哈迪姆不约而同提出这个问题。

"她……在医院，离这里不远有家很好的医院，设备是一流的，医生也很有水平，但是对于我的枝子——她叫吉野枝子，这些已无济于

事。她已经没有多少时间了，也许今天，也许明天、后天，都是迟早的事情……"

吉野讲到这里，泣不成声。他双手抱头，伏在小桌上，肩膀不停地抽搐，无论桑岩他们怎样劝，吉野也抑制不住内心的悲伤。

良久，吉野擦干泪水，抬起头，向他们透露了他擅自离开希望站的缘由。

这番话，道出了南极冰原的滚滚风云……

（五）

"欢迎光临，见到您真高兴，您总是那么年轻、漂亮。这次又飞到哪里去了……"

作为空中小姐的吉野枝子，每次回家度假，一进渡船码头，那位长了一双长寿白眉毛的渡边秀树——"白濑号"渡轮的老船长，总是像欢迎远行回来的孙女的老爷爷一样，对她这样客气。

久而久之，吉野枝子只要见到渡边秀树，见到那艘双层的绛红色船舱的渡轮，她的心里就觉得很踏实，有一种回到家的感觉。

"白濑号"渡轮是从大陆开往海中的一座名叫秀岛的小岛屿的定期班轮，每天往返四次。岩岸陡峭、山岭逶迤的秀岛面积不大，却以风景秀丽而远近闻名。岛上林木葱郁，温泉汩汩，即使是大雪覆盖的冬天，那里的温泉旅馆也是游客盈门。吉野的一幢西洋式的小别墅就在岛上松林环抱的山谷里。

枝子和吉野荣夫自打结婚后，卖掉了城里的两处房子，加上他们多年

的积蓄，在这个远离城市的小岛上构筑了爱的小巢。他俩趣味相投，对城市的嘈杂、喧嚣和污浊的空气早就厌烦透了，而隔着一道只有5000米海峡的秀岛给了他们难得的安宁和清新。

他俩的职业特点也促使他们下决心在秀岛定居下来。吉野荣夫不用说了，他在婚前就开始了南极的研究，每隔一两年都要去遥远的南极冰原，枝子常笑他像个迁徙不定的候鸟。回到日本，他在家里用电脑就可以和世界联网，安心从事他的研究。秀岛的海浪、松涛和隔绝尘寰的宁静，最适合他潜心研究。至于枝子，空中小姐的工作本来就是漂泊不定的。她一会儿飞巴黎，一会儿飞悉尼，航线并不固定，工作起来没日没夜。但是空中小姐的假期是集中使用的，每个月的疯狂飞行之后，接踵而至的是15天的休假。于是，秀岛的清风、碧波，满山的黑松林和那令人惬意的温泉浴，使枝子紧张的神经和疲惫的身体重新获得活力。枝子常说秀岛就是她的加油站。

不过，枝子当初选中秀岛还有更深层次的原因。一来，她和吉野荣夫是在秀岛的一次旅行中邂逅的，他们在温泉旅馆中不期而遇，由此而迸发出爱的火花，终于缔结良缘。枝子对这难忘的恋情始终铭记于心。再者，她是个喜欢侍弄花草的女子，他们在秀岛的房子不大，却有半亩大小的庭院，这在寸土寸金的城市简直是不可想象的奢侈。枝子每次回家，最大的乐趣就是拾掇她的小花园。她种了上百种花花草草，有时还从国外弄回些名贵花木的种子，将小小庭院装扮得姹紫嫣红，为此县里的电视台还专门采访过她，请她在家庭布置的栏目中宣讲。

枝子对花草也很用心，她买了很多关于栽花技术的书籍和录像带，也常常向花店的技师们讨教。至于插花艺术方面，她下过不少工夫，闲暇时

候，她还给插花杂志写些小文章。

"我将来从航空公司退休后，自己开一家花木商店，我想收益一定不错。"她常常对吉野荣夫这般说。

因为按航空公司的规定，空中小姐的退休年龄不能超过30岁——枝子已经26岁了。

渡边秀树——"白濑号"渡轮的船长——只要不当班，也是枝子花园里的常客。老船长是个"花痴"，除了上班开船，业余时间几乎百分之百消磨在房前屋后的庭院里。他和枝子不同的是，他喜欢搜集各种樱花的品种。春天时节，他那方寸之地绯红一片，仿佛是不落的彩霞，叫人赞羡不已。

就因为他们都有爱花、惜花的嗜好，又是彼此相距不远的邻居，常常互相走动，欣赏各自的杰作，久而久之，枝子和渡边秀树结成了忘年之交。

吉野荣夫去南极的第二年春天，正是樱花时节，枝子又出了一趟远门。她这次随公司新开辟的航线，从东京飞往巴西的里约热内卢，又从南美直飞澳洲的悉尼。一往一返，回到东京已经是樱花凋谢、花絮纷飞的日子了。

枝子又有半个月的假期，她像往常一样，打算当天从东京乘新干线的火车回到秀岛的小屋。她很惦念花园里的花花草草，虽然临走时托付渡边秀树照料她的宝贝，但她一直放心不下。何况，这半个月来，吉野荣夫会给她打电话的，录音电话中会记下吉野荣夫的留言，她很想念远在天涯分别多时的丈夫。

飞机在羽田机场降落时下起了蒙蒙细雨。枝子坐上晚上9点最末的一班

新干线火车，车窗的玻璃被密密的雨点打得咚咚直响，雨是越下越大了。车厢空荡荡的，只有很少的乘客。枝子独自坐在窗旁的座位，不由得将薄呢子短大衣拉紧。她有点冷，密封的车厢似乎也挡不住料峭的春寒。

她闭上眼睛，连日缺乏睡眠使她那张鹅蛋形脸庞有些苍白，眼圈四周一圈黑色。她现在既没有食欲，也不想喝点什么，只想美美地睡上一觉。"再忍耐两个小时就到家了，好好地洗个痛痛快快的温泉浴，睡他个一天一夜……"她心里默念道，实际上，火车用不了两个小时，就能到达目的地。她坐过这趟末班车不止一次，下了火车还赶得上开往秀岛的末班轮渡。也许，还是渡边秀树值班哩。

不知不觉，枝子头靠着椅背迷迷糊糊地睡着了。她睡得并不踏实，火车的呼啸声，窗外的疾风骤雨声，以及说不清是什么的喧嚣，她听得清清楚楚，过了一会儿，她什么也听不见了。

突然，火车头尖厉刺耳的啸声划破了深夜的寂静，那高一声低一声的尖叫听起来十分凄凉、十分惊心动魄。经历过战争的人以为是空袭警报，而在枝子的耳朵里，那简直无异于弱小的动物在惨遭屠戮时发出的哀鸣，真叫人的神经受不了。

所有的乘客，不管是睡着的，还是醒着的，一个个惊慌失措。有人从座位上猛地站起，也有人吓得蜷缩成一团。从毗邻的车厢传来杂沓的脚步声和一声声惊叫。

"发生了什么事？！"枝子听见车厢里有人嚷道。

"是不是火车出轨了？"

枝子刚想站起来，回头张望，突然她的头受到猛地一击，一股无形的力量将她那娇小的身躯整个儿托起，像腾云驾雾一样飞离座位，她只觉得

自己身体失去重心，接着眼冒金星，一阵撕心裂肺的痛楚使她失去了知觉……她晕死过去了。

枝子醒过来的时候，发觉自己躺在一个陌生的房间，光线从房顶柔和地洒在她的脸上，四周和天花板一片雪白，房间好安静，静得可以听见自己的喘息。她想坐起来，但是头却像有千斤重，四肢和整个身体如同被绳索捆绑起来，让她无法动弹。当她稍稍用力时，觉得浑身像有几万根针在扎一样，疼痛难忍。

她的嘴唇翕张，像是在沙漠里一样干渴难耐。

"水……水……我要喝水……"声音微弱的枝子挣扎着。

忽然，枝子听见脚步声，有人欣喜地喊道："她醒过来了——"

枝子费劲地睁开眼睛，几个模模糊糊的面孔在眼前晃动。渐渐地，她看清楚了，除了戴着白帽子的护士和医生，还有一个长寿眉的老人——渡边秀树。

"你不要动。这下好了，可把人急死了……"渡边秀树喃喃道。

"我这是在哪儿？我怎么啦……"枝子的脑子里像一团乱麻。

但医生不让渡边秀树多说。"你只是受了点轻伤，但没有关系，很快就可以好的，你现在什么也别想，好好休息。"那个有一撮小胡子的医生说。

年轻秀气的小护士用小钢勺子给枝子喂了几口水。

枝子的情况并不像医生轻描淡写的那样。在新干线火车急刹车造成的事故中，她是78个受伤旅客中伤势最重的一个。她的头部受到重创，被医生诊断为脑震荡，肋骨断了三根，所以她被送进医院抢救时一直昏迷不醒。为了找到她的亲属，医院不得不求助于本市电视台，渡边秀树是看了电视才知道枝子出事了，于是匆匆赶到医院。

不过，这还不算是最大的不幸，一个多月后，当枝子脱离危险，坚持要求出院时，她才知道一个最可怕的消息。

这个可怕的消息，人们一直瞒着她，担心她受到刺激，会加重她的病情。

但是，瞒总归是瞒不住的。

那是一个晴朗的早晨，枝子第一次走出病房，由护士搀扶着来到洒满阳光的阳台。渡边秀树早早来了，他是准备向枝子道别的。

枝子坐在一张白漆藤椅上，耀眼的阳光使她不由得眯着一双秀气的眼睛。

护士走开后，渡边秀树找了一张凳子坐在枝子对面。

"这些日子，给你添了不少麻烦，实在过意不去……"枝子躬身道。

"哪里的话，是应该的，只是以后不能再为你做点什么了……今天是特地来告辞的……"

渡边秀树双手扶膝，讷讷地说。

枝子抬起眼睛注视着对方，不觉有些纳闷。"先生是要出远门吗？"她不能想象渡边秀树会离开他的"白濑号"渡轮，或者放弃他那开满樱花的小院子，因为她多次听老船长说过，那是他的命根子。

"不会是跟我开玩笑吧？"她补充了一句。

但渡边秀树却没有开玩笑的心情。他那瘦削的长脸紧绷着，失去了往日常挂的笑容，目光是阴郁的，像是有满腹的心事。

枝子今天的心情像天气一样很好，鹅蛋形脸蛋上漾出笑容，透出绯红的血色。她身材娇小，秀发齐肩，皮肤白净，乍一看，活脱是个稚气未减

的中学生，只是那一身白底长条纹的病员服，多少遮掩了她的姿色。

她见渡边秀树没有吱声，并不在意，因为她知道老船长不善言辞，再说她多日关在病房，今天第一次来到户外，她很想多看一眼户外的景色。"大概风雨飘零的春天已经寻不到踪迹了吧。"她想。

她的目光越过阳台的水泥栏杆，阳光晃眼，她将手搭在额头向远处眺望，医院病房的阳台恰好面对着她常来常往的轮渡码头。这一带她很熟悉，那是一条店铺林立的热闹街区，轮渡的售票处旁边是一家小吃店，旁边是一处咖啡馆和几家卖服装的铺子，她常光顾那些店铺。轮渡码头一带海岸，经常舟船如蚁，一片喧闹。上船的、下船的、等船的乘客熙熙攘攘，载客的、运货的、进港的、出港的船只，一派繁忙。码头对岸，隔着一道风平浪静的海峡，便可看见山青树绿的一座小岛，仿佛海中仙山，在雾气漫漫的黎明缥缥纱纱，美丽非凡。

枝子的目光投向渡轮码头。她先是惊讶，接下来却如同一股凛冽的寒流袭来，她全身一阵战栗，继而脸色苍白，呼吸变得急促起来，她的目光随之也充满恐惧、疑惑和悲哀。

这样的凝视持续了几分钟之久。枝子忽地一阵晕眩，头痛欲裂。她大叫一声，身子瘫倒在藤椅上。

当她清醒过来时，泪水涟涟。"渡边先生，发生了什么事，为什么会这样……"她悲伤地攥住老船长的双臂，一直不肯撒手。

枝子看到的情景触目惊心。码头那边，整条街的房倒屋塌了，像是战争时期被飞机投弹轰炸一样，只剩下一片瓦砾堆，没有一间完整的房屋。码头的情况更惨，掀翻的船只像死鱼一样船底朝天，挣扎在混浊的浪涛里，有的船竟然"爬"上岸来，像退潮时搁浅在沙滩的鱼。但是，她的目光越过一片狼藉的渡轮码头，越过那道不算太宽的海峡，惊恐地发现那海上仙山般的秀岛像一艘受到重创的军舰一样沉没了，海潮将岛上的山岳、岩岸，以及她所爱的小巢无情地抹去，像抹去一个泡沫……

渡边秀树告诉她，就在她乘新干线返回家的路上，狂风暴雨的大海突然掀起巨大的海啸，事先没有任何征兆，伴随着一场海底地震——据地震台记录的震波，地震中心就在秀岛的海底。究竟是地震引起海啸，还是海啸诱发了地震，专家们众说纷纭，但是它所造成的损失却是无法估量的，秀岛上的500多名居民无一生还。这边的海岸一带损失相当惨重，在瓦砾里寻找生者的抢救工作持续了半个多月，倒塌的房屋有1000多间，沉没和损坏的船只有200多艘。至于其他沿海地带的城镇，破坏的程度虽然不及秀岛那样彻底，却也相当严重。

"……我是侥幸捡了一条命。那天晚上，因为风大、浪大，'白濑号'渡轮停止航行。我回不了秀岛，就到城里的朋友家里借宿，结果我得救了，锚泊在码头的'白濑号'却被海浪掀翻，沉到海底……"渡边秀树讲得很平静，痛苦已经使他近乎麻木了。

"那你在秀岛的房子，还有你的樱花，都没有了？"枝子无法接受这样的残酷现实，仍然提出这样愚蠢的问题。

渡边秀树的脸颊闪过一丝无奈的苦笑，什么也没有说。他心想："你不是和我一样，一夜之间一无所有了吗？！"但他不愿意说，怕伤了枝子的心。

"不可能的，一个那样大的岛怎么可能像小船一样沉了呢？"

枝子发疯似的站起来，双手在空中乱晃，失声嚷道："我的房子，还有我的小花园，我和吉野的一切……我该怎么办？我以后怎么活下去？今

后的日子怎么过？"

她的双眼暴突，叫嚷声变得声嘶力竭，像一头疯狂的野兽。她抓起藤椅，高高地举过头顶，朝阳台底下拼命地扔了下去。

枝子遭此强烈的刺激，她的精神全然崩溃了。

如果不是渡边秀树紧紧拦腰抱住她，枝子说不定会出大事的。

（六）

枝子住的那家医院的斜对面，一条僻静的巷子里有家居酒屋，渡边秀树独自一人盘腿坐在木椅上，面前的黑木桌上杯盘狼藉，几只空啤酒瓶横七竖八地倒在桌上，他动作迟钝地将酒杯慢慢地移向仰起的嘴巴，这才发现酒杯已经空了。

"老板娘……拿……拿酒……酒来……"渡边晃动手里的酒杯，大声地叫道，他的舌头已经不听使唤了。

他的两只迷迷瞪瞪的眼睛，血红血红的，像是冬天旷野里的老狼，叫人害怕。

居酒屋门面不大，进进出出的客人却不少，腰间系着一条白布围裙的老板娘正在手忙脚乱地给客人端酒送菜。

"来了，来了……"30来岁、脸上有一颗美人痣的老板娘高声应道，但只是回眸瞟了渡边秀树那边一眼，并没有马上过去。

这是店里一天最忙的时候，墙上的电子钟指向晚上八点过一刻。虽然遭了一场大灾，城里的大街小巷到处残留劫后的痕迹，但人们是不管这些天灾人祸的，灾害反而刺激了人们的消费。反正过一天算一天，谁也不知

道过了今天还有没有明天，所以城里的酒楼、饭店、歌舞厅、夜总会、麻雀馆（日本的赌博场所）……反而生意兴隆，客人爆满，就连这家并不起眼的居酒屋，如果不早点来，也是很难找到座位的。

渡边秀树是居酒屋的常客，老板娘一家跟他很熟，见他已经喝得醉醺醺的，老板娘便忙着给别的客人端酒点菜了。

不料，渡边秀树见没有人理会他，勃然大怒，将酒杯重重地往墙上猛击过去，粗声粗气地嚷道："混蛋，你不要以为大爷的船沉了，房子也沉了，就瞧不起人，大爷有钱，有好多好多的钱……我不会欠你的酒钱，你凭什么不给我上酒……我这就给你钱！"

他边说边从腰间的一个皮革肚兜里翻找，取出一叠崭新的面额一万元的钞票来。

老板娘见状慌忙放下手里的托盘，赔着笑脸快步趋前，一个劲地作揖哈腰。

"您甭生气，我这就给您送酒……来，来，来，我先给您这儿收拾……"老板娘一边道歉，一边手脚麻利地将桌上的盘碟和空酒瓶收拾起来。

酒店里烟雾腾腾，许多目光投向醉眼蒙眬的渡边秀树。

"大爷有的是钱！保险公司那帮王八蛋想赖账……我的船可是保了险的，他们想不给钱……你说这个世界还有没有天理……我说你不给钱咱们就上法庭，我请律师跟你们没完……嘿，这帮王八蛋怕了，又软蛋了……你瞧，今天通知我去领保险金……"

渡边秀树唠唠叨叨地说。他是完全醉了，但又控制不了自己。

老板娘只好嘴里一边敷衍，一边给他上酒，至于渡边秀树的话，她只

当作耳旁风。这样的人每天都有，她司空见惯了。

但渡边秀树仍在自言自语，他似乎在借酒浇愁，不吐出胸中的不快不舒服。

"这帮保险公司的王八蛋，欺人太甚……我的一条船，才给了这么几个钱的损失赔偿金，还说是特别处理……你说气人不气人？"他用两个指头夹着一沓钞票，晃动着，嘴里含糊不清地说。

说着，说着，渡边秀树咻咻地笑了起来，但笑声是令人毛骨悚然的。

忽地，一个膀大腰圆的汉子双腿叉开，站在渡边秀树面前，酒店昏黄的灯光被他那伟岸的身躯挡住，顿时将渡边秀树罩在一片阴影里。

渡边秀树一惊，停住手里满满溢出泡沫的酒杯，仰脸朝汉子看去。

"你……你是谁？！"他那僵硬的舌头吐出几个变调的音节。

那汉子也不搭腔，劈手夺过渡边秀树手里的酒杯，接着像拎小鸡一样，攥住他的衣领，轻轻一提，将渡边秀树从椅子上提了起来。

"跟我回去，甭在这儿丢人现眼！"汉子青着脸，用不容争辩的口吻呵斥道。

渡边秀树被这番突然袭击一吓唬，酒醒了一大半，但他仍然咕哝着，在大汉手里挣扎。

"你……你少管我的事，我……还……还没喝够……"

大汉不理他，将渡边秀树的钱放进他的裤兜里，自己替他付了酒钱。然后，他连拖带拽把半醒半醉的渡边秀树拉到门外，拦了一辆出租汽车，然后一道乘车向郊外驶去……

渡边秀树的酒后失态，也是平生少有的一次。这些日子，他的心里实在太苦闷，有太多的烦恼，精神上一时无法承受。他遭受的损失相当惨

重，一生辛辛苦苦积攒的家产，一夜之间荡然无存，变成了地地道道的穷光蛋。仅此一条，神经脆弱的人只能用跳海自尽来了此残生，他不是没有动过轻生的念头。

何况在他的苦恼之中，还加上了新的苦恼，就是吉野枝子的情况十分糟。本来，老船长和枝子非亲非故，虽然不同于路人，也只是街坊邻居而已。然而，人生的际遇是错综复杂、难以预料的。由于这场罕见的天灾，渡边秀树出于同情心，几乎天天到医院去看望枝子，他很同情枝子的不幸，同病相怜的心态使他不忍这时撇下枝子不管不问。他知道枝子的丈夫吉野荣夫远在南极，此时此刻，一个年轻女人叫天天不应，叫地地不灵，能指望谁的帮助呢？枝子的境况比他好不了多少，甚至还要更糟——不仅秀岛的房子毁了，连身体也毁了。她因不堪忍受突如其来的打击，精神受了刺激，天天吵着嚷着要找吉野荣夫，要去南极。

"渡边先生，我在银行里还有一笔存款，喏，这是折子，你给我买张飞机票……不，我知道那里没有航线，买张船票……对，我要去南极，吉野在希望站，我要去找我的吉野……"枝子一见渡边秀树就说。

医院的医生对此也束手无策。"她这是脑震荡的后遗症，唯一的治疗办法是静养……"他们说。

可是，对于渡边秀树来说，他却陷入难以自拔的矛盾之中。

丢下枝子不管吧，他于心不忍；管吧，他是"泥菩萨过河——自身难保"。他在城里连个落脚之地都很难找到，船只的保险赔偿金也是寥寥无几——就连这点钱都是不知费了多少唇舌，生了多少气才拿到的。往后，他怎么安排枝子，总归得有个着落——她不能永远住在医院里。

枝子提出要去南极的事，渡边秀树倒没有听进心去，那不过是枝子精

神错乱的胡话，不过他倒是想到吉野荣夫，他该设法让吉野荣夫赶快回国，这倒不失为一条上策。

老船长左思右想，越想越烦，他突然觉得活得太累，太痛苦了。

于是，他失去控制，借酒浇愁，喝得酩酊大醉……

半个小时不到，渡边秀树被出租汽车送到郊外的僻静冷清的海边，这里是新开辟的集装箱码头，工程尚未完工。一个多月以前发生的海啸使这里也受到波及，幸好港外坚固的防波堤使它的损失大为减少，所以码头还能使用。这里停泊着几艘大轮，其中一艘写着"富士丸"的远洋巨轮正在紧张装货中，铁塔似的大吊车扬起巨臂，将一个个集装箱轻轻吊起，还有几辆载重卡车在那里奔忙。

当渡边秀树随着大汉从跳板登上"富士丸"的甲板，又从舷梯进入前舱的一个单人房间时，他的酒已经完全醒了。

"老舅，你以前很少喝酒，怎么会喝成这个样子……"一进船舱，一路上沉默不语的大汉语气也变了，说话和和气气的，与刚才判若两人。

他是渡边秀树的外甥，名叫池田茂，是船上的轮机长。

渡边秀树认出了外甥，虽然几年没有见面，但池田茂没有变样。他中等以上身材，寸发平头，肩宽臂长，一双三角眼发出的目光叫人捉摸不透，忽而凶光毕露，忽而慈眉善目，池田茂就是这么一个性格复杂、喜怒无常的人。他穿着一件褐色的运动衫和浅蓝色的牛仔裤，脚蹬白色跑鞋，乍看不像个水手，倒像是个职业篮球运动员。

渡边秀树喝了几口热茶，心里舒畅多了。他坐在一张沙发上，详详细细讲了这些日子经历的种种事情，他讲到去保险公司索赔的周折，还讲了吉野枝子……

"一败涂地，没想到混了一辈子最后落到如此下场。"他长叹一声，像是为自己的讲述做了一个恰如其分的结论。

"你是怎么找到我的？"见池田茂半天没有言语，渡边秀树抬头问。

"我看电视才知道秀岛沉了，心里不放心，所以船一到这里，就去找你。哪里也问不出名堂，我估计你八成不在人世了，因为我听人说，你的'白濑号'也沉了。"池田茂说，"也是我跟舅舅有缘，没想到'踏破铁鞋无觅处'，在居酒屋里和舅舅碰上了⋯⋯"

渡边秀树一时陷入沉思。他知道他的这个外甥是个不安分的角色，在自卫队混过，因为倒卖军火给除了名，后来在建筑公司当包工头，不知什么时候又吃上了航海这碗饭。但他知道，池田茂是在黑道混饭吃的人物，在日本鼎鼎有名的黑社会组织——响尾蛇会里，他还是个小头目。但他别无亲人，自己遭此不幸，池田茂又是个漂泊不定的人，常年过着"处处无家处处家"的生活。这次见面之后，又不知何年何月才会相逢。想到此，渡边秀树不禁有些伤感。

"舅舅今后有什么打算？"池田茂问。

渡边秀树张了张嘴，却不知如何回答——这正是眼下他难以决断的问题。

池田茂见状心里突然一亮，试探道："我倒是有个主意，不知道舅舅是不是中意⋯⋯"

听池田茂这样说，渡边秀树从沙发上挺直身子，突然来了精神："你有什么好主意？快说给我听听——"

池田茂点了支烟，吸了一口说："我刚才听你说，那个空姐吉野枝子不是想去南极，找她丈夫吗？我去过南极多次，那地方不错，我们这条船

这些年就跑南极这条航线，这次装完货后还要去南极。我在南极就有一幢房子，现成的，所以我建议，你，还有那个空姐，跟我一起走，到南极安家落户，那边的人我很熟，一切都没有问题。到了那边，再帮那个空姐打听她丈夫的下落……"

池田茂一口气说完自己的主意。

但是，渡边秀树怔怔地望着外甥，仿佛要从那狡猾的脸上找出什么似的，因为他知道，南极是一片冰天雪地，他看过南极纪录片，那里什么都没有，冷死人的地方，连棵草也不长，现在池田茂却说要他和枝子迁到那里去，还说他有一幢房子……是不是池田茂也喝醉了，说胡话呀，他寻思道。

"你是不是拿你老舅寻开心？"这回，渡边秀树恼了，气鼓鼓地质问。

池田茂眨巴眼睛道："你说什么呀？难道我说错了什么吗？"

渡边秀树见池田茂仍然瞪着眼睛说瞎话，便卖弄起他的南极知识："我现在到了穷途末路，你还有心思开玩笑，真是没大没小，如果你妈妈还健在，我得好好教训你。"他拿起舅舅的架子数落道。

不料，池田茂不仅不恼，反而哈哈大笑起来。

"老舅，实话对你说吧，如今我们干的可是利国利民的大买卖。这些年各地不是闹灾吗，不是地震，就是山崩海啸，闹得人心惶惶，大家都担心日本列岛保不准有一天会沉到海里去，所以我们响尾蛇会动员各地的弟兄，把灾民组织起来，送他们去南极，不仅白送船票，还给一笔安家费，只有一个条件，这事要严守秘密，否则甭怪我们不客气。你想，这样的好事，那些无家可归的人哪个不乐意……"池田茂说。

渡边秀树不以为然地诘问："你们又派船，又给安家费，还在那边盖了房子，天下哪有这样的好事？你们响尾蛇会什么时候成了大慈大悲的观世音菩萨了？"他知道得再清楚不过，响尾蛇会是一帮乌合之众。

不料，池田茂也不生气，反而笑道："老舅，你只知其一，不知其二，我们是出力的，有人出钱呀……"

"谁？"

"大财团呀！你想，现在日本最头疼的事是人满为患，所以政客早就想向南极大批移民，可这事办起来很棘手，国际上会有人提出抗议的，中国、美国、俄罗斯都不会放过日本，所以大财团出血，我们出头露面，这就是政客的高明之处……"

"那不会被别人发现？"

"这你不用担心，化整为零嘛。我们有的是捕鲸船，还有油轮、渔船，办法还不是人想的……"池田茂的一番表白，居然把渡边秀树说动了。他想了想，眼前也只有这一条路可走，大概许多和他同病相怜、走投无路的人也是如此考虑的。几天之后，一个雾气弥漫的黎明，他和吉野枝子一道乘上"富士丸"，驶向茫茫大海，他们的目的地就是地球最南端那块神秘的陆地。

（七）

在东京最繁华的地段——高楼林立、车水马龙的新宿，有一条毫不起眼的老式街道。青苔斑驳的石板路面终日笼罩着高楼的阴影，很少有见到天日的时候。老街不长，两旁的树木却是盘根错节的老干虬枝，起码有

四五百年的树龄，这些树都长得枝繁叶茂，树冠盖住了半条街面。树荫之下，点缀着几幢雕刻模糊的石柱石牌坊，还有些精心培植的花草。游人至此，对比四周拔地而起的现代化建筑，难免有世事苍凉之感。

老街尽头，穿过一片绿荫，有一座青砖黑瓦的院落，一溜雪白的围墙将院落与喧嚣的世界隔离开来。院落的两扇酱红色油漆的大门平时难得打开，也很少见到有人进出，所以越发增添了它的神秘色彩。人们不知谁住在里面，也无从打听是谁家的府邸。但是在东京上层社会混过的人都知道，这座其貌不扬的院落非同寻常，它是日本现代史的缩影，许多惊心动魄的历史事件都是在这里密谋策划的。

这天晚上，当新宿的通衢大道张灯结彩，五光十色的霓虹灯映照着兴奋的人流涌向街头时，这条平日冷清的老街呈现出异样的气氛。昏暗的路灯下，树影幢幢，到处可见荷枪实弹的警察和腰里别着家伙、手拿步话机的便衣。那座神秘兮兮的院落大门洞开，门楣上的白底黑字圆灯笼迸散出惨白的灯光，像是府里办丧事似的。从日落时分开始，一辆接一辆的豪华小轿车开上石板路，在森严的大门前停住，待车里的人迈上台阶后又悄然离去。

晚上八点差一刻，石板路上响起"笃笃"的脚步声，一个拖着瘦长影子的、学者模样的人步履匆匆地朝敞开的大门走去。他是坐出租汽车来的，在巷口就被警察拦住，于是他付了车钱，手里抱着一摞资料图表步行而去。即使这样，他每走几步都会遇到一番刨根问底的盘查，他弄不明白为什么会这样戒备森严。

当他走上大门的石阶时，从里面出来一个身穿西服的年轻男子，他紧走几步，从一旁搀扶气喘吁吁的来人。

"森田教授，你可来了，都在等您……"他讷讷地说。

森田教授白了对方一眼。"我是遵守时间的，现在还不到八点……"他说。

年轻男子领着森田穿过一座木桥以及长长的回廊，前面是幢飞檐高翘、雕梁画栋的厅堂，他们在门口脱了鞋，然后蹑手蹑脚地进了灯火通明的大厅。

这时，院落的大门和厅堂的门都紧紧关闭，连街上的警察也会意地松了口气。

大厅用屏风围起，形成一个长方形的空间，猩红的地毯上摆了一圈小巧的紫檀木茶几，每个茶几旁边都有一台电脑，身后是一个有靠背的坐垫。这些围成一圈的屏风实际上是全封闭的隔音墙，里面谈话外面是根本听不见的，但一跨入屏风，顿时喧声不绝，人们在谈笑风生。

森田在下首的座位跪下后，一个身材窈窕穿着和服的女子款款而来，她双膝着地，将手中的托盘举在眉前。

森田躬身端起盘子里的茶杯，抿了一口，顺手放在茶几上。

坐在上首的一个身着银灰色西服的胖子朝侍女挥了挥手。她退出屏风后，胖子干咳了一声，朝四周扫了一眼，宣布会议开始。

"诸位，现在是本世纪最后的四个小时，一项关系日本未来命运的计划将要由我们研讨制订，所以这是非常重大的事情。我向诸位介绍一下今天光临非常会议的特邀嘉宾，这位——"胖子向森田对面一个长发齐肩长满大胡子的中年男子努了努嘴，"木村世雄教授，极地研究所所长，著名的南极专家，他刚从南极回来……"

木村世雄点点头，向在座的人躬身致意。

　　"这一位，"胖子笑眯眯地介绍说，"大家都久闻大名啦，著名的南极物理学家，东京帝国大学极地系教授，森田一郎……"

　　森田颔首，脸上一阵发热。他心里明白，和他年龄相仿的木村世雄是南极研究的少壮派头面人物，他们在学术上各执一词，今天对阵恐怕会有一场好戏。

　　在座的人森田多数不认识，他们都是日本朝野的实权派人物。

　　主持会议的胖子是前大藏大臣，现任东洋财团的董事长，但他同时执掌着响尾蛇会会长的大权。坐在胖子右下方的依次是上届内阁的官房长官和国土交通大臣，他们虽已下野，但是在金融界和产业界颇有势力。此外，现任内阁的科技厅长官和外务次官也在座，他们是年轻的少壮派，都虎视眈眈地觊觎首相的宝座，也不是等闲之辈。左下方，是几个身穿便服的军人，他们在自卫队里任职，也是一呼百应的年轻将领。

　　森田对席间的大人物过去有的只是在电视上见过他们的尊容，在一起开会还是平生第一次。不知是厅堂的暖气太热，还是心情紧张，他几次掏出手帕擦拭额头和脖子上的汗。

　　"好，言归正传，先请木村世雄教授介绍情况。"胖胖的响尾蛇会会长扫了众人一眼，宣布进入正题。

　　四十出头的木村世雄身材魁伟，肩阔脸方，浓浓的剑眉下面一双丹凤眼炯炯有神，他的脸庞被南极强烈的紫外线镀上了一层紫黑色，高挺的鼻尖上还有一块冻伤。他虽是学者，却有军人风度——这和他七次指挥南极考察队转战冰原大有关系。由于这次非常会议是根据他的一项建议召开的，他胸有成竹，立即从公文包中取出拟好的讲稿。

　　"各位长官，正如会长所言，多灾多难的23世纪还有三个半小时就要

结束了。"木村扬起脸，将腕上的表摘下放在茶几上，侃侃而谈，"对于即将跨入新世纪的日本，我们面对的形势比以往任何时候都要严峻，那就是生存空间日益缩小。各位都十分清楚，日本的国土，包括本州、北海道、九州、四国4个大岛和3000多个小岛，只有37.7835万平方公里，这个面积仅仅相当于中国的一个省，但是却养育着1.5亿人，是世界上人口密度最高的国家。而且我国地处太平洋西岸火山地震带，地震频繁，地震造成的直接和间接灾害，海啸、山崩、岛屿的沉没、陆地的下陷，经年不断，屡屡发生。大家可能还记得，在20世纪这100年内，1923年9月1日的关东大地震死亡15万人；1995年1月17日的阪神大地震，死亡5400余人。21世纪、22世纪和本世纪情况变得更加严重。东京、名古屋、京都、广岛和冲绳，先后发生了死亡人数高达10万～20万的大地震，沿海岛屿和海岸带频频发生强大的风暴潮，损失惨重。这些情况已是众人皆知。不仅如此，鉴于现代工业化的发展，我国和世界许多国家一样面临着环境污染、水资源匮乏、酸雨、森林大面积消失和土地沙漠化的严重威胁，人口爆炸和环境恶化、耕地减少、资源枯竭的矛盾，势必带来社会矛盾的激化和利益冲突的加剧，这个不容忽视的现实将随着24世纪的到来，尖锐地摆在政治家和社会学家们的面前。"

木村世雄讲话时，每个人面前的电脑屏幕上，出现了展示说明的录像。他端起茶杯润了润嗓子，话题一转，亮出了他酝酿已久的向南极大规模移民的计划。

"诸位，改变这种局面的出路在哪里？这是许多有识之士苦苦思索的问题。过去几百年的教训在于我们太缺乏超前意识，或者是盲目而不计后果的行动占了上风。必须指出，今天的地理政治格局已不容许采取炮舰政

策去扩张领土，经济渗透虽然可以赢得丰厚的利润却不会改变日本空间狭小的现实。因此我们必须放远眼光，调整思路，想他人所未想，做他人所未做，这正是欧洲人在15世纪海外殖民的策略，只是我们的前辈醒悟得太晚。"

说到这里，木村世雄按动电脑键盘，荧屏上出现了南极洲的地图和一系列实地拍摄的画面。

"那么，我们的希望在哪里呢？"他提高嗓门道，"这是地球最南端的地方，这里有一块辽阔的大陆在等待我们去开发，去移民。请大家记住几个数字：南极大陆的面积包括周围的岛屿是1400多万平方公里，相当于日本本土面积的40倍。大陆的海岸线约3万公里，这里的冰层平均厚度2000米，有的地方厚度达4000米以上。据各国考察勘探表明，南极洲的矿产资源极其丰富，有金、银、铜、铁、镍、铂、锡、铀、锑、铬、钴、金刚石等220种矿物，有丰富的石油和天然气。在南极的维多利亚地现已探明的维多利亚大煤田，面积有25万平方公里。面临印度洋的查尔斯王子山号称'铁山'，铁矿品质高，露天矿层厚100米，绵延120公里。至于生物资源，虽然陆地上的生物有限，但海洋生物资源十分丰富，仅磷虾一种就有几十亿吨之多，对于我们习惯食用海味的大和民族，南极海洋可以提供的食品是取之不尽的……"

一谈到吃，大家的兴趣顿时高涨起来，大概哪个国家也不例外。

"磷虾味道很不错呀，我太太每天早餐必用磷虾酱，听说一投放市场还供不应求……"下野的国土交通大臣摇头晃脑地说。

戴着黑框眼镜的科技厅长官探身搭腔道："科研经费还是要增加呀，磷虾的深加工还大有文章，如果适当增加投资，可以生产味道更好的系列产品……"

"啊，是吗？"老奸巨猾的前国土交通大臣耸耸肩膀，言下之意是爱莫能助，潜台词却是"我在台上时，你小子为什么不来找我"。

"好吧，不要扯远了。"胖子摆摆手，问道，"木村君，你讲完了没有？大家有什么疑问，尽管提出来。事关国家的未来，诸位尽可畅所欲言……"

木村世雄还想再说几句，坐在胖子旁边的上届内阁的官房长官劈头问道："木村教授所说的情况当然是言之有理，不过，据我所知，南极比我的家乡北海道冷得多，而且有的地方半年白天，半年黑夜，移民到那里怎么生活？"

"这个问题，我们早有考虑。近几十年，我们在南极的昭和站，还有瑞穗站和新近建立的明仁站，全力试验在冰下生存的可行性。南极的冰层很厚，异常坚固，所以完全可以在冰层下面开凿出街道、房屋和各种设施，这项工程技术没有问题，防止冰层融化的纳米材料已经试验成功，可以投入批量生产。"

这时，电脑荧屏出现了冰层下面开凿多层空间的构想图，接着转化为极地人员施工的画面：像开掘地下隧道一样，冰屑飞溅，银光闪烁。水晶般的冰层出现了冰雕艺术家刀下的作品，有宽敞的通道，有门有窗的房屋。工程技术人员用压缩泵喷涂冰层表面，形成了透明的隔温保护层。

"从这些影像资料可以看出，冰层施工的难度不大，比起海底隧道，或者地下防空系统要容易得多。我们的南极昭和站，这些年选择了不同的地点，进行试点施工，进度非常快。而且地下城市可以用中央空调控制温度和湿度，生活在那里是很舒适的……"

木村世雄说到这里，目光转向正对面的一名30多岁的年轻军人，他是自卫队陆军参谋长。"我想请佐木将军对此加以说明……"他提议道。

"是，木村君讲得一点不错。"佐木将军毕恭毕敬地微倾上身，腰板僵直地说，"陆军工程部派了120名士兵参加了工作，效果很好。"

他言语不多，说话斩钉截铁，毫不拖泥带水，不失军人风度。

"啊，自卫队也悄悄去了南极，外务省对此可一无所知呀……"

外务次官的脸色不悦，酸溜溜地揶揄道。

蓄着小胡子的佐木将军侧过脸去，咄咄逼人的目光直视外务次官那张女人似的小白脸："阁下，陆军工程部是经过总理大臣的批准，以考察队员身份前往南极的，他们脱了军装，并非以军人名义出征，这没有什么不对吧？"

"好了，好了，自卫队以和平为最高使命，去南极施工也是为了千秋万代的和平嘛……"明白底细的科技厅长官怕他们闹僵，把话题岔开了。

接着，科技厅长官抬了抬鼻梁上的眼镜，问："木村君，据我所知，各国之所以不能在南极移民，除了政治因素，最大的难题是能源问题不好解决。南极的石油和天然气，目前的开采利用还只是画饼充饥，一时不能实现。大批移民去南极，照明和生活用电怎么解决？特别是长达几个月的极夜，你总不能让他们睡大觉，像冬眠的土拨鼠吧？"

"土拨鼠？嘻嘻嘻，冰洞里成千上万的土拨鼠，那可是重大国际新闻……"心里憋了气的外务次官嘲讽道。他和科技厅长官是一对政敌，故意借题发挥。

坐姿笔直，脸上没有表情的海军将领忍不住用手遮住嘴巴，窃笑起来。

　　木村世雄对于政客们明争暗斗并不感兴趣，他对这次会议可能提出的质询早有准备，所以立即回答道："阁下之言击中了要害，的确，要在南极立住脚跟，必须解决南极的发电问题，这样才能驱散黑暗，带来光明。因为不仅要保证生活用电，而且大批移民定居南极，必须发展人工温室技术，保证他们的蔬菜和粮食，以及其他食品供应。除了开发海洋生物资源，温室农牧业的发展也是主要途径，这都需要开发能源，保证冰下城市的电力供应。"

　　说到这里，木村正雄向斜对面身穿便服的空军将领投去热情友好的目光。

　　"在这方面，空军火箭部队研究部正在实施一项太空计划。我们将向南极上空3万公里发射一座太阳能发电站，利用太阳能电池板将光转化为电能，与此同时，在南极冰原的不同地点建起微波接收网，让电能以微波形式传送到地面，便可以保证冰下城市的电力供应。我可以负责地告诉各位，这项计划的可行性论证已经毫无问题，再过一个月，空军火箭部队的发射基地就要点火，南极上空第一座太阳能电站就要升空了……"

　　空军将领赞许地点了点头，他没有说话，但他的得意足以说服在场所有的人了。"我还要补充一点，南极夏季的太阳能是非常充沛的，在长达几个月以至半年的时间内，太阳是不落山的，因此可以利用太阳能电池板大量地贮存电能，以供黑暗的冬季使用。这方面的技术，我们日本是绝无问题的。"木村世雄眉飞色舞地说。

　　顿时，厅堂内议论纷纷，胖子借机抽身走出屏风。几名姿色绝美的侍女送来了各式精美的小点心和甜润的饮料，会场的气氛变得轻松起来。有人站起来活动僵硬的下肢，有人抽起烟来，吐出一团一团雾气。科技厅长

官凑过来和木村世雄低声商谈，只有森田一郎低着头，一言不发，显得心事重重。

胖子从侧门走到院子里，深深呼吸了几口清新的空气。他沿着一条石子小径，走进院落深处一所布幔低垂、灯光暗淡的卧室。

他是向这家院落的主人讨主意来的。

灰暗的灯光，使这间卧室弥漫着神秘的氛围。华丽镀金的床架支撑的软榻上，一个吸着氧气的垂危老人半躺着，正在大口大口地喘息。他满头银丝，清癯的脸上皮肤像纸一样薄而透明，仿佛一捅就破，一床丝绵薄被掩盖了他瘦小的身躯。听见有脚步声，老人沉重的眼皮微微睁开，剑一般锐利凶狠的目光从眼缝中迸射出——一见这可怕的目光，胖子的心一阵发颤，他知道面前的这位老人虽然死期将至，但只要还有一口气，他还是可以随时让他从会长的宝座上滚开的。

胖子垂手趋向床前，满脸堆笑，连大气也不敢出，静候老人的指示。

这次紧急会议是遵照老人的指示召开的，会议的决议也必须听从老人的安排。

老人闭上眼睛，藏在薄被子里面的双臂蠕动着。过了片刻，他那骨瘦如柴的右手紧攥着拳头，从被子里伸出半截来。

他让一旁侍候的一个年轻女子摘掉吸氧罩，轻轻摆手让她走开。

"几点钟了？"老人张开的嘴吐出几个字。

胖子急忙看了看腕上的表："差一刻11点……"

"啊，还有一个小时多一点就要进入24世纪了。我……我是没有办法看到……24世纪的太阳了……"老人脸上无限悲戚。

"不会的，不会的，您身体很健康……"胖子忙说。

老人的手摇了摇，阻止他再说下去。

"会开得很好，我都听见了。"老人的头顶有一台闭路电视，他仰面就可以看见厅堂会议的实况，"24世纪……日本将风雨飘摇，多灾多难。上苍对我们太偏心了，弹丸之地……四面被大海包围，没有回旋之地……这是没有办法的事啊……"

老人说话很艰难，说着说着又喘息起来。

胖子伸手意欲拿氧气罩，老人不让，将他的手紧紧攥住。

"不用，我没有多少时间了……一切都托付给你。记住，从现在起，倾全国财力，不惜一切代价，在南方的冰雪世界开拓大和民族的领地……时不我待，要抢在别人前面……要快，晚了就来不及了……"

老人说完这番重要的话，感到疲惫至极，不由得闭上眼睛，紧攥的手松开了。

"是，请您放心，我一定铭记在心……"胖子连连躬身，"还有什么吩咐？"

老人忽地睁开眼睛，直勾勾地盯着胖子的脸，足足有十几秒钟。

"不可掉以轻心……天机不可泄露。"老人咳嗽起来，喘息着说，"万万不可通过什么决议，一切都要秘密进行……官方不能出面，以民间形式为妥……记住，到时候还是军队最可靠……"

胖子心中一惊，心想姜还是老的辣，不愧是老谋深算、料事如神的大政治家呀！

老人说完这些话，似乎灯油已尽，再也没有力气张嘴了。

从被子里伸出的手张开五指，里面是一张揉成一团的小纸条。

"拿去吧……拜托了……我太累了……"老人下了逐客令。

胖子小心翼翼地将纸条展开，上面是熟悉的字体：

"全部家产捐给南极"，下面是老人的亲笔签名。

胖子心头一热，泪水不禁夺眶而出。但他见老人安详地睡去，不敢惊扰，便蹑手蹑脚地退出房间。

当他回到灯火通明的厅堂，心里的主意已经酝酿成熟。

"诸位，时间不早了，24世纪的钟声敲响之时，在座的几位还要赶到电视台，向全国民众祝贺新世纪的降临，我们也该回家和家人团聚了。怎么样，大家还有什么高见，请抓紧时间……"他频频看表，又向上届内阁的老搭档、下野的官房长官使了个眼色。

这时，森田一郎霍地站起来："诸位，我以为移民南极是一件太轻率的举动，是不容考虑的事。尽管木村教授讲得头头是道，可是他回避了一个最大的问题，这就是国际社会已通过决议，南极领土已完全冻结，任何国家都不能私自瓜分。我国是南极条约的成员国，在协议上签了字的，怎么能撕毁协议，移民南极呢？如果这样做，势必引起外交纠纷，置我国于不利地位，这样严重的后果不知诸位考虑过没有？"

森田一郎早就憋了一肚子火，这时索性统统倒出来："再说，木村教授应该知道，作为一位南极科学家，对南极生态环境的脆弱应当十分了解。大量移民南极，势必会破坏南极的生态平衡，其结果必将导致南极冰盖的加剧融化，最终将导致全球的气候异常，那样下去，24世纪的人类必将面临可怕的灾难。这是常识性问题，难道我们可以违背自然规律，干这种蠢事吗？！"

森田教授还要滔滔不绝地说下去。他的看法在会场上颇有感染力，外务次官和科技厅长官在一旁频频点头，随声附和。

胖子见状不由得亲自出马打圆场，他知道再拖下去将会事与愿违，不好收场了。

"森田教授的高见令人顿开茅塞。今天听了两位教授的发言，我本人和在座的各位都长了不少见识。"胖子笑容可掬地说，"至于南极的事，现在八字还没有一撇，学术上观点不同，当然是你们科学家的事，我们管不了啦。所以本人提议，今天的会到此为止，将来有机会的话，我们再请两位教授赐教——不过，那可是要等到下一个世纪了！"

他的最后一句诙谐的话，引出一阵笑声。

不过，几天之后，人们在东京各大报的第一版右下角，看到了一则短短的消息："前任首相病逝，享年一百零三岁。"

几乎与此同时，一个称作"樱花行动"的秘密计划正在悄悄地进行——日本，这个迅速崛起的经济大国，策划了一场向地球南端进军的、没有硝烟的战争，从而揭开了24世纪大角逐的序幕……

（八）

吉野荣夫是在花木店里向桑岩他们谈起他妻子来南极的原因和前后经过的。这家门面不大的花木店，是枝子和渡边秀树合伙开的，当然也有池田茂的一股。他提供了一所前面可开店，后面可住人的、不赖的房子，另外还有一座40多平方米的温室。花木店的生意不错，花木常常供不应求——在天寒地冻的冰雪世界，姹紫嫣红的花花草草委实太稀罕，太珍贵了。

此刻，正值深夜，这个名为富士村的冰下城像熟睡的婴儿悄无声息，

偶尔传来汽车在街上穿过的沙沙声，很快又恢复了宁静。

"那个池田茂说了些什么，就能说服他舅舅，还有你的妻子到南极落户呢？"哈迪姆听得入神，不禁追问道。他的嘴角浮出一丝诡谲的笑容。

桑岩坐在一旁没有吱声，会意地一笑，继续用探询的目光注视着吉野荣夫。

吉野荣夫揉了揉酸痛的双腿，从榻榻米上站了起来，活动活动僵直的四肢。

对于哈迪姆的提问，他颇为踌躇。他是个绝顶聪明的人，从哈迪姆诡谲的神情，他完全懂得他的弦外之音，他们都想知道富士村更为详细的情况。

然而，他却有难言之隐，他清楚地知道这样做将会带来怎样严重的后果。

"吉野，你怎么不说话，你还没有回答我的问题……"哈迪姆追问道。

"请原谅，有些话还是以后再说吧，我想总归是有机会的。"

吉野一脸恭谦地说道："实话告诉二位，我本来是要去医院的。我接到医院的紧急通知，我的枝子已经十分危险，但是这时又听说二位被捕的不幸消息，所以我只能立即设法营救二位……"

吉野说，枝子来到南极，由于水土不服，身体越来越糟。她估计自己不久于人世，于是恳求池田茂替她给他捎个信。富士村基本上与世隔绝，对外人绝对保密。任何人都不能使用手机，也不许用电脑发邮件，这是铁的纪律。池田茂看在渡边秀树的面子上，在"富士丸"船上给吉野荣夫发了一份传真，因为这份传真是用日文写的，希望站的阿根廷工程师贡多斯

收到传真，如读天书般看不懂，直接甩给了吉野荣夫。

吉野荣夫看了传真，心忧如焚。他茶饭不思，夜夜失眠。一闭上眼睛，枝子的身影就在眼前晃动。他万万没有想到年轻的枝子重病缠身，竟然到了一病不起的地步。虽然明明知道极夜外出相当危险，但是这个痴情的男子为了见上枝子一面，什么也不管不顾了。"……我实在对不起你们，这半年多，我经常借外出考察的名义和枝子见面，为了不暴露目标我关上了报话机。我知道这是违反纪律的，但我实在没有别的办法，请你们谅解……"

当吉野荣夫声泪俱下地向桑岩他们说明事情的真相后，桑岩和哈迪姆大为感动。人世间还有什么比纯真的爱情更能打动人呢？

他们原先对吉野荣夫的芥蒂此刻已烟消云散，不仅如此，他们对尚未谋面的枝子也抱有敬慕同情之心。这大概就是恻隐之心人皆有之吧。

"吉野，既然如此，那你还磨蹭什么，赶快去医院呀，你应该待在你妻子身边才是……"哈迪姆连声道。

"是呀，你不用管我们，快去吧！"桑岩也催促道。

吉野荣夫听他们这样说，心里反倒深感内疚，他什么也说不出来，只是一个劲地连连点头。他走进内室找了枝子的几件衣服，放进手提袋里，并嘱咐桑岩他们进屋里休息："你们洗个热水澡，饿了自己做点吃的，东西都是现成的……我一会儿就回来……"

当吉野荣夫收拾停当打算外出时，尖厉刺耳的警车的吼叫声打破了夜的宁静，声音在地下城的封闭空间回响，特别令人心悸，那些在睡梦中的人们都被惊醒了。

吉野荣夫神色骤变。他拉开店门朝外窥望了一会儿，随即又将门关

闭了。

"不好，一定是警察出来抓人了，他们肯定是发现你们逃跑了，所以挨家挨户地搜查……"吉野荣夫说。

"真是天大的笑话，凭什么抓我们？！我们没有犯法，也没有侵犯你们的利益。"桑岩勃然大怒，"难道南极是你们日本的领土，可以任凭你们作威作福吗？！"

哈迪姆也很生气，讥讽道："我倒是要看看你们这里的警察敢把我们怎么样？刚才将我们平白无故地关了起来，又抢走我们的雪地车，难道这就是你们日本人在南极推行的新秩序？你们是不是在搞新殖民主义？！"

吉野荣夫神色尴尬，脸上红一阵白一阵，连声说："实在对不起。但是这里的长老会是无视国际社会法律的，也根本不讲什么道理。我觉得在这种情况下，他们人多势众，我们何必吃眼前亏呢？"

"那你说怎么办吧……"桑岩问。

"马上给希望站发传真，告诉他们我们遇到了麻烦，要求国际社会声援……"哈迪姆的脑子转得快，想出了个好主意。

不料，吉野荣夫苦笑道："不行！这里是个与世隔绝的地方，不许向外界写信，也不许用手机、听短波广播，哪里允许有传真机……"

"他妈的，你的老婆干吗要上这儿来？这和流放差不多嘛，比坐牢更糟！"哈迪姆愤愤地嚷起来。

吉野荣夫这时急得像热锅上的蚂蚁，外面警车的尖叫声不绝于耳，但他却想不出一个万全之策。

"这可怎么办？这可怎么办……"他在屋子里打转转，嘴里讷讷地说。

"待在这儿总不是办法，万一警察进来呢？"哈迪姆心情烦躁地说。

"三十六计，走为上计，我看还是赶快离开这个是非之地为好。"桑岩可不愿束手待毙。

正当他们难以决断时，店门被人从外面推开，一个身穿呢子短大衣的人风风火火地闯了进来。他是从医院赶来的渡边秀树。

众人先是一惊，等吉野荣夫向桑岩他们介绍后才放了心。

渡边秀树哭丧着脸，心情沉痛地告诉吉野荣夫：枝子在半个小时前咽了气。她一直盼着和吉野荣夫见上最后一面，但是命运没有给她这个机会……

吉野荣夫虽然早有心理准备，这时也悲从中来，伏在墙壁掩面痛哭不已。

屋外的警车叫得越来越响，似乎是为枝子去世的噩耗增添悲凉的气氛。

渡边秀树看了看在一旁手足无措的桑岩和哈迪姆，心里立刻明白了他俩的身份。他灵机一动，立即附在吉野荣夫的耳边，给他出了一个救他们出去的主意。

吉野荣夫立即停住啜泣，旋风似的冲进了内室，将所有的白色床单、白色桌布、白色毛巾，凡是白棉布统统收拢起来。

不一会儿，他们四人的头上缠上了白色的头箍，身上也裹着白色的单子——像是披上一件白袍子。

"走，上医院，给我的枝子办丧事！"吉野荣夫不由分说地招呼大家。

不一会儿，四个披麻戴孝的人走出店门，吉野荣夫号啕大哭起来。当

渡边秀树开着雪地车从车库驶出时，雪地车上面用白布罩起，完全像一辆灵车，哭声从几个男子汉喉咙里飞出，惹得四邻八舍的人们纷纷投来同情的目光。

一辆闪着红灯的警车停在花木店不远的地方，几名荷枪实弹的警察呆呆地望着灵车开走，他们可没有接到不许办丧事的命令。

接下来的事情，是悲剧还是喜剧就说不清了。当他们从医院的太平间里将枝子冰凉的尸体抬上灵车时，吉野荣夫确确实实地动了真情。他哭得很伤心，连桑岩和哈迪姆也禁不住泪水涟涟，但是他们都不敢多耽搁。将枝子的尸体安放在车厢后，他们和渡边秀树匆匆告别，然后飞快地朝着黑夜沉沉的冰原开去。

一路上免不了有人盘查，但是桑岩和哈迪姆都藏在枝子的尸体下面一动不动，关卡的警察们看见车里只有一个悲痛至极的日本人和一具僵硬的女尸，于是挥挥手让他快点开走，他们可不愿意染上可怕的传染病。

雪地车将盆地中的冰下城市远远地甩在后面。吉野荣夫默默地操纵着方向盘，越过陡峭的冰坡，爬上了星光照耀下的冰原，他知道前面再也没有危险了。

"出来吧，委屈你们了……"吉野荣夫刹住车，朝身后喊道。

桑岩，还有哈迪姆早就盼着这一刻，他们小心翼翼地搬开尸体，从座椅底下钻出来。

这里是陡峭的冰崖，上面平坦如桌面，向远方无限延展，看不见尽头。在他们前面几十米远，冰崖突然伸向大海，如同万丈深渊，黑暗无底。

吉野荣夫打开车门，一股凛冽的寒风迎面扑来，不禁打了个寒战。

"我把枝子葬入大海吧，这里是和日本海连为一体的……"吉野荣夫双手抱着白布裹着的枝子的尸体，泪如泉涌。他紧紧地抱住心爱的女人，实在舍不得将她送入冰冷冰冷的大海的怀抱。

"枝子，我对不住你，你是为我而死的啊……"当枝子的尸体从冰崖上投入脚下的深渊时，他终于倒伏在地，呼天抢地地哭开了。

桑岩和哈迪姆铁青着脸，站在雪地上，一动不动，没有劝吉野荣夫。"让他痛痛快快地倾诉心中的悲伤吧。"他俩都这样认为。

辽阔的冰原静极了，只有风尖厉的嘶叫声像是魔鬼的号叫，令人毛骨悚然。

吉野荣夫匍匐在地，呜呜地抽泣。

桑岩和哈迪姆渐渐觉得衣不胜寒，袭人的寒流从脚底爬上了后脊梁，不禁打起了寒战。

"走吧，吉野，人死不能复生，想开点吧……"他上前打算扶起吉野荣夫。

不料，一阵晕眩，桑岩像是被风刮倒的大树，头重脚轻地倒在地……

哈迪姆惊叫一声："桑……岩……"随即也倒了下来。

这时，吉野荣夫从雪地上站了起来。他掸了掸膝盖上的雪，将桑岩和哈迪姆拖进了雪地车。

"我……我是一个混蛋……"他自言自语道。雪地车不停地向希望站前进……

第三部

（一）

失踪多年的吉野荣夫在札幌雪节的电视节目露面，这个出人意料的消息像是往热油锅里撒了一把盐，沉寂多年的希望站三名科学家失踪案，突然变得热闹起来……

十年前，一个多雪的夏季刚开始的日子，希望站结束三年的考察，全体人员撤离了。桑岩队长，还有日本的吉野荣夫和以色列的哈迪姆三人是最后一批。接送他们的直升机从停泊在莫索尔湾的考察船起飞，掠过陡峭的冰崖，将第一批队员装入机舱，升上希望站几幢建筑的上空。这时，驾驶员和所有机上的人惊讶地发现陡峭的冰崖连同希望站如土崩瓦解一般，消失在冲天而起的雪雾之中，可怕的冰崩发生了……后来救援人员多方搜索，无奈冰层堆积如山，没有找到遇难者的尸体，也没有找到希望站的一件遗物，估计他们生还的希望等于零。

24世纪南极探险史上已经很少有人遇难，这一幕悲剧因此轰动一时，新闻媒介为此炒得沸沸扬扬。不过，时间的流逝毕竟冲淡了人们的记忆，这件事渐渐被人遗忘。当然这不奇怪，生活中每时每刻都在发生各式各样的悲剧，天灾人祸、空难枪杀、交通事故、洪水地震……除了受难者的至爱亲朋，谁能沉溺于悲伤而不能自拔呢？所以，桑岩队长他们三人的失踪事件闹腾了个把月，不久就销声匿迹了。

一晃十年过去了。这年2月，日本北海道札幌举办的一年一度的雪节使事情出现了转机。大雪纷飞、银装素裹的北国风光招徕着世界各地的旅游者，日本各大电视台也开辟专栏大肆宣传雪节的迷人场面。这本不足为奇，但是敏感的情报部门却从雪节的一条新闻节目中捕捉到了重要信息。

事后得知，除了中国科技调查部的情报部门，还有好几个国家的谍报机构对这条信息颇感兴趣。

在东京NHK电视台播送的雪节专题新闻中，有一组滑雪比赛的场面。不知是摄影师有意，还是无意，镜头中闪出吉野荣夫的画面——他和许多热心的观众正在为赛手助威，站在风雪飞舞的看台，忘情地欢呼鼓掌，他的镜头持续了好几秒钟……

十年前失踪的吉野荣夫，时隔多年突然出现，这个信息当然非同寻常。这条信息的背后究竟意味着什么，很自然地引起官方情报部门的警觉。因为许多国家绝密级的档案库里，南极的科学考察及发展成果，从来是贴着黄色标签的——这是关系国家利益核心机密的标志。

许多双眼睛都在日夜注视着那块白色的冰原——那里的冰雪消融情况、温度的微小变化、臭氧层范围大小、冰山的数量和漂移路线，甚至连海豹的数量和企鹅孵蛋的成活率，不仅科学家感兴趣，而且牵动许多人敏感的神经。

我们这个星球负载过重，满目疮痍，人类的贪欲、急功近利、愚昧和非理性行为打乱了地球亿万年形成的自然秩序。绿色地盘日益缩小，风景

如画的湖光山色骤然消失，昨天的沃野良田已黄沙弥漫，蓝色的天空充斥着酸雨毒汁，而由此引发的洪水、旱灾、狂风、海啸正在吞噬着绿色的田野、秀丽的岛屿、繁华的城市……因此，人们贪婪的目光正在转向地球南端的那片净土。那个没有边防部队设防，也没有竖起铁丝网和国界碑石的冰原，成了许多国家垂涎的目标。

至于桑世杰和沈志挺，一个是桑岩队长的独生子，一个是当年接应希望站撤离的"海豹号"船长，命运偶然地将他们连在一起。从获知吉野荣夫露面的消息那一天起，他们决定寻找死而复生的日本极地科学家。目的很明确，通过这个唯一的线索，打听桑岩队长的下落。

"海豹号"游船驶出隐蔽的潜龙湾。桑世杰见皓月当空，波平浪静，将驾驶交给他的副手，吩咐他们有情况随时报告，自己回到靠近后甲板的卧室。

他并不是休息，而是开始了一番紧张的工作。

桑世杰坐在转椅上，一双灵巧的指头在电脑键盘上弹跳。

沈志挺独自走到空旷的后甲板，面对波涛翻滚的大海，双腿像树桩一样稳稳当当地叉开，然后甩掉身上的呢大衣，意守丹田，屏息敛气，在夜幕中挥动起拳脚来了。这是多年养成的老习惯，每天早晚他都要活动活动筋骨。他练的是什么拳没有人知道，但是内行人一看就知，那一招一式，绝非三年五载能够练出来的。他从小就拜了一位少林高僧为师，后来在江湖漂泊，又吸收了各路武林高手的绝招，所以他的拳路糅合南北拳法于一炉，颇有独创。别看他六十出头，腾跳的轻功，出手的招式，都是身手不凡。他忽而金鸡独立，忽而攀上船栏，来个猴子探海；刹那间，他又"飞"到船舱顶上……等全身微微发热，一身疲乏一扫而光后，他才满足

地踱回船舱。

按桑世杰的想法，要找吉野荣夫并不难，既然他是在札幌的雪节露面，搜寻的目标已经大大缩小了范围。于是他将吉野荣夫有关的资料，统统输入电脑，然后在互联网上搜索。

他瞄了沈志挺一眼，见他的脑袋靠着沙发，发出轻轻的鼾声。"沈老，你这样多不舒服，到床上睡吧……"他说。

沈志挺睁开眼睛，连声道："我没睡，我没睡……我在等你的结果……"

房间里很安静，可以听见舱房外面浪涛的喧哗。"海豹号"正在月光下航行，走得非常平稳。

桑世杰注视着荧屏，好半天没有吱声，网上调出的信息虽然不少，却是一些历史资料，时间都在十年以上。那是失踪以前吉野荣夫的历史记录，和桑世杰需要的毫不相干。此外，还有些同名同姓的日本人的档案，更是一堆废纸。至于札幌的常住居民以及最近一个时期各家旅馆的旅客登记，都没有查到吉野荣夫的名字。

"见鬼！这个吉野荣夫，他怎么只在电视上露了一面，就马上消失了呢？札幌的户口档案是最权威的，没有他在这里居住的记录。各家大小旅馆的电脑里，也没有他的名字。连海关的出入境人员登记，也找不到吉野荣夫的字样，这不是活见鬼吗？！"桑世杰臀下的转椅移动几步，他一脸的困惑，自言自语道。

沈志挺向桑世杰要了一支烟，他早已戒烟，只不过借抽烟提提精神。

对于桑世杰的自言自语，他不置可否。这样的结果，他并不觉得意外，倒是在他意料之中。

他一口接一口地抽烟，吐出一团团烟圈，像是品味久违的香烟。

桑世杰见他默不作声，问："沈船长，你有什么高见？"

"我？"沈志挺用指头掸掉一截长长的白色烟灰，慢条斯理地说，"我没有想好，这事儿不那么简单。"他望了桑世杰一眼，接着说："你这是按一般常规来找吉野荣夫的。他在札幌的雪节上露了面，这是其一；第二，他是札幌出生的，又在札幌极地研究中心工作过；第三，他的妻子吉野枝子在全日空北海道分部当空中小姐，婚后他们住在秀岛——离札幌不远，只是秀岛后来沉没了，吉野枝子不知下落，所以你就决定从这儿寻找他的下落，对吧？"沈志挺扳着指头说。

桑世杰直点头。"对呀，这难道还有错？"他不懂沈志挺到底想说什么。

沈志挺笑了笑："你还是不明白我说的意思。你想一想，吉野荣夫是个失踪多年的人，现在突然又在电视上露了面，他可能也会看到电视，如果他不想因为在电视上露面惹出麻烦的话，那么他会怎么做呢？"

"沈船长，你怎么越说我越糊涂呀？"

桑世杰用手拢了拢头发，一脸的莫名其妙。

"这么说吧，"沈志挺挪了挪身子，接着说，"我是这样想的，作为一个有名的极地科学家，又是希望站失踪的当事人之一，吉野荣夫在事隔十年之后突然在札幌出现，这就提出一个问题：他这十年上哪儿去了？因为他如果是在日本，或者就在札幌，他很难摆脱新闻记者的追踪，这太难了，他没法隐姓埋名地藏起来。所以，我认为，他这十年肯定不是待在日本……"

"嗯，你这样分析有道理，我同意。"桑世杰觉得沈船长毕竟是老

谋深算，思考问题不一般，想得很深，"不过，如果不在日本，会在哪里呢？"

"有两种可能——我得先申明一句，这可是没啥根据，只是推理——吉野荣夫这十年有两个可能：一是待在南极，不过在南极待十年，很难想象怎么生活呢！我拿不定主意。所以另一种可能，那就是待在外国某地……"

这回，轮到桑世杰挖苦对方了："你说了半天等于白说，他总不会离开地球吧？"

"你还没听我说完嘛，"沈志挺抗议道，"我这样讲是要引出一个重要的结论，这就是不管吉野荣夫这十年待在哪儿，要想找到吉野荣夫，关键之关键——"

"是什么？"桑世杰急忙问。

"你别急，我觉得关键就是吉野荣夫现在突然回日本的目的何在？"

桑世杰见他绕了半天弯子，只说了这么一句不痛不痒的话，颇为失望，"我还是不明白，这能说明什么问题？而且，谁知道他有啥目的。"

"不，这里面大有文章。"沈志挺说，"我觉得吉野荣夫的举动是反常的，因为作为失踪的当事人之一，如果他是从南极或者别的什么地方回到日本，他首先应该举行新闻发布会，向新闻界披露十年前希望站失踪事件的真相，他还应该及时向中国驻日使馆以及以色列驻日使馆提供桑岩队长和哈迪姆先生的下落，这是一个正常人的一般做法，但是……"

"但是，他对此讳莫如深，封锁消息，而且改名换姓，把自己隐藏得很深，这说明吉野荣夫来日本是另有不可告人的目的……"桑世杰经沈志挺点拨，心里顿时透亮，接过话茬儿说了起来。

　　沈志挺很是高兴："对呀，他没有想到在札幌的雪节上看比赛，被摄影师无意中摄入镜头，他必定对此很不安，所以很可能溜之大吉，或者找个地方躲了起来……"

　　他俩越说越兴奋，接着又商量到了札幌，两人怎样分头去找线索。沈志挺说他以前去过札幌，对那个城市很熟悉，还讲了很多年轻时的趣事；桑世杰说他有几个商界的朋友，到时可以托他们帮忙。这样东拉西扯了一个多小时，如果不是沈志挺提醒"现在都12点多了"，他们不知会不会聊到天亮呢……

　　沈志挺睡下后，桑世杰独自去驾驶室看一会儿，然后也回到舱室休息了。大约是白天太累，他很快进入了梦乡。

　　他做了很多乱七八糟的梦。一会儿梦见母亲田聪坐在海边的一块大石头上暗自垂泪，等他哭喊着向母亲奔去时，母亲和石头消失不见了，只有汹涌的浪涛席卷而来，他全身泡在水里，双手高举，拼命挣扎……一会儿梦境中出现了札幌的街道，擦肩而过的行人全都用黑布蒙着头慌慌张张地走着，忽然前面有个人掀开盖头布朝他回眸一笑，是吉野荣夫！于是他飞快地追赶，但那个吉野荣夫跑得飞快，一会儿钻到汽车底下，一会儿跑进路边的商店。他累得呼哧呼哧地喘，眼看就要追上吉野荣夫，不料，当他伸手去抓时，吉野荣夫露出狰狞的脸，端起一支乌黑乌黑的机关枪，扣响了扳机……

　　"救命呀——"桑世杰惊呼道，出了一身冷汗。

（二）

据说，世间有两种人的耳朵最是灵敏。

一是骑兵，他们酣睡的时候鼾声如雷，但耳朵却能捕捉马儿的动静。当马儿安详地吃草，或者待在主人身边一动不动时，骑兵会睡得很安稳。一旦马儿焦躁不安，即便是发出轻微的响动，骑兵也会立即醒来，那将意味着发现了敌情……

再有一种人就是海员了。他们的耳朵比骑兵还要灵。不管多累，他们躺下以后，那双竖起的耳朵始终捕捉船只的动静。机器的轰响、甲板的颤动、舱房外面的浪涛和呼啸的风声，似乎是美妙的催眠曲陪伴他们进入梦乡。然而一旦机器发生异常，或者船速有什么变化，他们就像骑兵一样猛然惊醒。

桑世杰和沈志挺，这一老一少的两代船长，是突然惊醒的。

还没有睁开眼睛，沈志挺就大声问道："船怎么停了？"话没说完，人已经从床上跳了下来，双脚叉开落在地毯上。

桑世杰的动作比他还要敏捷，一个鲤鱼打挺，翻身而起，几步蹿到桌前抓起了话筒，那是连接驾驶室的直通电话："为什么减速？发生了什么事？"声音很严厉。

"桑船长，请你马上来驾驶台。"值班的副手通过扩音器答道，"发现了两艘日本海上巡逻艇……他们发出信号，命令我船接受检查……"

沈志挺也听清楚了驾驶台的回答，嘴里咕噜了几句。桑世杰一边穿上衣服，一边继续和副手对话："开到什么地方啦？是公海还是日本

领海？"

"已经进入日本领海，刚刚进入……他们好像是专为迎接我们的……"副手半开玩笑地说。

桑世杰和沈志挺对视一眼，交换了意味深长的眼神，什么也没有说，立刻推门而出。

这是黎明前最黑暗的时分，月亮落入黑沉沉的大海，没有星光，厚厚的云压在船头。从甲板的舷梯走上驾驶室，风很大，呼呼作响，寒冷的海风使他们不禁打了个寒噤。

他们在走上甲板时已经看见游船的前方有两艘巡逻快艇，探照灯雪亮的灯光划破夜幕，像长长的手臂拦住了去路。其中的一艘快艇飞快地加速驶来，打算从右前方包抄游船。

"神气什么？！"桑世杰朝气势汹汹的快艇质疑道。

桑世杰和沈志挺进入驾驶室，看了看海图，问明情况，驶向游船的巡逻快艇已经逼近，离游船左舷不到20米远了。

"……除驾驶人员外，全体船员在主舱集合，放下武器，任何人不得违抗……"巡逻快艇的喇叭里传来最后通牒式的警告，是用日语和英语交替说的。

黑浪翻腾的海面，两艘巡逻艇和一艘游船对峙着。游船很快减速，在原地打转；那艘逼近的快艇灯火通明，可以看见海上缉私人员手中的武器在闪光。

桑世杰见那艘快艇渐渐靠拢，他让副手留在驾驶台，自己跑上前甲板，接过快艇扔过来的缆绳……

船上所有的人都醒了，也听见日本海上巡逻艇的喊话。几分钟后，他

们纷纷来到船舱中部布置豪华的会客厅，那里有沙发、会议桌和围成一圈的坐椅，足足可以容纳20多人。

坐在轮椅上的森田先生穿着丝质睡袍，外面罩了一件呢子大衣，被管家推了进来。他仍然戴着一顶礼帽，脸被帽檐遮住，向在场的人点点头，算是打过招呼。

桑世杰在前甲板等着快艇的缉私人员。他们共有5名，除了4名端着自动步枪的，为首的是个40岁上下的警官。他身材不高，滚圆的身躯将黑制服撑得紧紧的，腰间皮带上佩着白皮套的手枪。他的马靴踏上甲板，乌青的脸上肌肉抽动，皮笑肉不笑地说："你是船长？请带路，我们是例行检查……"说罢，他向身后的警员一挥手，他们立即四散开去。一个冲进驾驶室，另外两个分头占领前后甲板，还有一个贴在他的身后。

桑世杰本来会讲一口流利的日语，这时却故意装作什么也不懂，用英语回答他的问题。他知道，日本人天生不是学英语的料，让他干着急才好呢。

那个警官也不多话，随即由桑世杰领路进了会议室。

他向会议室的人扫了一眼，当他看见端坐在轮椅上的森田先生，浓黑的眉毛跳了几下。

"几个人？"他坐在坐议桌的一端，将夹在腋下的簿子放在桌上，改用英语问话。

沈志挺和他面对面地坐着。

船上的管家站在轮椅后面，将森田推到主宾席位置。

司炉一边用棉纱擦去手上的油污，一边斜着眼睛瞅着警官身后的警员。那个警员一动不动的，毫无表情，像是一具木偶。

只有桑世杰站在门旁，不冷不热地回答对方的提问。

"除了驾驶室留下一个值班的，全船的人都在……"

"你们的全部证件……"警官问。

桑世杰向管家努了努嘴，他会意地走到墙角，那里有个保险柜。

管家取出随身的钥匙串，打开保险柜沉重的铁门，将好几个卷宗统统抱出来。里面有游船的全部合法文件，登记证、保险单、国际航海俱乐部颁发的证书、外交文本……他将卷宗放在那个警官面前。

警官一脸傲慢，打开卷宗后，他取出文件，翻过来倒过去，似乎想从中挑出毛病。

但是，他找不出破绽，证件没有一份是假的。他有点不耐烦了，每看完一份，就像赌场的庄家发扑克牌一样，将文件漫不经心地扔到桌上。

文件被一份一份地抽出，散乱地堆满一桌。

会议室里悄然无声，几双眼睛盯着那个官员长着一撮黑毛的脸孔。

终于，他开始找碴儿了。

"……你们来日本干什么？"粗声粗气的声调。

"旅行，看看老朋友，没什么要紧的事……"桑世杰回答道。

"没有要紧的事，那为什么非要夜航？"他的目光咄咄逼人，冷笑道。

"贵国有什么新规定吗？不许夜航？"桑世杰声调不高，可话里有刺。

"你……"警官扬起眉毛，意欲发作，但又将到了嘴边的话咽了回去。

他将桌上的文件一推，猛地站起来。"对不住，这些文件不能说明什

么，按照上面的规定，我们要对贵船进行搜查，请你们各位协助。"他冷冰冰地宣布道。

那种盛气凌人的架势，似乎是没有商量余地。

桑世杰头一次遇到这样蛮横不讲理的场面，血涌头顶，向前迈出一步，意欲要他说明搜查的原因，但那个警官轻蔑地冷笑，右手故意抓住腰间别着的枪柄，他身后的警员也将枪口对准桑世杰。

会议室里几双眼睛怒目而视，气氛骤然紧张起来。

"搜！"那个警官从牙缝中挤出一声命令，顿时引起一阵急促的脚步声。

他身后的"木偶"立即夺门而出，向他的同伴发出搜查的命令。

"放肆！"突然，坐在轮椅上的森田摘下帽子，重重地拍了下轮椅的扶手，怒不可遏地喝道。

他是用日语说的，叽里咕噜说出一大堆话来，接着他那颤巍巍的手在睡袍里摸索，掏出一个薄薄的本子，那是羊皮封面烫了金的一个本子，装帧很考究。

森田将本子扔过去，差点砸在那个警官的脸上。

桑世杰愣了神，简直不敢相信自己的耳朵，因为森田将那个警官骂了个狗血喷头，很不客气。

那个警官被森田臭骂了一顿，顿时晕头转向，他不敢相信居然会有人敢当面辱骂他，而且在大庭广众之下。他可是负有特殊使命的，谁敢这样顶撞他，不是自己找死吗？！

但是，不知道是一时乱了方寸，还是森田的威严震慑了他，这位警官红着脸却没敢还嘴。他拿起扔在桌上的那个本子，放在眼前瞄了一眼。

蓦地，当他的视线一接触那个薄薄的本子，他的脸色由红转紫，由紫转灰，像瞬息即变的变色玻璃。豆大的汗珠从头发缝里渗了出来，流淌在鬓角和那铁青的脸颊上，他拿本子的手不由自主地颤抖起来，好像那个本子重得托不起来，于是他的另一只手也一起捧起那神奇的本子。

他还算是聪明人，立即朝门外大声喊叫，让他的部下停止搜查。

接着，他将那个羊皮封面的本子举到头顶，趋步上前，一直走到森田面前，诚惶诚恐地向他深深地鞠了一躬。

"阁下，卑职瞎了眼，不知道您在船上，实在是冒犯您的尊严，无论怎么处罚都不过分，请您包涵，实在对不起，实在对不起！"他用日语哆哆嗦嗦地说，其态度之诚恳，语气之谦卑，与刚才判若两人，"如果允许的话，我这就马上带部下离开。由于我的过错，打扰了您的休息，耽误了您的行程，罪过，罪过……"这位警官的话说得语无伦次，莫名其妙，但桑世杰和沈志挺一听，不由得心里咯噔一下，看来，森田先生并非寻常之辈，此人大有来历；他的那个羊皮封面的小本本似乎是十分重要的身份证，不然，那个警官不至于如此诚惶诚恐，吓得屁滚尿流了。

这时，森田先生却摆了摆手，微微一笑，和颜悦色道："不知者不怪，你是办公事，理应认真负责。我会告诉你的上司，让他好好地嘉奖你的……"

"不敢，不敢，阁下不怪小的就是天大的恩赐。"警官连连鞠躬，"我不打扰阁下休息，这就告退，马上就走……"他边说边朝后退。

森田先生却将他叫住，又让桑世杰和沈志挺留下，其余的人都走开了。

"你不要走，我还有话问你。"森田说，又转向桑世杰和沈志挺，

"你们懂日语吧？"

桑世杰和沈志挺相继点头。

那个警官偷偷地白了桑世杰一眼，心想：这个滑头，装模作样地说英语，原来会说日语呀。

"好吧，你们都坐下，"森田转向警官，"你也坐下吧，不必多礼……"

"我想问你一些事情……"他对那个受宠若惊的警官说。

"阁下尽管问，卑职知道的一定如实禀告。"他坐得腰板笔挺。

"这两位是我的十分可靠的朋友，帮我做事的，你尽管放心。"

森田为了打消他的顾虑，先作了一番说明："你们这次搜查，目标是什么？不会是例行公事吧？"

"是，阁下明鉴。警视厅紧急布置，命令我们擒拿一个重大的走私犯。喏，这里有他的照片，我们是晚上9点接到通知的，海上巡逻队全体出动，目前在日本领海周围布下天罗地网，对一切过往船只进行搜查……"他从手中的本子里取出一张清晰的相片，顺手递给了森田。

桑世杰从旁瞄了一眼，不禁失声惊呼道："是他……"照片上的人竟是吉野荣夫。

沈志挺大吃一惊，连忙伸过脑袋，不错，确实是他们寻找的吉野荣夫。

他俩对视一眼，心里不觉暗自纳闷。

只有森田不动声色，眯缝着眼睛细细端详着头像。

"你们见过此人？"那个警官见桑世杰和沈志挺的神态不对，颇觉奇怪，盘问道。桑世杰和沈志挺摇摇头，遮掩过去了。

森田放下手中拿着的那张相片，漫不经心地说："出动这么多警力，四处搜索，这个人一定是很重要的人物啦，不知道他犯了什么法？你刚才说他搞走私，是吗？"

"阁下，卑职只是执行上司的命令，详情不得而知，只是知道他是走私宝石的，携有大批来历不明的宝石入境。对了，听说有红宝石、蓝宝石，还有钻石，价值连城……"说到这儿，警官压低声音，讨好地对森田说，"最重要的是，现在不光是警视厅要抓他，还有其他人也想找到他，那是一笔大得惊人的财宝，所以要快，不能让别人得手……"

"是啊，这可要发大财呀……"森田说罢，微闭双眼，枕着轮椅靠背，仿佛睡着了一样。

坐在一旁没有吱声的桑世杰和沈志挺却满腹疑团。他们无法相信吉野荣夫会是走私犯，而且是走私宝石，这简直是天大的笑话。在他们心目中，堂堂的科学家，怎么会和走私的犯罪活动联系在一起呢！

可是，这个巡逻队的警官言之凿凿，又有吉野荣夫的相片，这又怎么解释呢？

他们的脑子里像一团理不清的乱麻。

突然，森田睁开眼睛，对警官道："谢谢你告诉我们许多有趣的事情……天不早了，你去忙你的事吧！"

他下了逐客令。

那个警官早就等着这句话，他还惦记着那批诱人的宝石呢。

巡逻快艇撤走后，森田不假思索地吩咐桑世杰，马上驶往小樽港，争取天亮之前赶到札幌。

"好些日子没有回家了，该回去看看我的果园啦。春天快来了，鹣鸟

170

快要飞来筑巢了吧……"说这番话时,他的目光是迷惘而忧郁的,令人捉摸不透。

(三)

一轮昏黄暗淡的落日,像是掉进混浊的污水池,在灰蒙蒙的海天衔接的地方消失了。夜幕无精打采地升起,先是掠过漂浮着的垃圾和乱七八糟杂物的海滩,继而向岸边的码头货栈笼罩过来,那一带也是一片狼藉,堤岸坍塌的地方乱石堆积,到处泥泞,倾斜的吊车和破损的车辆横七竖八地散放一地,像是经历了一场战争。一些披着防雨斗篷的工人正在清扫淤泥,集装箱大卡车来来往往,大概是装卸货物,而在码头的泊位,停泊的货轮正在生火起航……

夜幕似乎不忍人们目睹大煞风景的画面,借助呼呼作响的大风,很快将小樽港吞没了,连同那沿着海岸伸展的楼房,也被那夜幕的黑色潮水整个儿淹没了。

桑世杰开着船上的那辆越野吉普离开小樽港码头时,已是第二天傍晚时分。

他们中午才勉勉强强地在码头找到停靠的泊位。一场猛烈的风暴潮在天亮之前猝不及防地袭击了整个北海道,事先居然没有监测到。"海豹号"游船遇到了极大的险情,浪涛汹涌,游船像脆弱的蛋壳在风浪中挣扎,好几次差一点葬身海底……如果不是船的性能好,加上沈志挺船长亲自出马……幸好,他们死里逃生,总算安全无损地到了目的地。

这场风暴潮将小樽港糟蹋得一塌糊涂,防波堤几乎荡然无存——那是

171

20世纪日本最宏伟的海堤，工程巨大，但一夜之间被海浪吞噬了。停泊在防波堤的船只，损失的情况还在调查，但是完好的所剩无几，许多船主恐怕要宣告破产了。码头一片狼藉，几丈高的潮水铺天盖地而来，幸好港口的堤岸还算坚固，减少了损失，但一些仓库货栈进了水，堤岸也有几处塌方，所以他们在港外转悠了好半天，才算找到一处偏僻的码头，那是修船厂的备用码头。他们将游船开进了修船厂，估计没有半年是难以下水了——游船已是百孔千疮，面目全非。

吉普车向夜幕沉沉的札幌开去，森田神情疲惫之极，半躺在柔软的靠背上，无力地闭上眼睛。

"灾难，灾难啊！小时候，我常到小樽的海滨来玩，蓝天碧海，洁白柔细的沙滩，多么美啊！可惜，这些都永远地消失了……"他深深地叹息道。

黑暗中，消瘦憔悴的脸颊淌着一滴泪珠，他没有觉察。

这些年，世界各地频频发生的自然灾害，深深刺痛了他的心。

他知道，天灾不可避免，但这些天灾的实质却是人为的灾难。他曾经为之担心的事，不幸言中，并且比他预测的还要严重得多。

30多年前的一天晚上，他清楚地记得那是23世纪最后的一天，东京新宿高楼大厦夹峙的一所戒备森严的深宅大院，当时的前大藏大臣主持了一次秘密的"恳谈会"，日本各界不少的头面人物都出席了。那次会议的内容非常机密，因为议论的话题是日本计划向南极洲大规模移民的可行性和紧迫性，那天晚上的会议唱主角的是日本极地研究所血气方刚的所长木村世雄，他是力主向南极洲移民的。但是在压倒多数的附和声中，也有一位科学家力排众议，慷慨陈词，坚决不同意向南极洲移民。当时，他是东京

帝国大学最年轻的教授、极地系主任。

他是森田一郎。

那次会议因为双方意见分歧，最后没有形成任何决议，也没有只言片语留下来，除了会议的参加者，外界对此一无所知。

不过，森田一郎知道，自此以后不久，他便被排挤出南极研究的学术圈子，学术会议很少有人请他出席，他的论文也被一些刊物非常客气地婉言谢绝，似乎有一股无形的力量将他拒于南极研究的大门之外。而且，他风闻移民南极的秘密行动——代号是"樱花行动"——已在悄悄地实施，神不知鬼不觉，一切都是那样迅速，那样隐秘，捕捉不到任何蛛丝马迹……

虽然关于日本移民南极的传闻很多，国际上也颇为重视，但日本政府始终矢口否认，并在各种场合公开辟谣，外务省还专门就此向各国提交备忘录，声称这是对日本的诽谤，这类传闻纯属子虚乌有，于是也就不了了之了。

但是，他是一个敢于捍卫真理的科学家，仍然继续发表演说，在报纸上发表文章，在电视台露面，他向公众讲述保护南极生态环境的重要性，呼吁人们关心南极那片冰雪大陆的变化。他特别强调如果一旦破坏了南极的自然环境，可能给人类，包括日本在内带来的巨大灾难……

森田一郎这时在东京帝国大学领导的森田实验室开展了对南极洲的全方位研究，这是后来被科学界喻为南极研究的"世纪飞跃"。

他和他带领的一批年轻博士们将几个世纪收集的南极考察资料全部输入超级计算机，几乎囊括了迄今为止的冰雪纪录，大气、冰原面积的扩张和萎缩，南大洋的冰山年度季度变化和海冰记录，南极上空臭氧层空洞的

变化和极光的频率与强度，甚至包括南极地衣的覆盖面积和海豹、企鹅及磷虾等生物的种群变化……这些单个的、孤立的自然因子过去都是科学家们逐个分析的对象，如今都作为南极生态链上的一环纳入一个庞大的立体系统。于是，超级计算机又从浩如烟海的全球系统中，选择了最为敏感最有代表性的自然因子，诸如水灾、旱灾、风暴潮、地震、海水的水位及盐度变化、全球水温的变动、雪山的冰川消融增长数据、农作物的丰歉、传染病的流行及瘟疫、果树的大年小年及花期的提前延后、沙漠化的速度、树木年轮、服装流行色的变化，以及婴儿出生率与死亡率对比、男性与女性的差异、人口增长及年死亡人数的变化，甚至输入了交通事故的频率、飞行事故的季节特征和人类消费心理的变化……于是大自然不再是被人为分割的孤零零的个别现象，千百年来人们从个别现象观察世界而不断产生的片面错误得以有了正确解释。在森田实验室的亿万次数据处理之后，出现了被他们命名为"森田模型"的自然生态数据模型，这个接近实际的理论模式向人们第一次提供了自然因子错综复杂而又清晰可辨的逻辑程序，展示了自然界中各因子相互依存、相互影响的辩证关系。例如他们发现：当南极洲的极地气旋数量超出年平均值时，东亚地区包括中国东北、朝鲜半岛和日本列岛的夏天将是阴雨绵绵，粮食必定歉收，而这一年服装的流行色通常是黑色；当南极洲的海洋冰山数量急剧增长时，非洲中部和北部将出现干旱，南美的柑橘将会丰产，而环太平洋西岸的地震将会十分频繁……

森田模式的理论著作很快以日文出版，在国际上引起了很大轰动，中文、英文、法文、德文、西班牙文等主要语种的版本相继问世。森田一郎和森田实验室，在一段时期和美国的贝尔实验室一样闻名遐迩。当然，对

这一理论的批评，甚至全盘否定的文章也很多，但是无论措辞怎样激烈的文章都无法否定森田对科学的重大成就，这是学术界的一致看法。

森田一郎已经到达事业的顶峰，他也在考虑退休，将他的研究交给几个得意门生。就在这时，一件意外的事发生了。

那是五年前的一天傍晚，他像往常一样从帝国大学报告厅做完学术演讲驱车回家。他最小的女儿和他结伴而行。他有三个女儿，两个已经出嫁了，只有最小的女儿在他身边。

森田一郎亲自驾车在快车道行驶，女儿坐在驾驶座旁边。她是帝国大学英语系的高材生，才貌出众，是个性情活泼的女孩。父女俩正在愉快地交谈，谈话很轻松，漫无边际……突然，从前面的岔路口冲出一辆载重卡车，它无视交通规则，径直朝他们的车迎面冲来。

森田一郎大惊，急忙转动方向盘，企图避开迎面而来的载重卡车，但是已经来不及了。为了保护女儿的安全，他在千钧一发之际，拼出全身力气将女儿按到座位下面，用自己的身体将她挡住。由于载重卡车是从左前方冲过来，他将车头迅速扭向右方，这才避免了与载重卡车的正面相撞。但是毕竟太晚了，卡车的车帮和后轱辘猛地从车门旁边压过去，他坐在车门旁边，立即连挤带压倒在血泊中……

这一切都发生在短短几分钟之内，肇事的卡车逃了，无影无踪。当惊魂未定的小女儿推开车门，绕到另一边企图救起昏死的父亲时，无论如何也拖不动他那沉重的身躯。他的双腿粉碎性骨折，下半身血肉模糊，女儿见状吓得几乎晕倒在地……

接下来的场面无须赘述。交通警察慌慌张张地赶来，白色的红十字救护车在大街上呼啸疾驰，医生和护士们推着手术车将奄奄一息的森田一郎

送上手术台，而无依无靠的女大学生坐在走廊的椅子上暗自垂泪——森田一郎的结发妻子早已去世，另外两个女儿一个在美国，一个在澳洲，都指不上用场。

不过，万幸的是，森田一郎没有生命危险，一流的医生和一流的医疗设备保住了他的命，但他的双腿因伤势过重，虽然保全下来，却再也不能支撑他的躯体了。会诊的结果是，森田一郎的余生将与一架电脑操纵的轮椅结伴了。这都是后话。

在森田一郎躺在手术台上被抢救和术后昏迷的头两天，发生了另一件出乎森田一郎意料的事，也许可以说是悲剧中的喜剧吧。

几乎是在他进入手术室的那一刻，东京帝国大学，东京，不，全日本，乃至全世界许多大城市的电话、电传机和电子邮箱，还有难以计数的电视台、电台，大小报纸的数以万计的记者都在鼓噪不安，像热锅上的蚂蚁一样。

森田一郎家里的电话像拉警报一样日夜响个不停。

许多各种型号的小轿车、采访车像干旱的秋野飞来的蝗虫占据了千叶县那条小巷所有可以停车的空间，连警车也来凑热闹，开来了十几辆，以维持秩序——但秩序越来越糟，简直乱了套。

电视的显示屏和电台的许多频道都在发出绝望的呼喊："森田一郎教授，你现在在哪里？请随时告诉本台……"

有的电视台和新闻媒介别出心裁，悬赏50万日元，以奖励提供森田一郎教授线索的人。

虽然没有人统计，那几天日本恐怕不少于1000万人昼夜不眠，睁大眼睛盯着电视机的屏幕；许多家报纸因为抱着一线希望等候最后消息而延迟

了付印时间；至于森田实验室的十几位年轻的博士和教授，个个熬红了眼睛，哭丧着脸，心忧如焚……

到了最后，事情弄得天皇陛下龙颜大怒，首相也坐立不安，因为不光是国内民众激愤，纷纷指责政府无能，国际上一些著名科学家和学术团体也纷纷指责、诘问。世界南极科学委员会主席劳斯教授甚至大发雷霆，向日本大使递交了一封措辞严厉的抗议信，信中有150位世界一流的南极专家签名……

因为谁也不知道森田一郎教授到哪里去了，从帝国大学报告厅出来后，他消失了。无论在他的实验室、他的家里、他女儿的宿舍，还有他平时要好的朋友处，甚至他常去的酒馆和体育馆都没有他的踪迹。50万日元的悬赏涨到100万日元，居然没有人响应。

这是怎么一回事呢？

原来，当森田一郎教授倒在血泊中的一瞬，远在北欧的瑞典斯德哥尔摩的一幢古老的大厦里，围坐在一张会议桌边的11位德高望重的教授举起他们高贵的手，一致决定将本年度诺贝尔物理学奖授予日本著名极地物理学创始人、森田模型的提出者森田一郎教授，以表彰"他运用宏观物理与数理逻辑推算手段，完成了有史以来对地球环境因素综合影响及其规律性探讨所做的、划时代的成就"——那份用拉丁文和瑞典文写的决议就是这么评价的。

一刻钟后，等候在会议厅门外的100多位世界各大通讯社、电台和电视台的记者，从简短的新闻发布会中获得这条重大新闻。

而且，每人都有一份新闻打印稿。据说日本共同社的首席记者当场晕倒在地——他太兴奋了，是身旁的一位中国记者扶着他到卫生间，冲了冲

凉水才清醒过来。

新闻发布会结束后五分钟，东京NHK电视台的特别节目立即第一个宣布了这个消息，共同社晚了三分钟，驻瑞典首席记者因此被扣了一个月奖金。接着，《读卖新闻》和《朝日新闻》在半小时后印出对开的号外各100万份免费散发。当时，日本国会正在讨论地方选举法修改提案，议长宣布临时变更议程，议员们一致通过决议，以国会名义向森田一郎教授发致敬电，推举森田一郎为终身国会议员，并建议政府增拨专款扩充森田实验室。理由是森田一郎是日本进入21世纪以来第一位获此殊荣的大科学家，非如此不能表明国人对科学技术的重视。这个决定也立即被新闻媒介广为传播。

但是，首相第一个碰了钉子，秘书费了好半天才找到森田一郎寓所的电话号码。首相事先打好腹稿，秘书站在一旁记录，以便当晚向报界公布，这是首相支持科学技术的一条绝妙宣传。可是，电话没有人接，足足过了五分钟，首相困惑而丧气，打消了发新闻的意图。

于是，由此开始，全国都在找森田一郎，其混乱场面可想而知。当然事情到了第三天有了结果。这要归功于医院的一个女扫地工。由于森田一郎是第三天清晨醒来的，危险期已过，病房值班女护士通知女扫地工进病房打扫。这个40来岁的女人识字不多，但回家还是看电视的，知道全国都在找一个名叫森田一郎的人。她弄不清人们为什么要找他，也不知道他是什么大人物，干吗还要悬赏100万元奖金。她是个穷寡妇，养着一个读初中的儿子，母子俩日子过得紧巴巴的。昨天晚上，她还和儿子开玩笑，要是有100万元，借的债就不愁没钱还了，下学期的学费也有着落了。儿子还笑话她，100万元是多少她都不知道，那可要发财了，不用辛辛苦苦当扫地

工……她就这样胡思乱想着，推开了森田一郎的病房门。

女扫地工做事笨手笨脚的，她本想不惊动病人，还有一个坐在病床旁边椅子上打盹的漂亮小姐，结果适得其反。她手里的拖布掉在地上，当她弯腰去捡拖布时，床头上一个铁牌又落了下来。

躺在床上的森田一郎惊醒过来，女儿也打着哈欠，俯身拉着父亲的手。"爸，你终于醒了……"她抑制不住地哽咽道。

"啊，这是哪儿，发生了什么事……"森田一郎渐渐恢复意识，喃喃地说。

女扫地工俯身去取掉下的牌子，嘴里不住地说："对不起，对不起，把您吵醒了，我不是有意的……"

森田一郎的女儿答道："给你添麻烦了……"

女扫地工捡起地上的牌子，正欲挂在床头，蓦地，她的目光被牌子上的病人姓名吸引住了。虽然她识字不多，但"森田一郎"这几个字她是认识的。这个女人做了一件这一生最聪明的事。她抑制住内心的激动，因为这时她的心跳加速，手也在发抖，但她长长地舒了口气，探身问道："先生，您是不是叫森田一郎？"

当然，她立即得到了两个人一致的回答。

聪明的女扫地工又朝病床上的病人足足注视了三分钟。对，是他，我的天，电视上有他的相片。

当森田一郎和女儿询问她有什么事时，女扫地工笑了笑，什么也不讲，一阵风似的冲出了病房。

她找到医院附近的一个公用电话亭，拨通了东京NHK电视台的值班电话，通报了自己的姓名和地址，于是日本21世纪第一位诺贝尔奖获得者的

行踪，由这个聪明过人的女人之口，传播到了全世界……

接踵而至的又是一连串的出人意料：森田一郎出院后拒绝了所有新闻媒介的采访离开了东京，悄悄地回到老家——札幌偏僻的一个山村。连斯德哥尔摩举行的诺贝尔奖颁奖仪式，也由日本驻瑞典大使代为领奖，他以行动不便婉言谢绝出席。

唯一违背自己意愿的是，他不得不勉强接受终身国会议员的虚衔，因为国会通过的决议早已公诸于世，他不好意思推辞。除此之外，他也指望利用国会的讲坛，做些自己想做的事情。

他以隐居山林回绝了世间的虚荣，看起来有些不近人情，有不少人是这样看的。但是森田一郎自有打算，他自知年事已高，剩下的时间不多了，尤其是这次有预谋的车祸提醒了他，他需要着手集中全力做几件大事，现在对他来说最需要的是时间。

躺在医院的病床上时这个想法他就酝酿成熟——有生之年他要揭露日本向南极移民的真相——森田实验室有效的工作掌握了大量信息，证明南极大陆的急剧变化有许多人为因素，他很怀疑这和日本移民有连带关系，但还缺乏足够的证据。

他知道进行这项工作十分艰难，精心策划的车祸说明有人要暗中加害他，企图封住他的嘴，这是毫无疑问的。他不会忘记在世纪之交召开的秘密"恳谈会"，虽然时过境迁，有的当事人早已下野，但那次拟订的移民计划肯定仍在悄悄地进行，对此他毫不怀疑。

所以，他决定尽快在人们的记忆中消失，对于一个双腿残疾的老人，这样的选择能够被人们理解。诺贝尔奖奖金为他换来一艘先进的游船，那是他代步的工具，他可以云游四海，不受限制地开始调查了。

　　森田一郎的目标一开始就抓住希望站考察人员失踪的事件，从这里下手是经过深思熟虑的。时间的巧合还在其次，希望站所在的毛德皇后地的冰情变化是最引人注目的。当然，三名失踪人员中有一名日本人吉野荣夫是他的学生，吉野荣夫出征之前和他谈过多次，他们有共同的观点。于是，他很容易就找到了桑岩队长的遗孤——当时正在求职的桑世杰。也许是天意吧，他们一见面就很投缘，他很喜欢这个年轻的中国人，这样，"海豹号"游船完全可以放心地交给他了。

　　他将游艇命名为"海豹号"，似乎也表明他要查明希望站人员失踪真相的决心。当年，正是中国派出破冰船"海豹号"去接回考察队的。

　　现在，吉野荣夫失踪多年后突然出现，在森田一郎看来，这是一个吉兆，也许是一个转机。他凭直觉判断，他等待多年的这一天，也许为期不远了。

　　昨天后半夜的狂风恶浪，使"海豹号"受了重创，森田一郎又像过了一次鬼门关，他突然萌生了人生无常的想法。这也许是老人的心态吧。因此，他觉得有些事还是有必要向桑世杰挑明，再瞒下去没有必要，还有这位老成持重的沈船长，也是很值得信赖的人。他相信这是天意，否则这些素昧平生的人不会凑在一起，这绝不是巧合，而是上天的有意安排。

　　于是，在回家的路上，森田一郎第一次向桑世杰和沈志挺敞开心扉，道出了他的身世。

　　桑世杰心头一阵发热，竟不知说什么才好。他一直把森田当作日本的阔老板，自己不过是个高级雇员，听他这样一讲，原来并非如此。想到森田一郎千里迢迢来到异国他乡，高薪聘用他，竟是为了帮他寻找失踪多年、生死不明的父亲，他不知道用什么语言表达自己的感激。

只有沈志挺仍在琢磨森田一郎的一番话。他很敬佩这位日本大科学家，这是没得说的，不过有一点他存在疑窦：既然他们都把希望寄托在吉野荣夫身上，为什么海上巡逻队正在搜捕走私宝石的吉野荣夫，森田一郎却不配合他们的行动呢？与此相反，森田一郎放着到手的线索不管，又让他们急急忙忙连夜回家，这又是什么意思呢？

车窗外面，已经见不到灯火，两旁尽是黑黝黝的山岭和寂静的田野，日本乡村有的地方还是很落后的，现代文明之风似乎还未吹到穷乡僻壤中。跑到这儿来干吗？沈志挺心里觉得挺别扭。

他回过头，向后座的森田一郎发问："刚才听您说起，吉野荣夫是您的学生。当年我去南极，和他一起在船上生活了一个多月，我们很熟，他是个很招人喜欢的人。我弄不明白，他怎么会搞宝石走私，闹得警方追捕，这是怎么回事？"

这个问题，也是桑世杰想不通的。他附和道："会不会搞错？"

森田一郎哦了一声，沉吟片刻，说："你提的问题确实有道理。关于宝石走私一事，我也偶有所闻，近些年日本的宝石市场，当然不光是日本，世界许多国家的宝石市场都发现相当数量的走私宝石，这已经不是什么新闻。不过，我们的实验室，就是森田实验室，有一位地质矿产专家偶然发现，这些走私宝石经过测定，它的来源是南极洲，我们将它定名为南极宝石。这个发现当然太值得重视了……"

"森田先生，我还是不懂，宝石这玩意儿能知道是哪儿产的吗？"正在驾车的桑世杰提出疑问。

"哦，这不难。我们的专家用电子显微镜观察宝石的晶本结构，是很容易鉴别出它的出产地的。"

沈志挺还是一味地刨根究底："就算是南极的宝石吧，吉野荣夫难道改了行，专搞宝石走私？"

不料，森田一郎嘿嘿地笑了："沈船长，你知道我们日本的房子，窗户和门都是用纸糊的。即使隔着这么薄薄的一层纸，房里有什么秘密却是看不见的。吉野荣夫走私宝石的真相到底是怎么回事，你我都隔着一层窗户纸，怎么看得清呢？"

"窗户纸，那可是一捅就破呀！"沈志挺似懂非懂地接了一句。

"对呀，是这么回事……"森田一郎闭上眼睛，说话的声音越来越低。不一会儿，后座上传来轻微的鼾声——老教授睡着了。

（四）

这个地方叫汤山，在地图上也难找到它的名字，是一片莽莽苍苍的林海中的一个小村庄。要翻过好几座山，走上八九十里，才能看见犬牙交错碧水长天的海岸。

汽车颠簸到后半夜才到达。有一段十几公里的路很不好走。

冬天的冻土开始翻浆了，夜里又结成薄冰，被车辆碾出的深沟浅洼，形成搓板般的路面，走在上面就像摇煤球一样，人的骨头都快摇散了架。白天据说也没有多少过路的，偶尔可以遇到堆着柴草的牛车晃晃悠悠地走过，夜里更是冷冷清清。路旁幽暗的树林像一堵看不见尽头的高墙，车行其间仿佛钻进了永远看不见光明的黑暗隧道。

森田一郎的住宅就在这样荒僻的山乡，这是出乎桑世杰的想象的。如果要说退休养老的话，这地方倒是有它可取之处。

大路尽头，跨过一条名叫隅田川的急流，过了桥是缓缓的山坡，在高出河床十几米处辟出的一块平地，就是森田一郎的府第了。

说是府第，只是当地乡民的尊称，那是他的祖父留下的百年老屋，后来重新翻修过。院子很大，有三幢大体上呈"品"字形布局的房子，式样大同小异，是北海道乡村垒石为基青砖灰瓦的平房，当中的正屋高大些，房前檐下有一道斜坡，安装了金属栏杆，是为森田一郎便于坐轮椅出出进进特地修的。正房前面是左右对称的厢房，一边是管家女佣住的，另一边是安顿客人下榻的临时客房。房前屋后尽是百年老树，连院墙也是密不透风的一排当地常见的黑松，将院中的房屋严严实实地遮住了。

不过，到汤山时正是大夜弥天之际，除了隅田川淙淙的流水声和灌耳的松涛声，桑世杰对这里的东西南北一无所知。他只记得深一脚，浅一脚地进了一间客房，澡也懒得洗，倒在床上就进入了梦乡。

他几天几夜没有睡好，又加上摸黑开了一夜的车，眼皮像灌了铅，实在困乏之极。

他一直睡到次日的下午，太阳快偏西的时候。

沈志挺几次进屋要叫醒他，见他翻转身又睡着了，只好作罢。

桑世杰足足睡了十几个小时，算是将欠下的睡眠补过来了。他睁开眼睛，一线阳光透过窗户洒在他对面的粉墙上。

忽地，他的耳际传来一阵螺旋桨的轰鸣，声音很响，仿佛就在房顶盘旋。他噌地跳下床，连上衣也顾不上穿，抓起衣服飞快地夺门而去。

他和快步奔来的沈志挺在院子里相遇。

抬头望去，一架草绿色的军用轻型直升机正在头顶的蓝天翱翔，像一只振翅而飞的鹰。它盘旋着，越飞越低，忽远忽近，一会儿从院子里的树从上空掠过，朝着正屋后面而去……

沈志挺拉着桑世杰快步绕过正屋，从一条水泥路奔向山坡。

桑世杰这时发现正屋后面的山坡非常开阔，有一个一亩大小的水泥停机坪，专为起降直升机用的。停机坪周围的山坡，是水泥浇筑的建筑物，外观如同天然的山岩，但一眼可以看出是伪装的，上面依然是郁郁葱葱的黑松林，但是松林中隐约可见高耸的天线塔和锅状天线接收装置。后来他才知道这里就是世界瞩目的森田实验室。

当桑世杰跟着气喘吁吁的沈志挺跑到离停机坪不远的地方时，那架草绿色的直升机已经降落下来。从水泥建筑物的门洞里跑出十几个身穿白色长褂实验服的日本人，接着，坐在轮椅上的森田一郎被人推了出来。在他身旁是个大胡子的男子，他身穿茶色棉夹克，戴着一副墨镜，走路一晃一晃的。他显然看见了桑世杰，便大步朝他这边跑来。

"我是吉野荣夫，很对不起，本想和你好好地聊聊，但你一直睡不醒……情况已经向老沈讲过，他会告诉你的。我这就走了。你快去找你的父亲，他还活着……是的，他还活着！一直在盼着你们……"他拉住桑世杰的双手，一口气把要说的话全都倒了出来。

桑世杰惊呆了，他被这突如其来的喜悦弄得手足无措。多少年的期盼，几乎每时每刻都在等待的希望，却在这样毫无思想准备的时刻突然降临，这是他始料未及的。当他确信面前这个满脸风霜的日本人，正是和父亲一起患难与共的朋友时，时间却不允许他们多待上哪怕短短几分钟，这是从何说起？据沈志挺后来告诉他，吉野荣夫几次进客房来找他，叫他，推搡他，他却鼾声如雷。吉野荣夫坐在床前足足待了一个小时，像是看着自己的儿子一样，泪水涟涟……

桑世杰一时语塞了，只是两眼直勾勾地望着对方。他有多少话要问，有多少心里话要向他倾诉啊！见到了吉野荣夫，如同看见了自己的父亲。他不懂为什么他走得这样急，他要上哪儿去？

他猛地抱住吉野荣夫，像孩子似的失声痛哭。积蓄在心中多少年的悲苦与辛酸，实在无法控制了……

直升机的螺旋桨在飞快旋转，驾驶员在座舱旁边挥手催促。

森田一郎被人推过来，停在桑世杰的身旁。

他手卷喇叭筒，大声嚷道："小桑，祝你们父子早日团圆！……我现在和吉野君要立即赶到东京，我们就此别过，后会有期，望你珍重……"

森田一郎说罢，转过脸去，双手抱拳向桑世杰和沈志挺举了举，然后朝直升机而去。

吉野荣夫连声道："等忙过这一阵，我会去看你们的……后会有期……"

他边说边跑，追了上去。

直升机吼叫起来，轻盈地腾空而起，在场的人不由得转过身来。待他们再看时，那架直升机已经掠过山后的黑松林，朝着万里晴空飞去，一会儿就不见踪影了。

森田实验室的工作人员又纷纷钻入水泥建筑物，停机坪只剩下默默无言的桑世杰和沈志挺。

这时，桑世杰突然有种不祥的预感，这偌大的院子像是人去楼空，变得异常冷落。他感到自己被人抛弃了，森田一郎走了，在梦里见过多少回的吉野荣夫，像幽灵一样出现，又像幽灵一样消失。他想起他和母亲当年的处境，当父亲失踪的消息传来时，他们也是这样空落落的，谁能理解他

们的痛苦啊……

他拖着沉重的脚步返回客房，无精打采地坐在床头默默地抽起烟来。

沈志挺很同情地望着他，把手在他肩头拍了拍，长叹一声，但一时不知从何说起。

头天晚上，他和吉野荣夫谈了好久好久。十年重逢，恍如隔世，俩人都很激动，也有说不完的话。十年前他驾驶"海豹号"去接希望站考察队员的情景历历在目，他很想知道他们是怎样失踪又是怎样奇迹般地生还的，没有什么问题比这个更使他困惑了。

"是富士村的长老会一手策划的。"吉野荣夫一口咬定地答道，"实际上，桑岩、哈迪姆和我逃出富士村，事后知道，也是长老会故意安排的。他们担心希望站留守人员会采取行动，闹得世界沸沸扬扬。他们分析，倘若桑岩和哈迪姆长久不归，希望站必定向各国通报，呼吁组织救援行动，这样富士村难免不被人发现，就无法保守机密了。所以，他们故意制造假象，逼得我们设法逃走，但我们却被蒙在鼓里，以为他们防范疏忽，让我们钻了空子呢！"

吉野荣夫对十年前的往事记得很清楚。他接着说：

"富士村长老会对我们一直不放心，他们仍然担心我们会暴露富士村的秘密。他们事先在雪地车上安装了灵敏的窃听器，于是我们回到希望站后的一举一动都在长老会的监视之下。回到希望站不到半个月，南极漫长的极夜结束了，得知我们接到'海豹号'船前来接我们回国的电报，开始准备撤离时，长老会下手了。

"要知道，富士村挖掘冰层的技术是相当先进的，他们派出工程技术人员潜入希望站附近，用很快的速度开凿出一条500米长的隧道，一直通到

希望站建筑物底下。他们精确地画出希望站的建筑分布图，知道每个队员的宿舍的准确位置。打个比方吧，他们的手段非常高明，随时都可以将我们拖进冰隧道，神不知鬼不觉，这是我们完全没有料到的。

"在我们撤离的头几天，他们的人就隐藏在我们脚下的冰隧道里，装好了炸药，窃听装置日夜在监视我们的动静。当然，如果不是鬼使神差，我想长老会的计划是会落空的。倘若我们三人第一批乘直升机走，也许情况就不同了。不过，在撤退前夕我们举行的最后一次会议，宣布了分批撤离的名单，他们通过窃听器完全掌握了这个名单，所以决定按原计划行动。我后来听说，起初他们还准备了另外一套方案，那就是当直升机降落时，立即制造一起雪崩，将我们一网打尽，后来有人反对，认为没有必要，所以这个方案被放弃了。

"事情正如你知道的，当直升机接走第一批人员时，隐藏的日本人将我们三人绑架，从冰下隧道劫走，接着引爆了事先安装的爆破装置，那是一种数量很少威力却很大的高性能炸药，能将冰崖连同上面的建筑物全部摧毁，但绝对不会留下任何痕迹……"

吉野荣夫讲到这里，下意识地用手摸着脸上因冻疮留下的疤痕，他的眉骨和眼睑下面冻伤很严重，所以戴着一副墨镜。他接着又解释道："他们这样做，对于桑岩、哈迪姆和他们的亲属，实在是对不起，但我还是想说一句，他们并不是要加害他们，只是不愿意富士村的秘密泄露出去，这也是不得已的事……"

沈志挺一听火冒三丈。"你到现在还为他们开脱，真是不可思议！什么不得已？难道为了你们日本人的利益，别人的生死就不管不顾？你这是什么混蛋逻辑！"他愤愤地说。

见沈志挺动怒，吉野荣夫自知失言，连忙"对不起，对不起"说个没完，一脸的尴尬。

然而，一向忠厚待人的沈志挺没有想到吉野荣夫虽然谈了不少真实情况，但是在关键之处却遮遮掩掩，不讲实话——因为在桑岩和哈迪姆失踪的前前后后，他扮演了一个不光彩的角色。

桑世杰听沈志挺娓娓道来，心里十分焦急，十年前的陈芝麻烂谷子，他此刻已经没有兴趣。想到森田一郎和吉野荣夫一个个离他而去，将他们留在这偏僻荒凉的鬼地方，而他的父亲桑岩却还没有下落，他心急火燎地站起来。

"沈船长，我现在只想知道，我父亲现在究竟在哪儿？吉野不是说告诉你了吗？！"他攥住对方的手，焦急万分。

沈志挺被他攥得腕子发疼，连忙挣脱他的手，脸带歉意地说："你提醒得好，你看我光顾着说，倒把这件大事给忘了……"

桑世杰的眼睛中射出两个大问号。

"据吉野讲，他和桑岩、哈迪姆是趁着富士村的混乱逃出来的。具体是怎么回事，他没有谈。他只是说，他们逃出富士村后，在冰上走了很久，遇到一艘法国的考察船，经他们央求，把他们带到了火地岛。他们离开文明大陆已经十多年，就像是外星人，对什么都不适应，别人也不理解他们。于是他们只好在那里打工干活，勉强维持生活。他们身无分文，由于没有任何可以证明身份的证件，他们的处境相当困难。过了不久，吉野荣夫遇到一艘日本捕磷虾的船，好歹央求船主捎他回国，他们同意了，但对于另外一个中国人和以色列人，船主拒不接受，吉野荣夫就这样回到了日本……"

"这么说，我爹和那个以色列人还在火地岛？"桑世杰追问。

"按说，他们现在还在那儿……"沈志挺答道。

"吉野荣夫不是有很多宝石吗？为什么不把宝石变卖掉，买张船票回国呢？"桑世杰百思不得其解。

"这事我也问过他，可他说，那是富士村的财产，他不能动用，好像宝石的事，连桑岩和哈迪姆也并不知道。"沈志挺说。

"这就怪了，他们为什么不和国内联系呢？打个电话很方便呀……"桑世杰喃喃自语。

他们都沉默了。这两位船长心里都明白，火地岛是南美洲最南端的一个小岛，它离北海道，离中国，实在太遥远了。

尽管知道了桑岩的下落，可是怎么去营救呢？

沈志挺在房间里来回踱步，一筹莫展。

忽地，桑世杰问："沈船长，你不是见过国家科技调查部的部长吗？"

"你是说谢士元？！"

"对呀，为什么不把情况向他报告？"

沈志挺经他提示，如梦初醒。他从制服口袋中摸出一张名片，是谢士元的，兴奋地说："我怎么把他给忘了，他还一再说，有什么情况随时向他报告。"

几分钟后，电波在北京—东京—汤山来回往返，北京的许多部电话焦躁而兴奋地叫唤起来，国家科技调查部和外交部、安全部的官员们连夜召开紧急会议。

中国驻日本大使馆收到外交部和国家科技调查部联名签署的传真，要

求使馆立即协助桑世杰、沈志挺返回北京，并且一定要保证他们的安全。

与此同时，中国驻阿根廷使馆接到外交部发来的传真：

　　立即派员赴火地岛，寻找我国南极考察队长桑岩及以色列气象学家哈迪姆下落，并与以色列驻布宜诺斯艾利斯大使面谈。

　　桑岩特征如下……

（五）

森田一郎的心情相当矛盾，一直到上了直升机，机翼下面莽莽苍苍的黑松林和那条细如白练的隅田川从他的视线消失，他还在琢磨自己这趟东京之行是否必要。他像鸟儿爱惜羽毛一样珍惜自己的名誉，可是他的内心深处隐隐不安。他很担心，迈出这一步对于自己的名声很难说没有影响……

可是，人往往是在自相矛盾的心态中寻求心理平衡的。眼前的现实似乎没有选择的余地，他觉得任何一个日本科学家处在这样的境地，恐怕也只能像他一样孤注一掷，别无良策吧。

也许是真的老了，遇事才会这样举棋不定，优柔寡断。他这样安慰自己。

回到汤山的住所，他刚被人扶到正屋那张躺椅上，管家和几名助手相继向他报告吉野荣夫到来的消息。他是五天前赶来的，说是有重要情况向他当面报告——至于什么内容，吉野荣夫不讲，大家心里也猜出了七八分。

他静静地听着他们讲话，半天没有吭声。一来，确实很累，一路颠簸，一把老骨头快要散架了。他吩咐管家放好洗澡水，他要用滚烫的温泉解解乏，恢复一点体力。再者，恐怕还是最主要的，他需要静下心来想一想。对于吉野荣夫的出现，他是亦喜亦忧。毕竟是自己的学生，死而复生，他怎能不为之庆幸，这是他感到无限欣慰的。可是，警视厅又在追捕他，涉嫌宝石走私，这不免又增添了他的疑虑。他虽然不相信吉野荣夫是那样的人，可是十年光阴，人是会变的，谁知道他会有什么麻烦……

森田一郎泡在热气腾腾的池子里，心里依然在盘算。对吉野荣夫的出现，他似乎并不特别意外，听到海上巡逻队的警官说出吉野荣夫的行踪时，不，在这之前，当吉野荣夫在札幌雪节的电视上露面时，他就隐约有了预感，吉野荣夫迟早会来找他的，果然不出所料……

他翻来覆去想了好久，揩干身子，换上一件宽松的丝棉袍子，觉得身上轻松多了。他又将管家送来的一碗红豆粥和几样小点心送进肚里，这时自鸣钟敲了四下，凌晨四点了。

"您要不要睡一下，离天亮还有一会儿呢……"站在一旁侍候的老管家问。

"不，送我去1号会议室。通知吉野荣夫，我去那儿见他。"

森田一郎精神抖擞地说。

他说的1号会议室，就在停机坪后面的森田实验室里面，那是一处隐蔽的房间，从他的卧室有地道可以过去。

几分钟后，森田一郎和他的几名高级助手来到护壁板装饰的会议室，那里有围成一圈的皮沙发，柔和的灯光从房顶倾泻下来，照得每个人的脸色格外苍白。他们打着哈欠，睡眼惺忪，大概是刚从被窝里被叫起来的。

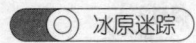

众人落座，吉野荣夫从门外大步流星地跑来，一见端坐在沙发的森田一郎，鼻子一酸，哽咽地说："先生，学生想您想得好苦呀……原以为这一辈子再也见不到先生……"他说不下去，泪水夺眶而出。

森田一郎见状动了感情："吉野君，你受苦了。中国人有句老话，叫作'大难不死，必有后福'。你历经磨难，现在平平安安回来，我们师生又能团聚，该是值得高兴呀……"

在座的助手你一言我一语，附和地说些宽心话，会议室的气氛顿时轻松起来。

管家端上茶水，将门轻轻掩上了。

"有什么话你就说吧。"森田一郎说。

真是岁月不饶人，他从旁观察斜坐在沙发上的吉野荣夫，不由得感慨不已。他记忆里的吉野荣夫，年轻潇洒，人也长得帅，身材虽是中等个子，但眉清目秀，一双黑黑的眼睛和富有个性的下巴，透着一股初生牛犊的虎气。可是面前的他却是满脸沧桑，明显地衰老了。一头乌发早已变作一堆枯草，脸色黧黑，像是被强烈的南极紫外线镀了一层膜。最显眼的是眉骨和眼圈周围，还有放在膝盖上的那双手，留下冻伤的累累疤痕。如果在街上猛然碰面，会认不出来的。他的一双青筋毕露的手攥着一个软皮口袋，沉甸甸的，先是放在膝盖上，觉得碍事，又将它放在沙发旁边。

吉野荣夫的谈话单刀直入，毫不拖泥带水，还是年轻时的脾气。

"我之所以来找先生，并不是因为警视厅到处在抓我，胡诌我是什么宝石走私犯——关于这方面的情况，后面我再说。我要说的是先生当年最担心的事，不仅在南极已经发生，而且目前已酿成大祸，情况到了火烧眉毛的地步……"吉野荣夫话虽不多，句句都有丰富的潜台词，在座的都是

研究南极的专家，一听不禁为之动容。

“什么大祸，又是火烧眉毛，说得那样邪乎，到底是怎么一回事？谈谈具体情况吧……”森田实验室的一位冰川学家皱起眉头说。

森田一郎投来询问的目光，鼓励他说下去。

吉野荣夫于是从日本向南极移民谈起，详细介绍了富士村的规模，冰下城市的建设和市政设施。对于富士村的能源，他讲得很仔细，他谈到3万公里高空的太阳能发电站，以及冰原盆地的微波接收器，正是这种太阳能转换的廉价能源给极地漫漫长夜带来了光明，驱散了难以忍受的寒冷，并且由此诞生了极地的农业和畜牧养殖业。在南极的夏天，富士村所在的冰原都铺上太阳能电池板，这里是一个经过人工处理的宽浅盆地，能够有效地利用太阳能转化为电能，将用不完的电能储存起来供极夜时使用，这项工程耗费了差不多三年时间……吉野荣夫以赞赏的口吻高度评价了富士村发达的科学技术，他认为在许多领域恐怕远远超过了日本本土。

对富士村的社会构成，吉野荣夫也谈了自己的印象。他说富士村表面上似乎很像传说中的乌托邦，那里主管全村事务的最高机构是村社委员会，他们的成员都是德高望重的各方面代表人物，选举产生，在居民中享有崇高威信。富士村的重大事情都要举行全民公决，他们有严密的法律程序和民主监督制度；另外在经济上也实行平均分配制，一切消费品按家庭人口免费供应，对儿童、孕妇和丧失劳动力的老人，还特别给予优惠。当然，每个人必须付出劳动，那里可不养懒汉。但是生活在其间的人才知道，真正的权力操纵在响尾蛇会的长老会手里。响尾蛇长老会是一个组织严密、等级森严、渗透到各个角落的黑社会组织。他们控制了一切，比如限制居民的通信自由和禁止到其他大陆旅行的行动自由，对电视节目进行

严格审查，等等。但他也指出，这些非常措施完全是出于对富士村的安全考虑——为了在南极冰下世界生存下去，必须严守秘密，万万不能让外界知道它的存在。这大概也属于生存法则的需要吧。

吉野荣夫认为，富士村虽然并非无可指摘，但总的来说还是不错的地方，充满平等、和平、安宁，这里曾经是没有战争、没有案件、没有争斗的世外桃源。但是有一天，情况突然起了变化。

"一个好端端的富士村，一下子就像太阳底下的冰山，完了，塌了，全毁了……"吉野荣夫激动起来，挥动双手绝望地说。

在座的人面面相觑，惊讶不已。

"这怎么可能呢？你是不是夸大其词？"森田实验室一个40多岁的地质学家问。

"吉野，你慢慢讲，难道富士村发生了瘟疫吗？"冰川学家插话道。

"瘟疫？你说得一点不错，但这是一种精神瘟疫……"吉野荣夫脸上掠过一丝冷笑。

森田一郎心头一颤，他似乎有所预感，难道吉野荣夫所说的精神瘟疫是指——

"吉野君，你带了一包什么东西？如果我猜得不错，那个袋子莫不是潘多拉①的盒子，是它给富士村的世外桃源带来了灾难？"森田一郎上身前倾，目光如炬，注视着吉野荣夫，声音洪亮带着几分威严。

众人一愣，目光转向吉野荣夫脚下脏兮兮的一个软皮口袋。"潘多

---

① 希腊神话中的一个美女。主神宙斯给她一个盒子，只要打开，里面装的疾病、罪恶、嫉妒等灾祸便会一齐飞出。

拉？什么宝贝？"他们窃窃私语，弄不清森田一郎的意思。

只有吉野荣夫从心底钦佩森田一郎的洞察力，一语道破天机，不愧是聪慧绝顶的前辈呀！他庄重地点点头，弯腰拎起软皮口袋，然后将它倒过来——刹那间，像是抖落满天的星星，无数光灿夺目、光华四射的钻石，各种宝石像瀑布一样倾泻而下，顿时堆成一座小山。

几双眼睛瞪得快要从眼窝蹦了出来，苍白的脸皮兴奋得如同喝醉了酒，每个人的嘴巴张得大大的，仿佛要一口吞掉那座小山。

他们第一次见到这样多的宝石，价值连城呀！

只有森田一郎闭上眼睛，脑袋沉重地倒在沙发靠背上，胸中长长地吐出一口闷气。

"先生，您说得一点不错，自从富士村发现了宝石矿，真是打开了潘多拉的盒子，那里的灾难就降临了……"吉野荣夫一边无奈地抓起一把宝石，让它们从指缝中泻下去，一边说道。

"是什么时候发现宝石矿的？"森田一郎问。

"听说最初也是无意中发现的。我和那个中国人桑岩、以色列人哈迪姆，这些年成年累月被关在矿井里挖宝石，对那里的情况比较熟悉。开始建富士村时，他们为了勘测冰盖的厚度，在盖上钻探，在很深的冰盖底部发现基岩有类似金伯利岩①的地层，这个发现使他们激动不已。地质学家早就预言，南极大陆与非洲南部同属冈瓦纳古陆，蕴藏丰富的高品质宝石矿带，在南极相应地区可能也有，没料想富士村就处在这条矿带上。

---

① 火山颈内一种带蓝色的岩石，其中含有大量金刚石。19世纪70年代最早在南非的金伯利附近发现，故以此命名。

于是长老会决定，秘密地开采。从那时开始，宝石矿开采了差不多快八年了……"吉野荣夫答道。

"胡闹！宝石选矿需要大量的水，而且矿区排污很难处理，南极地区怎么能开采宝石？这点常识都不懂吗？"森田一郎质问道，好像吉野荣夫是这项计划的策划者。

"是的，当时有人反对开采宝石，但长老会根本听不进去，甚至连私下议论都绝对禁止，否则的话……"

"怎么样？"

"和我们一样，抓到矿井去干活呗！"

"好一个乌托邦！"这回，森田一郎脸上浮出冷笑，"后来呢？"

吉野荣夫接着说："宝石矿刚开始开采时，长老会信誓旦旦地向居民们宣布，所有的宝石都是集体的财产，由富士村公库收藏作为建设储备基金，因为随着富士村的发展和人口不断增加，需要花费巨资从世界各地购买机器设备、船只、电器和许多南极无法生产的物资，光是运输用的船只，就是一笔相当大的开支。对于这一点，富士村的居民都能理解，他们是识大体、顾大局的。

"实际上远不是那么一回事。人们慢慢发现，一年一年开采的宝石并没有多少放入富士村的公库，相反却进了长老会头目们和矿山工头的腰包。他们悄悄地将宝石偷运出去，进行走私，购买大量奢侈品供自己挥霍。宝石的开采并没有给富士村带来繁荣，仅仅是富了有权有势的少数人。他们变成了一批新贵族，手里有的是钱，购买豪华轿车、游艇和高级音响……当居民们在寒冷的黑夜忙于种植庄稼时，他们全家老老少少到世界各地旅行，到处兜风，像阔佬一样挥金如土。他们还不惜重金雇佣保镖

打手，对稍有微词的人大打出手，有的人还会被他们抓到矿山，干最累最重的活儿，永无出头之日……

　　"这时，富士村也不似当初洁白晶莹，如同水晶世界了。环境日益恶化，大量的矿山污水日复一日地排入冰盖，流入冰川，形成了一条污浊的河流。污水不仅渗入冰下城市，渗入家家户户，腐蚀了埋藏的各种管道线路，而且加剧了冰盖融化，冰下城的设施开始遭到破坏，事故每天都有发生，不是房屋倒塌，就是道路中断，停电断水的事几乎天天都有。

　　"贫富的分化，导致了利益的冲突；长久积蓄的不满，最终带来生死的搏斗。导火线是起因于长老会一位很有权势的头目为女儿操办婚事。婚礼这天，富士村最豪华的一家五星级宾馆灯火辉煌，宾客如云，宾馆的那条大街岗哨林立，实行戒严，禁止行人通行，居民对此十分不满。这还不算，由于富士村电力紧张，为了保证婚礼顺利举行，新娘的父亲买通电力管理站的头目，竟然拉闸断电。一瞬间，全城除了宾馆之外都陷入黑暗之中……

　　"这是一个可怕的信号。顿时，愤怒的人群冲上街头，埋藏在心底的火山爆发了。白发苍苍的老人、男人、女人和孩子，自发地用不同方式宣泄自己的愤怒。他们掀翻了宾馆的宴席，身穿礼服的先生们和珠光宝气的太太小姐们抱头鼠窜，豪华的地毯被无数双脚恣意践踏，新娘的彩车被掀翻在地，燃起熊熊火焰……

　　"街头发生的混乱局面尚未平息，冰下最深处的矿井也乱作一团。

　　"矿工们捣毁了抽水机和传送带，洗劫了工头们的办公室，像洪水一样冲出层层铁丝网。富士村的矿工有1万多人，很多人是抓来的苦役犯，接下来的几天，成群结伙的矿工们到处袭击富人的住宅，抢劫银行和超级市

场的事时有发生……

"富士村陷入一片混乱，可怕的骚乱持续了几个星期。这时我和中国人桑岩、以色列人哈迪姆总算逃出矿山，找到了我的一位朋友。他叫池田茂，是长老会中最年轻的成员，人很讲义气，对长老会老家伙的所作所为也很不满。他受命于危难之时，在大家的推举下，负责富士村的恢复和重建工作。"吉野荣夫说，"我们三人都是十年前被裹挟到富士村的，所以一致要求回国去。池田茂很理解我们的心情，答应想办法，可是富士村仅有的几条船有的被人劫持，有的被毁坏无法航行，在这种情况下，池田茂劝我们自己想办法，他说目前根本没有可以支配的交通工具，建议我们设法步行穿过冰原，如果运气好，可以遇到别国的考察船。我们三人商量后，觉得这是唯一的选择。我们担心时局发生变化，到时想走恐怕也走不了了。"

吉野荣夫继续说："当我们仓促出发时，池田茂找到我，悄悄交给我一袋宝石，他说这是富士村仅剩下的全部宝石，请我务必安全地带回国。他很担心富士村的形势还将恶化，由于冬季很快要降临，富士村的粮食和食品十分匮乏。电力设施遭到破坏，短期内无法修复，居民过冬将会缺乏起码的照明和供暖，这是生死攸关的大问题。而且，病人越来越多，医院的病床已经不够用，药品也奇缺，这几天死人的数量急剧上升。池田茂希望我立即回到日本，将情况向政府报告，请求尽快地解救富士村的居民。至于这一口袋宝石，他说一定要买几条船，另外多带些食物和药品。他开了一个清单，要我务必快去快回……"

"原来是这样。"良久，森田一郎问，"你回国后为什么不马上和政府联系，还要拖到今天呢？"

　　"这能怪我吗？我从火地岛一上船，我的几个同胞就盯住了我，幸好我事先将宝石藏在厕所的水箱里，他们没有找到，但他们天天暗中监视，弄得我提心吊胆。到了日本，刚上岸，他们就向警视厅举报，说我是走私宝石的，我又跟警察天天捉迷藏。我寻思这也不是办法，我不能成天拎着一口袋宝石东躲西藏，所以我在札幌郊外的山上找到一处隐蔽的山洞，将宝石埋藏起来。天知道，没过几天，那里举办什么雪节，搞滑雪比赛，赛场离我藏宝石的地方不远。这可把我急坏了，我连夜冒着大雪上山，将宝石从山洞取出，缝在我的棉大衣里面。好险，等我下山时，滑雪比赛开始了，警卫人员不准我往前走，说是选手马上经过这里。我只好待在看台上装作看比赛的观众，实际上我心急如焚，担心警察认出我。鬼知道是怎么回事，拍电视的记者偷偷地将我摄进了镜头。这样一来我再也待不住了，所以我只好连夜来找先生，我是没有一点办法了……"

　　会议室一时陷入沉寂，森田一郎闭目沉思，他的几名高级助手摸不透森田一郎的心思，谁也不愿开口。只有吉野荣夫在那里暗暗窥望，显得心神不宁的样子。

　　他拿起茶杯，润了润干渴的嗓子。

　　突然，森田一郎睁开眼睛，上身从沙发靠背挺起，严厉的目光直视吉野荣夫。

　　"吉野，你说实话，你们三人的失踪究竟是怎么回事？你事先不会不知道吧，嗯？！"森田一郎厉声喝问。

　　吉野荣夫一愣，嘴唇翕张，但他的视线一接触森田一郎的目光，立即下意识地低下头来。

　　"先生，我……我不懂您的意思？"他嗫嚅道。

　　森田一郎的喝问使在座的人吃了一惊，他们左顾右盼，不知道究竟是怎么一回事。

　　"你以为你信口雌黄就可以蒙骗世人吗？！当初桑岩和哈迪姆两位冒着性命危险去救你，你却恩将仇报，伙同响尾蛇会的头目将他们劫持，用制造雪崩的手段掩盖真相，这样卑鄙的行为，可以骗得了别人可骗不了我呀！你扪心自问，不会受到良心的谴责吗？"森田一郎冷笑道。

　　吉野荣夫神色大变，脸上的肌肉不停地抽搐起来。突然，他从沙发上溜下来，双膝着地，跪在地毯上。

　　森田一郎鞭辟入里的一番话，把他的假面具彻底掀开，这样不留情面使他太难堪了。

　　他像一只受伤的狼，痛苦万状地扭曲身体，双手抱头，呜呜地抽泣起来。

　　"求求您，先生，请不要说了……我知道先生料事如神，没有什么事能瞒过先生……我对不住那位中国人桑岩和以色列人哈迪姆，我对不起他们的亲人，不管用什么罪名加在我头上我都毫无怨言……可是我认为个人的屈辱没有什么，我所做的一切都是正确的。我斗胆说一句，请先生别生气，即使先生处在我的地位也会这样做的……"

　　吉野荣夫说到此，猛地昂头挺胸，像只好斗的公鸡面视森田一郎，一副绝不认错的样子。

　　"放肆！你既然错了还敢顶撞先生！"座中的冰川学家吼叫起来。

　　森田一郎冷笑道："你说下去，我喜欢说真话的人，不愿意别人当面撒谎。你对沈志挺船长说的那些鬼话，不必在我面前重复了……"

　　吉野荣夫心里一惊，老师这里也是处处设下监听装置，什么都逃不过

他的眼睛呀。

事到如今他觉得也没有必要再瞒下去了。

"……我不是为自己辩解，因为在当时的情况下，我也是不得已的，如果我不去做，富士村的长老会也不会放过我。"他咬了咬牙，说出了事件的真相，"当桑岩和哈迪姆闯入富士村时，他们的一举一动都在长老会的监视之下。他俩被关押在黑房子里的谈话，他们知道得一清二楚。我当时被他们找去，一方面是为了核实他俩的身份，另一方面长老会的头目正在商量对策，假惺惺地听取我的意见。他们之中，有人的确是想加害于他俩，我觉得这样做太残忍，而且担心引起国际纠纷，那样一来富士村的秘密必将暴露，岂不是事与愿违。所以我非常激动，慷慨陈词，晓以利害，说服了他们。不过，长老会非常担心富士村的秘密泄露出去，所以他们交给我一包药物，这种药物是富士村广泛滥用的大脑忘却剂，它能将记忆从人的脑海中抹去——在富士村，对于那些怀念故乡，企图离开南极的人，常常用这种药物使他们丧失记忆——长老会要我把这种称为DC的药物放入食物中，让桑岩和哈迪姆吃下去，以使他俩忘却有关富士村的记忆。"

"你给他们吃了吗？"座中的地质学家似乎颇有兴趣，问道。

吉野荣夫点了点头："我后来给桑岩、哈迪姆做了面条，里面的确放了DC，但我放的量不够，结果引起了麻烦……"

"怎么回事？"这回，轮到森田一郎发话了。

"是这样的。离开富士村不久，他俩药性发作，昏迷过去了。我们回到希望站，桑岩和哈迪姆一直迷迷糊糊、神志不清，说话也颠三倒四，这说明DC确实起了作用，站上其他的人不了解内情，以为他们疲劳过度，也没有特别在意，我也胡编乱造，将事情真相遮掩过去。我想只要富士村的

情况不被暴露，桑岩和哈迪姆不会说出来，再过不到两个星期，我们就撤离了，到时各奔前程，这件事也就了结了。

"没有料到，桑岩这个人是个意志力非常坚强、神经异常健全的人。有天深夜他突然闯入我的卧室，站在我的房间里，两眼直勾勾地盯着墙上的一幅富士山的全景照片，足足看了几分钟。

"'吉野，这是什么，这么漂亮？'他指着墙上的照片问。

"我有点莫名其妙，随口回答他：'我们日本的圣山，富士山呀，你难道不知道？'

"'啊，富士山，富士……富士……'他嘴里默念道，突然又问，'富士山那里有个富士村吗？'

"我一听'富士村'从他口中而出，不禁大惊失色，连忙掩饰地说，'你扯到哪里去了，没听说还有个富士村，你的想象力真是太丰富了……'

"桑岩怔怔一笑，游移的目光在我的脸上打量。忽然，他盯着桌上的一张照片，那是我妻子年轻时的照片，放在木头框架的相框里。

"'她是谁？怎么这么眼熟？'桑岩伸手拿起相框。

"这是我的疏忽，我早就应该将妻子的照片藏起来的，但这时已经来不及了。

"我急忙从他手里夺回相框，一边岔开话题：'桑岩君，你别开玩笑了……'

"'不不不，我见过她。我知道，这是你妻子，我到过你家里，对不对？'桑岩颇为认真地说。

"我知道再纠缠下去，桑岩脑海中抹去的记忆说不定会恢复过来，

因为DC只是一种抑制记忆的药剂，它不可能抹去所有的记忆，除非是大剂量。

"我想劝桑岩回自己的卧室休息，但他非常固执，竟然自己拉过椅子坐了下来。

"他的神情是安详的，并没有丝毫反常的表现，看来，他来找我是想商量什么事情。

"他低头沉思片刻，然后抬起眼睛，望着墙上的南极地图——在我的卧室，那张详细的地图占据了一面墙。

"'……我们在一起共事快三年了，很快就要分手，但我还希望能够很快回来。这些日子我一直在想，南极冰盖消融的速度正在加快，这个结论似乎已有了眉目，要彻底摸清它的规律及原因，三年的调查还短了点，还有深入调查的必要。'桑岩讲话时，他的手在那张南极地图上指指点点，他坐的椅子靠墙不远，'喏，这一片地区，我说的是毛德皇后地的腹地，这里就是空白。由于冰原地形复杂，气候恶劣，多少年来始终是探险家的禁区，我觉得那里实在很有必要实地考察，它幅员辽阔，你是搞冰川的，比我更有发言权……'

"我承认，当我看见桑岩的手指始终落在地图上富士村所在的冰原，我的心情就像被人发现赃物的窃贼，禁不住一阵心惊肉跳。

"桑岩也许是无心的，但我总感到他是有意向我试探。

"我什么也没有说，听他侃侃而谈。他见我没有反应，便站了起来。

"'对不起，打扰你休息了。'他说，'不过，我诚恳地希望下一次组队时你能参加，我打算回国后提出我的设想，再组织一次考察队，我们深入到毛德皇后地的腹地，你看如何？'

"桑岩的这番话使我吃惊不小，他居然郑重地邀请我参加考察，而且和盘托出了他的打算，虽然这项计划还是虚无缥缈的事，但是我不能不感到忧虑。

"我们的谈话很快就被富士村长老会监听到。他们的反应比我预想的还要快，这就是后来发生冰崩的动因。长老会这次很坚决。他们决定，不能放虎归山，对桑岩和哈迪姆不是从肉体上消灭，就是劫持到富士村，总之，必须使他们从地球上消失……"

说到这里，吉野荣夫坦然地从地毯上站起，拍了拍裤腿。

"虽然这样做是卑鄙的，我从心里也不赞成，但是，为了我们日本人的利益，我以为无可厚非。我认为我是尽到了一个日本科学家的责任，不知道先生是否能够理解？"

这番话显然是给森田一郎将了一军。

森田一郎一时竟不知如何回答。他的思想十分矛盾。对于吉野荣夫的行为，他从内心深处是蔑视的，这有悖于科学家的人格，但是他又不能对他横加指责，因为日本民族的利益高于一切，这也是他始终遵循的信条。在人格与良心的天平上，民族的利益，日本的荣誉，它们的分量毕竟是超过一切的。他自己不也是同样面临这样的抉择吗？

也许，这是大和民族的同一个基因所使然，他还能有什么其他的选择呢？

特别是他听到桑岩的日记被法国探险队发现的消息，不祥的预感就像心头留下了总也拂不去的阴影。听吉野荣夫说，桑岩回到希望站，很快恢复了记日记的习惯——这说明他已经战胜了DC的影响清醒过来。桑岩从富士村带回的水样，装在两个塑料瓶里的水样也被送到实验室去了，这是吉

野荣夫亲眼看见的。尤其奇怪的是桑岩的日记是在距离希望站原址500米处发现的,森田一郎有理由判断,这是桑岩有意扔下的,当他被劫持时偷偷地将日记扔在雪堆里,为的是让别人发现。

森田一郎无论如何不愿见到这样的可怕的现实,那就是将日本钉在历史的耻辱柱上。而桑岩的日记就是这样一枚可怕的钉子。桑岩清醒后写的日记,究竟是什么内容,他无从猜测,但令他担心的是富士村的真相和向南极移民的内幕公诸于世。

不仅如此,吉野荣夫的一席话,使森田一郎想得更多、更远。富士村的现状,看来比他想象的还要糟。以前,他只是从科学的角度分析移民南极的严重后果,生态恶化、污染、冰盖加速融化,从而导致全球的气候变化和自然灾害的加剧,这些已经为科学的论证所证实;而吉野荣夫所谈的情况,远远超出了技术的范畴,这里涉及的是社会科学,是人与人利益分配和社会构成,这是他所不熟悉的领域。但他隐约感到如果富士村是一次大胆的实验,其结局却证明,这是一次失败的可悲的实验。

他对南极移民向来持反对态度,这是世所共知的。富士村的实验计划破产为他的理论提供了反面证据,这是预料之中的事。可是作为一个有良心的科学家,他却不能对此无动于衷。眼下,责备、抨击、抱怨都毫无意义,也不能显示自己多么高明。他的眼前晃动着一个个在风雪中挣扎的人们。冬天,南极寒冷的冬天很快就到了。缺乏能源,缺乏食品,冰冷的屋子,冰下的城市,那将是黑暗和死亡降临的时刻。想到那里的近百万人是他的同胞,他不能袖手旁观,应该做点什么事⋯⋯否则他至死也不会安心的。

突然,他环顾左右,问道:"现在是几点了?"

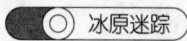

助手们有的抬起手腕，"天亮了，六点三刻……"有人回答。

地下的会议室不知白天黑夜。

"啊，又是新的一天了。首相大人该起床了吧……"森田一郎自言自语道。

他伸伸双臂，感到腰背都坐麻了。

吉野荣夫和助手们不知所云，感到纳闷。

"先生，下一步该怎么办？"冰川学家问。

几双眼睛一齐注视着他。

森田一郎拍了拍手，这时管家推门而入。

"给首相官邸挂通电话，我要马上去东京，请派直升机来接我们。"他吩咐道，又转向吉野荣夫，"你也去吧，当面向首相报告，这是十万火急的军国大事。我担心富士村的情况已经藏不住了……"

"是吗？"助手们惊叫起来。

森田一郎摇摇头，苦笑道："你们也不动脑子想想，有多少双眼睛盯着南极……吉野君，把宝石收拾起来吧，多好的石头啊……"

（六）

汽车经过五彩灯柱映照的凯旋门，驶入了灯火辉煌的香榭丽舍大道。这是巴黎最美的街道。虽然春天姗姗来迟，夜风吹来还有点凉飕飕的，但是生性爱热闹的巴黎人不管这些。华灯初上的时分，大街两旁宽阔的人行道上，那些露天的咖啡座已是座无虚席。看时装表演也无须买票，漂亮的女人牵着哈巴狗、牧羊犬，穿着今年流行的时装招摇过市。夜总会开场的

时间还早，但精悍的身穿马甲的伙计正在街头兜揽生意，向行人散发宣传单……巴黎之夜就这样热闹地拉开了序幕。

桑世杰和沈志挺却没有心思观赏巴黎的夜景。他们来巴黎已经三天，连埃菲尔铁塔和罗浮宫在哪里还没有弄清楚，就一头扎在离塞纳河不远的一幢小楼里。现在，他们就像临战前夕的士兵，带着胜利的企望和说不出的紧张，直奔他们此行的目的地——伏尔泰大饭店。用桑世杰的话来说，那里将有一场好戏。

汽车拐入伏尔泰大饭店门前的单行道，桑世杰发现连停车的位置也很难找了。偌大的停车场挤满了各种型号的豪华轿车，他只好倒车，好不容易在人行道找到一个车位。

他和沈志挺跳下车，后排座位还有个身穿灰西服的年轻人，手里拎着一只保密箱。他叫小赵，对外身份是一家公司的法语翻译，实际上他是国家科技调查部的。

小赵走出汽车，警觉地朝四处扫了一眼，发现有不少国家使馆的车子鱼贯而至。看来，今晚的这场戏还是相当棘手的，他心里想。

三个西装革履的中国人走进灯火辉煌的饭店，径直进入底层的一间大厅，今晚这里将举行一场拍卖会。

从汤山赶到东京，桑世杰听说中国驻日本使馆为他们买好了回北京的机票，心里很恼火。"我去北京干吗？！现在知道我父亲在火地岛，我要去那儿找他……"他在电话里嚷了起来。不过，等听完对方向他说明的情况，他还是勉勉强强服从了。

使馆人员告诉他，据国家科技调查部掌握的情报，法国的一支探险队在南极找到的桑岩的日记及其物品，并没有交给法国国家博物馆，而是转手卖给了一家拍卖行，据说是为了筹集探险经费。现在，拍卖行打算公开拍卖，所以科技调查部的领导决定派他和沈船长去巴黎一趟，因为他们比较熟悉桑岩的笔迹，可以当场鉴定，不要花了钱却买了假货——现在什么都是假的，可不能闹笑话。对方在电话里这样说。

这样桑世杰他们即日来到巴黎，先到达的小赵已事先侦察了"敌情"，把一切都做好安排，用不着他们操什么心了。

他们三人大体做了分工：小赵唱主角，买卖的事由他负责；桑世杰负责鉴定日记的真伪，这是最关键的；沈船长倒是没有具体任务，他年纪最大，老谋深算。科技调查部特别关照，遇事要请沈船长多出主意。

在桑世杰看来，完成这桩任务只是小菜一碟——用不着费多大力气，一手交钱，一手交货，所以他总是交代小赵："钱你可要多带些……"

小赵神秘兮兮地笑笑，说："这个，你放心——"

可是，桑世杰自己也说不清到底要花多少钱。

姜还是老的辣，沈志挺可不乐观："拍卖的东西可没准，水涨船高，就看有没有竞争对手……"他提醒桑世杰。

桑世杰自然不敢掉以轻心。他知道巴黎之行的成败，关键在于自己能否判断日记的真伪。他估计，拍卖会不同于一般场合，他必须在很短的时间内做出判断，为此，他在动身去巴黎之前，找出桑岩留下的信件和各种笔记，这是当年母亲精心保存下来的。桑岩失踪时他年纪还小，对父亲的笔迹也并不十分熟悉。他把自己关在房里研究了几天，熟悉了父亲笔迹的特征，这才心里有了底。

走进灯火通明的拍卖大厅，桑世杰浓眉底下的眸子一亮，倒吸了一口气。好家伙，可以容纳200来人的大厅人头攒动，除了前面留了一排贵宾席

还有空位，几近座无虚席。

他们东张西望，好不容易在中排靠边找到座位。

8点的钟声响起，拍卖会开场了。一个亚麻色头发的法国拍卖行主持人走上大厅前面的讲台。他手持小木槌，从容不迫地将众人的目光聚集在台上，旁边两个年轻的女助手举起了一幅毕加索的抽象派油画。

会场顿时像蜂窝一样喧闹起来。人们窃窃私语，主持人亮出底价，话音刚落，买主们纷纷亮出手中的牌子，于是开始了一场竞相提价的争夺战。

当晚拍卖的艺术品几乎都是收藏家视为珍品的稀世之物，除了毕加索的传世之作，还有拿破仑在圣赫勒拿岛囚禁时用过的一套餐具、牛顿的几封未发表的亲笔信、巴尔扎克生前写给某贵夫人的情书。除此之外，在埃及卢克索帝王谷发掘的法老的金器也引起轰动，因为其中有一副镶宝石的金项圈做工非常精巧。拍卖的物品中还有中国清朝皇帝用过的鼻烟壶；另外一件武则天女皇的玉枕也令人啧啧称奇。不过，这些眼花缭乱的拍卖品对于桑世杰和沈志挺来说都毫无吸引力，他们待了半个小时，已是如坐针毡，浑身燥热。

"我出去遛遛……"他起身对小赵说。

"我也方便方便——"沈志挺就等他这句话，连忙站起。

他们径直来到大厅外面的大堂，各要了一杯冰镇饮料。

沈志挺从卫生间出来，一个身着黑风衣的人擦肩而过，那人的目光在他脸上打量了半天，弄得沈志挺好生纳闷。不一会儿，穿黑风衣的人穿过大堂急匆匆地走进拍卖会场。沈志挺望着他的背影，对桑世杰说："这家伙是谁呢？好像是个美国人……"

20.8持南极科学事业，受卖主委托义务拍卖，不收任何手续费，拍卖的全部收入将全部用于南极的科学探险……"

拍卖行主持人特别强调，这次拍卖不报底价，由买主自行报价，公平竞争。

话音未落，会场如同海潮掀起，一片喧哗声，闪光灯闪个不停。

"安静！请安静——"主持人用小木槌敲了敲桌子。

桑世杰这时上前要求女助手打开玻璃盒，里面确实是一本厚厚的日记，日记本是中国南极考察队专制的软皮簿子，字迹清晰，密密麻麻，但已经褪色，是用碳素墨水和圆珠笔写的。在日记本的扉页，有桑岩潦草的签名。

他翻了两三页，女助手挡住了他。

当他回到座位时，他朝小赵和沈志挺肯定地点点头。

睹物思人，桑世杰心中涌起难以名状的复杂感情。他想起生死不明的父亲，虽然父亲的音容笑貌深深地刻在他的记忆里，但是10年杳无音信，他常常感到父亲这个亲切的称谓对他来说相当遥远而陌生。他无法想象父亲在南极经受的苦难，也想象不出父亲现在是什么模样。他很后悔自己没有坚持去火地岛，他是多么盼着早点和父亲见面啊！

桑世杰沉湎于纷来沓至的思绪中。这时，贵宾席上的日本人第一个亮出报价的牌子。他是个精明的小伙子，头上缠着一条白绸巾，上面是什么株式会社的汉字。

主持人喊道："75号报价，5万美元！"

会场顿时响起一片嗡嗡声，这个庞大的金额引起人们的纷纷议论。一本日记竟有人出手如此大方，不能不令人惊讶。

精干的"小日本"面带微笑，踌躇满志地环顾左右，似有稳操胜券的得意。

主持人在讲台前走动着，目光扫射会场："还有哪位——"

话音未落，贵宾席上又有人亮出牌子，桑世杰望去，竟是穿黑风衣的人。

"好，62号报价，8万美元！"主持人兴奋地喊道。

黑风衣回眸朝趾高气扬的"小日本"瞟了一眼，目光明显地含有蔑视。无意间他的目光和小赵相遇，脸上掠过一丝不易觉察的笑容。

小赵一惊，想起来了，此人是美国中央情报局的，绰号"黑山猫"，几年前去过中国。他来这里干什么？

"小日本"忽地挺直身子，将手中的牌子举起，示威地将牌子向会场转了一圈。

"哗——"人们不约而同惊呼起来。

主持人提高嗓门喊道："75号报价，10万美元！！"

高潮迭起，观战的人们像打了兴奋剂一样激动得坐不住了。

有人挤上前来，后面的索性站起来，连饭店的服务员也好奇地从门外扒着看。

参加竞买的并不限于这两家。据小赵观察，除了日本人和美国人之外，还有以色列人、澳大利亚人和巴西人，但经过轮番提价，他们不得不中途放弃，竞争的范围逐渐缩小了。

不一会儿，底价已上升到20万美元。

那个"黑山猫"眉头皱成一团，似乎在思考对策。

"20万美元，还有没有哪位报价？"主持人举起小木槌询问。

他连问几遍，两眼逡巡贵宾席的几个买主，特地向"黑山猫"投去征询的目光。

"黑山猫"似乎横下一条心，立即像斗鸡一样亮出牌子，这回他将价码提高到25万美元。

"小日本"坐不住了，一面掏出手绢擦汗，一面用手机向幕后的决策者叽里咕噜地说着，大概是商量对策。

会场沸腾起来，像沸水开了锅一样，嘈杂的喧闹声充斥着大厅。

桑世杰发现，放在讲台一旁桌子上的玻璃盒，已被一块绸布蒙了起来，桌子四周，不知什么时候站着几个膀大腰圆的彪形大汉。

桑世杰心急火燎，几次示意小赵，但小赵却不动声色。他万万没有料到拍卖日记的竞争如此激烈，他原以为只要几千美元就可以买回日记，现在已卖到天文数字，小赵拿什么和实力雄厚的对手较量呢？

"小日本"破釜沉舟了，他显然请示了幕后的大老板，又将价码提高到30万美元。

"黑山猫"泄了气，脸色很难看，呆呆地望着天花板的吊灯。他已经没有底牌了。

这时主持人兴奋地拿起桌上的矿泉水喝了几口："30万美元，女士们先生们，还有没有哪位——"

他的目光征询着刚才竞相出价的客户，但是回报的却是冷漠的沉默，似乎大家都无法和那个日本人抗衡，他们虽然令人讨厌，可是人家有钱就不得了。

主持人手中的小木槌放下又提起，等着一锤定音。

突然，小赵高举起手中的牌子，像是杀得难解难分的两军之中又窜出

一支军队，顿时改变了战局。

"88号报价！35万，35万美元！"主持人盯着小赵手里的牌子，嘶哑地喊着。

这个数字，第一个吓着的是桑世杰。他没有想到小赵会出这样大的金额买这本日记，天知道，这是什么宝物！"小日本"顿时慌了神，两只小老鼠眼睛滴溜溜地乱转，不知如何是好。"黑山猫"转忧为喜，朝小赵投来赞许的目光，似乎是为他替自己报了一箭之仇而痛快。观众席却变得死一样寂静，人们认为这个中国人可能是个疯子。

"35万美元，还有没有哪位报价？"主持人再次询问。

他手中的小木槌举起，悬在半空……

所有人的心被一只无形的手拎起来，等待着最后分晓。一本日记创下35万美元的拍卖纪录，肯定是头条新闻。

桑世杰的手里攥了一把汗，他担心还有人会提价……

但是"小日本"没有招架之力了，不等拍卖终场，就悻悻地离开座位，走出了会场……

这时，拍卖大师抖擞精神，扬起手中的小木槌，石破天惊的一声巨响，拍卖品成交了。

顿时，大厅响起一片掌声，无数的目光带着复杂的心情投向缓缓站起的小赵，那位法国主持人朝他笑吟吟地招手，让他去办理过户手续。

这时小赵拎着保险箱，在桑世杰的保护下向前台走去，沈志挺在离他们几步远的地方尾随而至。

突然，大厅的灯光熄灭，因为大厅是封闭的，没有一扇窗户，顿时陷入黑暗之中。会场一片混乱，人们发出惊叫声和恶作剧的口哨声。

其实，不仅是大厅内灯光熄灭，整个伏尔泰饭店楼上楼下全部陷入黑暗，小赵原地未动，双手紧抱着小保险箱唯恐有人趁火打劫。桑世杰想起沈志挺的叮嘱，寸步不敢离开小赵，用手紧紧抓住他，两人相对而立，他睁大眼睛四下张望，无奈伸手不见五指，除了感觉到人群的混乱，什么也无法分辨。

杂沓的脚步声和惊慌失措的叫喊声，加上碰倒椅子的响声交织在一起。桑世杰企图摸索着退出大厅，突然耳边一阵飒飒凉风，他凭直觉感到有人从他的头顶上飞了过去。

小赵吃了一惊，下意识地蹲下身子，一只手抱着保险箱，另一只手向前向四周探索。这时又有人像出膛的子弹，噌的一声从桑世杰身旁蹿上前去，他险些抓住那人的衣襟。

黑暗中可以听见讲台方向有人轻轻地落地，有人大声喊道："有贼，抓住他！"声音未落，传来激烈的厮打声，飞拳走脚的交锋，夹杂着桌椅摔倒的声音和不知什么东西被砸碎的声响，顿时乱作一团。

桑世杰回过头来朝讲台那边望去，黑暗中只见两道旋转的白光扭作一团，像迅疾的旋风，飒飒有声。他们忽离忽散，转而纠缠难分。一时间，有人呻吟，有人叫唤，有人粗声恶气地谩骂，更多的人慌不择路，在黑暗中纷纷夺门而出。

他的眼睛渐渐适应了黑暗，渐渐分辨出讲台上厮杀的是两个手段高强的武林高手，虽然看不清他们的面孔，也无从判断他们穿什么衣服，但那一招一式，显然不是寻常之辈。可惜没有光亮，否则其精彩的表演绝不亚于京剧《三岔口》。

那两个来历不明的人厮打了十几分钟，其中的一个突然虚晃一招，腾

空而起，从人们的头上消失；而另一个也不示弱，一个前空翻，只听见会场的座椅一阵喧闹，他轻捷地踏着椅子靠背飞也似的出去了……

在场的人惊魂未定，正待摸索退场，忽地，大厅恢复光明，耀眼的灯光令人睁不开眼睛。

可是，当惊愕的桑世杰睁开眼睛，拍卖会的台子像被龙卷风袭击过一样，现场一片狼藉，桌倒椅倾，满地碎玻璃，法国的拍卖大师，还有那几个保镖鼻青脸肿，倒在地上……

那本日记早已不翼而飞。

万幸的是，小赵手里的保险箱安然无恙。

他们乘兴而来，败兴而归，回到塞纳河畔的小楼，桑世杰大为恼火："什么都不顺！连这么一档事也没办成，白跑了一趟巴黎。当初，我就说不来，还不如去火地岛……"

小赵也很丧气，坐在那里发愣。他的任务就是将日记弄回国，上面指示要不惜一切代价。这下可麻烦了，他还得找警察局，托他们帮忙。他知道巴黎是各路英豪的天下，藏龙卧虎，去哪里找线索呢？

唯有沈志挺像个没事人，从冰箱里拿出一瓶威士忌，给自己倒了一杯加了冰块，在那里自斟自酌。

"你……还有心思喝酒？"桑世杰投去愤怒的目光，差点甩出骂人的话来。

沈志挺嘿嘿一笑，抿了一口酒："干吗都耷拉着脑袋？来，喝上一杯，庆贺庆贺……"他一反常态，嬉皮笑脸地对他们说。

小赵何等机灵，立即用异样的神情盯住老船长："你说什么？庆贺庆贺？"

沈志挺会意地点点头。

"那么说，是你？弄到手了？！"

桑世杰连忙凑过去问："沈船长，日记在你手里？"他无法相信。

这时，沈志挺从怀里掏出那本价值35万美元的日记本，在手里扬了扬。

"他们不仁，咱们也可以不义……这本来就是咱们中国的……"他说。

桑世杰高兴地叫了起来，一把搂住沈志挺。

他们担心节外生枝，不敢在巴黎多待，于是，立即退了房间，直奔戴高乐机场。一个多小时后，他们已经在飞往北京的飞机上了……

（七）

几年以后的一天……

傍晚时分，一艘飘着中国国旗的3000吨货轮从大西洋进入南美洲南端一条狭窄如河流的海峡——海图上标明它叫勒梅尔水道。

这艘货轮在大洋上漂泊了一个半月，停靠了南美的几个大港，卸货装货，走走停停，按照预定的航线，它的前方到达港是火地岛的乌斯怀亚港。它将要在那个小港停留三四天，卸下一批中国的羽绒制品和防寒靴之类的物品，然后装上当地的木材和铁矿石，离开这里，踏上归程。

一进勒梅尔水道，天气变坏了，云层低垂，大团大团的雪花，如千千万万的白蝴蝶漫天飞舞，落在甲板和船舱的顶盖上。从驾驶台望去，海峡的两岸，忽隐忽现的岛上白雪皑皑，一片银色，绵延的树林以及偶尔

露出的村镇罩在雪幕中，静寂无声，渺无人迹。风不大，浪也不高，船开得十分平稳。但这样反常的天气引起水手们的惊奇，他们当中不当班的，爬出狭小局促的船舱，纷纷跑上甲板观赏雪景——因为按照季节，这时正值南半球的夏天……

忽地，驾驶室一个值班驾驶员惊喜地对着话筒喊了起来："船长，五兄弟山，我看见了五兄弟山！"

话筒连通前舱的船长室，不一会儿，一个身穿深蓝呢制服的船长风风火火地推门而入，他走到挡风玻璃前面，拿起一架高倍望远镜，朝船首右前方望去。

在他的视线之内，飘飞的雪花似乎比刚才稀了，逶迤的海岸依稀可辨。此时正值日落时分，阳光穿透云层的缝隙，斜照在前面一排屹立的山峰上，如同舞台的灯光，四周已是暮霭沉沉，唯独西边的那一块笼罩着绚丽的晚霞。于是，他将望远镜筒对准那片云蒸霞蔚的山峰，它们一座比一座高，像是伸开的五指直指苍穹，又像是五个比肩而立的巨人，每座山峰如斧削刀劈，陡峭异常，而山谷则是堆满冰雪的深渊。山峰之巅白雪皑皑，戴着一顶尖尖的雪帽。在血也似的晚霞的映照下，五座雪峰染上了一片玫瑰般的嫣红，既壮伟又妖媚，令人赞叹不已。这就是火地岛有名的五兄弟山！

那位船长拿着望远镜对准眼前的五兄弟山，久久不忍离去。

直到暮色升起，霞光暗淡，那五座银光闪烁的山峰相继隐入雪花织编的帷幕之中，他才恋恋不舍地收回了目光。

"做好进港准备，通知港口，我船即将进入码头，请他们接船……"他向驾驶室的船员下达命令。

随即，他从舷梯下来，径直走上前甲板，向站立在船首的一个披着大衣的老人走去。

"什么时候到乌斯怀亚？"老人头也不回，听见脚步声问道。

他是沈志挺，面容比前几年苍老多了，头发全部花白，额头的皱纹更深，但腰板还算硬朗。

船长看了看怀表，答道："7点30分，还有一个小时……"

他是桑世杰，如今是这艘货轮的船长。这些年，他和沈志挺相依为命，仍然在寻找桑岩的下落——不过，这已不是国家行动，只是他们个人的行为了。

见到了梦萦魂牵的五兄弟山——这座异国的山峰，勾起了这两代人的许多痛苦的回忆……

桑世杰记得在巴黎度过的惊心动魄的日子。他们巧妙地完成了任务，把桑岩那本珍贵的日记完好无损地弄到了手——这当然要归功于沈船长的一身绝技——他细心地看了那本厚厚的日记，才懂了为什么那么多人不惜代价要将它"窃"为己有。虽然他不懂南极的科学研究，因为桑岩日记的绝大部分内容是关于这方面的，但桑岩将自己在富士村的所见所闻作了追记，记得非常详细，仅此一点就是弥足珍贵的，恐怕也是迄今为止关于富士村唯一的文字记录吧。

不料，满心喜悦地回到北京，把桑岩的日记上交之后，情况却出现了意想不到的变化。他本来以为从巴黎归来，肯定可以和父亲团聚的。因为外交官们接到传真电报，立即可以从阿根廷首都布宜诺斯艾利斯飞往火地岛，那只需三个小时的航程，比他飞往巴黎快得多。火地岛是个小地方，找到桑岩按说是不难的，这是桑世杰的想法。

也许是天意吧，寻找桑岩的事搁浅了。桑世杰和沈志挺见到国家科技调查部的部长秘书，向他打听寻找桑岩的进展情况，那位一向笑容可掬的王秘书皱着眉头，向他们通报了一个不妙的消息："真糟糕，情况有了变化，据我国驻阿根廷使馆的报告，火地岛气候恶劣，风暴潮袭击了小岛，当地政府宣布处于紧急状态，一切航班均已取消，短期内不可能恢复，所以他们无法前往……"

当然，也许这是实情，谁也无法抗拒突然袭来的天灾。

桑世杰一听就急了。"那怎么办？是不是想想别的办法，没有飞机可以坐船呀……"他说。

"你们不要着急，我们正在通过外交途径和有关国家联系，同时我们正在密切注视火地岛那边的情况……"

"我和沈船长都有多年的驾驶经验，现在救人要紧，我父亲在火地岛，人生地不熟，处境一定相当困难，我们应该马上去救他，现在耽搁一分钟都会增加一分危险……"桑世杰几乎在央求对方。

"这是个办法，看看能不能弄到一条船，我们可以先到火地岛去看一看情况……"沈志挺在一旁帮腔。

王秘书沉吟片刻："这样吧，你们的建议我马上向部长汇报，一有消息我会立即和你们联系……"

这次见面之后，他们在北京白白耗费了一个多星期，王秘书始终没有露面。当时，世界风云变幻，中日关系正处于复杂而又微妙的阶段，不知是出于什么考虑，等他们再次跑去询问时，那幢高楼的门卫竟然拒绝让他们进门，说这是上面关照过的。

桑世杰记不清自己是怎样走出科技调查部大楼的，也记不清是怎样和

沈志挺一起上了火车，辗转千里，回到沈志挺的老家——渤海湾的一个小岛。他在沈老简陋的房舍待了足足一个星期，竟然没有说一句话。他气昏了头，如果不是沈船长劝他，安慰他，也许他会发疯的。

当他冷静下来之后，他想到了汤山的森田一郎，想到了吉野荣夫，但是他发现所有的人都像躲避瘟疫一样对他唯恐避之不及。

国际长途电话打了一次又一次，汤山那边永远是沉默，沉默……

不是没有人接电话，就是冷冰冰地回答："对不起，你拨错了号码，没有这个人……"似乎森田一郎教授永远从地球上消失了。

他不知道是森田一郎教授有意回避他，还是他本人遇到了什么麻烦。

但是，有一点是可以肯定的，他从许多渠道获知，日本方面通过有效的外交手段，终于成功地封锁了富士村的消息，全世界的新闻媒介似乎串通一气，对富士村的种种情况守口如瓶。但是有一天，当他在深夜里收听短波电台的节目时，却被一个惊人的消息震动了。他叫醒了沈船长，将收音机的音量调到最大：

"……据各国南极考察站震情监测的综合分析，毛德皇后地的冰原，昨天深夜发生了里氏9级的大地震，震中位置在南纬74度50分，西经2度10分，震源很浅，仅距冰盖以下2000米。智利、澳大利亚、南非等地的地震台同时监测到这次大地震。据极地卫星侦察，由于地震引发了大面积的冰崩，在南极上空形成巨大的冰屑云，覆盖面积初步估计约有20万平方公里。至于这次地震的原因，澳大利亚南极局戴维斯教授认为，极有可能是冰震诱发的，也可能是地下火山爆发引起了地震。科学家预言，这次历史上空前的南极地震，很可能造成南极冰盖的大范围断裂，产生无数的冰山，加速冰盖的融化，对于来年全球气候的影响将是严重的……"

新闻播完，桑世杰在小屋里情绪激动地走来走去。

"明白了吧，他们说的大地震，位置就在富士村，这是骗人的鬼话。南极大陆非常稳定，从来没有发生过大地震……"桑世杰说。

沈志挺睡得迷迷糊糊，他坐起来，披上衣服说："来，给我一支烟，看来你又不让我睡了……南极地震干你屁事，你在那里气急冒火干吗？"

"你呀你……我说了半天白说了，"桑世杰又将电台广播的内容复述了一遍，"你想，哪有那么巧的事？！当初他们是这样干掉希望站的，这会儿为了灭迹，又把自己的人都葬送了……"

"你是说，这地震是他们自己搞的？"沈志挺将信将疑，他双手冰凉冰凉，心里一阵发冷。

"对，希望站的情况你是知道的，他们用一点点高能炸药不就搞了一场冰崩？连专家们都信以为真……"桑世杰越想越觉得是这个道理。

提起希望站的冰崩，沈志挺记忆犹新。如果不是日本人制造了那场人为的冰崩，他不会蒙冤这么多年，也不会提前退休。"可那是上万活人哪，他们还天天盼着政府派船来接他们回去，给他们送粮食，送寒衣……"老船长无论如何也无法接受这样严酷的现实。

桑世杰从烟盒里取出一支烟，就着沈志挺手里的烟点着了。

"太可怕了，也太残忍了！为了掩盖真相，就来个一震了之，把几万人给埋在万年冰里，你说这是不是天下奇闻？这可是本世纪最大最大的新闻呀！"桑世杰越说越激动。

沈志挺将烟头掐灭，将水碗里的冷茶喝了几口说："小桑，天下大事不是你我管得了的，我劝你也少操这份闲心。这件事也许像你说的那样，是人为的，可话又说回来，谁能保证不是一场天灾呢？那么多人待在南极，破坏了环境，说不定老天爷就会惩罚他们，闹一场大地震、大冰崩。听我一句话，过了年我就65岁了，老了，还好我的身子骨还算硬朗。我一辈子打光棍，这也是当船员的苦处，不过也好，无牵无挂。这些日子，我看你心里不好受，也不想多说。今天我把话倒出来，你要是觉得对，你就照我说的去做；你要觉得不对，你走你的路，爱干什么干什么。我呢，就在这儿钓钓鱼，过退休生活，乐得清闲……"

桑世杰见沈志挺不像说玩笑话，连忙坐下来，屏声敛息地听老船长说下去。

"俗话说：'当断不断，必受其乱。'我们风尘仆仆地东渡日本，西飞巴黎，忙乎了半天，总算理出头绪，理清了你父亲当初失踪的内情，这也是极不容易的事。现在情况有变，估计别人有什么考虑，又将我们拒之门外，无非是不想让我们打乱他们的计划，以免走漏风声，于他们不利。这些内幕，我们恐怕永远也不会弄清楚的。不过我想，甭管怎样，我们都不必理会，我们自己有胳膊有腿，两个肩膀顶着一个脑袋，别人也管不了我们，所以，与其去央求他们，何不自力更生，自己去寻找桑岩和那位哈迪姆呢？"

沈志挺侃侃而谈，如同拨开桑世杰眼前的浓雾，使他的心胸豁然开朗，头脑也格外清醒。

"沈船长，你说怎么干，我跟着你……"桑世杰说。

"这话，当初咱们第一次见面，记得你就是这么说的。"沈志挺哈哈一笑道，"我的意思是，从今往后，不管是顺风顺水也好，逆风逆水也罢，咱们的目标不变——还是先找到你父亲再说，你看如何？"

这话说到桑世杰的心坎里，他何尝不想立即行动，去找他父亲？可

是，现实问题是明摆着的，赤手空拳，他们有什么实力去遥远的火地岛呢？

沈志挺笑道："这事说复杂也复杂，要说容易也容易。从明天起，你去收集火地岛的情况，特别注意这次风暴潮的有关信息，越详细越好。我的任务是找船，看看有没有合适的船，跑南美航线的，凭我们的技术，不信找不到一家远洋公司……"

桑世杰一听，茅塞顿开。自己只顾怨天尤人，越想眼前越是一片漆黑，其实，退后一步，头顶一片蓝天，人生的道路往往如此。

从此，他们分头行动。桑世杰又干起了老本行，给本地一家航运公司开船，跑短程运输，也是为了维持生活。空闲的时间，他泡在图书馆里，用电脑查询有关火地岛那次风暴潮的资料——很扫兴，世界各种报刊对那次风暴潮袭击火地岛的报道寥寥无几，令人大失所望。

沈志挺的奔走也没有多少结果。他从天津新港出发，上去大连，下到烟台、龙口、威海兜了一圈，托了许多过去吃航海饭的船老大打听，自己也到了好多家航运公司，回答几乎是众口一词："没有去火地岛的船。"

"沈船长，你打听这个干吗？难道您这把年纪还想去那个鬼地方遛遛？"一天，一个老水手觉得奇怪，问道。他们过去在一条船上待过。

沈志挺将事情的原委告诉他。

"是这么回事！你要是打听火地岛，有个人倒是知道，他是个英国人，前不久还在火地岛，我听他念叨过……"老水手道。

沈志挺听老水手这么讲，立即请他带路，去找那个英国人。

老水手满口答应了。

次日晚上，他们在海员俱乐部见面了。那个英国人叫威廉，四十五六

岁，一脸的络腮胡子，身材精瘦，他们围着一张小桌，要了几杯啤酒，随便谈了起来。

"我这位朋友听说你去过火地岛，想打听有没有去那边的船……"老水手说。

"火地岛？！不，不，我不去！"大胡子英国人连声说，"这一辈子再也不想去……"

"你别弄错了，不是让你去。"老水手解释道，"是我的这位朋友要去……"

大胡子瞅了瞅沈志挺，上下打量："你？你要去火地岛？是不是疯了？"

俗话说："一朝被蛇咬，十年怕井绳。"大胡子之所以提起火地岛就谈虎色变，是因为他差点把命送在火地岛上。

火地岛被风暴潮袭击的那一次，他恰巧碰上了。那次，他开了一艘运送燃料的货船，从马尔维纳斯群岛的斯坦利港驶向火地岛的港口乌斯怀亚，这条航线他很熟悉。船是傍晚靠港的，卸完货，船停在码头的泊位，他去了海滨大道一家旅馆，他记得叫作山毛榉旅馆。那是一家楼下开酒店、楼上有客房的小旅馆，来这儿的人多是路过的船员和水手。

威廉说，乌斯怀亚是个很小的城市，沿着海滨有一条街，往上是山坡，依山建了一些两层的房屋，上面还有一条与海滨大道平行的街，城的背后是白雪皑皑的山岭。远处是著名的五兄弟山。

"那天后半夜，我睡得迷迷糊糊，突然被电光和隆隆的雷声惊醒了，下床一看，窗外风雨交加，漆黑一片，暴雨排山倒海地倾泻而下。一阵闪电的瞬间，只见窗外大树哗哗地倒了下来，接着是房屋倒塌的声音。我一

看不妙，慌忙拔腿就跑。这时耳畔人声嘈杂，只听见楼下有人喊："不好了，海水上岸了……"我本来是打算从楼梯下去的，这时急急忙忙从窗口跳下去，幸好后面是山坡，只是脚扭伤了，我挣扎着爬起来往前跑……就在这时，风暴潮像是猛兽一样从码头那边冲了上来，越过岸边的大堤，席卷了海滨大道。不用说那些停在码头的船只遭了殃，海滨大道的房屋也无一幸免。我因为脚伤走不动，就在地势高的山坡上眼睁睁地望着房倒屋塌，这时许多居民纷纷向五兄弟山逃去，据说那里地势高，也有的向城后的山峰逃命，可是我实在走不动，索性用一块雨布顶在头上。幸运的是，海潮冲上海滨大道后没有再往上涨，我脚下的岩石似乎是它的极限，没有倒塌……"

威廉回忆当时可怕的情景仍然心有余悸。他说他一生经历过许多次惊险的场面，但是火地岛那次风暴潮是最恐怖、最难忘的：事先没有任何征兆，海水中夹着很多漂荡的浮冰，水温很低，许多不幸落水的人被活活冻死了。

他说，还有许多居民全家老小逃到五兄弟山，以为那里安全。岂料五兄弟山是座魔鬼的山。那天夜里，人们逃到山麓的树林，庆幸自己躲避了风暴潮的灾难，有的搭起了帐篷，有的是开着家庭旅行车来的。突然五兄弟山发生冰崩，山谷中的冰川像汹涌的洪水冲了下来，没等人们清醒过来，冰雪就将他们埋葬了……

据他事后得知，山毛榉旅馆中有不少房客也是逃到五兄弟山后罹难的。

威廉提供的情况使沈志挺和桑世杰十分沮丧。沈志挺在汤山和吉野荣夫交谈时，吉野荣夫告诉他，在乌斯怀亚他和桑岩、哈迪姆住的旅馆，就

叫山毛榉旅馆。沈志挺开始还没有听清旅馆的名称，吉野荣夫还特地说明，山毛榉是当地十分普遍的一种寒带树木，漫山遍野都是，所以旅馆以这种树命名，他的印象特别深。

他们担心发生风暴潮这天，桑岩、哈迪姆住在山毛榉旅馆，或者他们也随居民们逃往五兄弟山？倘若在此之前，他们已迁居其他地方，或许可以躲过这场可怕的灾难；如果是前一种情况，那就难说了……

但是，威廉对此提供不出更多的情况，他根本不认识山毛榉旅馆的其他房客。据他说，他是很晚来山毛榉旅馆投宿的，由于困乏至极，他很快就回房间睡了，没有机会和其他人接触。第二天，风雨停了，他再去找山毛榉旅馆，除了见到旅馆老板——他是个阿根廷人——面对着一片被风暴摧残的废墟，没有见到一个房客。

桑岩和哈迪姆是死，还是活？谁也不知道。

打这以后，桑世杰和沈船长只好耐心等待，他们在焦虑和无奈中送走了一个冬天又一个冬天。在这样漫长的日子里，他们听到从南极那边传来的消息也是令人忧虑的。那里的冰盖正在加快融化，气温在上升；在南大洋的万顷碧波中，漂浮的冰山数量越来越多，正在向温暖的海洋漂移；而在地球的许多陆地，有的地方洪水泛滥，有的地方连续多年不下一滴雨，风暴潮像是神出鬼没的幽灵，四处袭击岛屿和海岸，暴风雨在大地肆虐，席卷了许多本该是春光明媚的土地……

几乎是在他们绝望之际，有一天，老水手兴冲冲地跑来告诉沈志挺，有一艘远洋货轮正在物色合适的船长，并招募船上的水手，这艘中国籍的货轮将去南美洲卸货，目的港是火地岛的乌斯怀亚。他问沈志挺："你们还想不想去那个鬼地方？"

　　不用说沈志挺和桑世杰是多么高兴。不管怎样，他们都要去一趟乌斯怀亚，算是了却一桩心愿吧——只不过他们已经不抱多大的希望。

　　于是，他们终于有了这次乌斯怀亚之行。

　　当天晚上，货轮停靠在乌斯怀亚码头。桑世杰安排停当后，和沈志挺结伴上岸。这才发现威廉当初所言不虚，虽然已经过去快三年了，乌斯怀亚似乎还没有从那次风暴潮的洗劫中恢复过来。

　　时值南半球的初夏时节，冷雨夹着雪花却下个不停。沿着海岸延伸的一条滨海大道，以前有旅馆、酒吧、咖啡馆和仓库栈房，高楼林立，热闹非凡，如今到处都是尚未清理干净的断壁残垣，积雪掩盖了它的破败，但却无法掩饰它的冷落苍凉。他们默默地踏着泥泞的雨雪，从滨海大道拐向山坡，那里有些疏朗的灯火，暮色中有几家尚未打烊的商店，灯光从半开的店门泻出。天气很冷，他们径直朝有灯光的地方踽踽而行，想找个地方喝口酒暖暖身子。

　　他们从一家转到另一家，总算找到了一家小酒店。从亮灯的玻璃窗望进去，里面有几张油腻腻的木头桌子，七八个水手模样的人坐在柜台前的高脚凳上喝酒，里面烟雾缭绕，喧声不绝。他们推门而入，立刻有几个喝得醉醺醺的水手转过脸来，朝他们上下打量。其中一个笑嘻嘻地举着啤酒瓶，凑到桑世杰面前用英语说："喂，日本人，欢迎光临……"

　　"我们不是日本人，是中国人！伙计，明白吗？"桑世杰坐在柜台前一张凳子上说。

　　沈志挺在一旁坐了下来。

　　"哇，中国人，这里从来没有见过中国人，你们是从地球那一边来的？"那个话多的阿根廷水手友好地拍了拍桑世杰的肩膀。

桑世杰和沈志挺没有搭理他，各要了一小杯威士忌。

他们刚抿了一口，酒店角落里有人搭腔道："怎么从来没有来过中国人？有的，我的旅馆就住过一个中国人……"说这话的是一个头发卷曲、鬓角灰白的阿根廷老头。他说的是西班牙语，桑世杰这几年学过西班牙语，所以他懂，但沈志挺却不知所云。

"哈哈哈，又是你的旅馆，让你的旅馆见鬼去吧。你整天都在做梦，欠我的酒钱都不还，还想开什么旅馆……"站在柜台里的老板接过话茬挖苦道。

柜台边的几个醉汉也附和地嘲笑起来。

那个阿根廷老头身上穿着很寒碜，灰格子西服袖口磨破，两只皮鞋沾满泥水，裤脚上也是泥点。他佝偻着腰，蜷缩在墙角的一张凳子上，手里的一只铁皮碗里已经没有酒了，但他仍然举起来，仰着脖子……

"……你们笑……笑什么？！我说的是真话，那个中国人住在我的旅馆里。他……他是个好人，真正的男子汉……你们干吗不信……"老人似醉非醉，大声抗议道。

他的话，只能引起酒店里一阵哄堂大笑。

沈志挺问桑世杰："他说啥？"

桑世杰将阿根廷老人的话翻译了一遍。

真是"说者无心，听者有意"。沈志挺一听，连忙用英语问柜台里的酒店老板："他是什么人？"他指着那个可怜兮兮的阿根廷老头。

酒店老板笑了笑，说："你是问他？他是个倒霉蛋。年轻时当过船长，有一条很不错的旅游船，结果触礁沉了。后来他开了一家旅馆，生意很红火。谁知道那年风暴潮又给毁了，跟保险公司打了好几年的官司，

给他的赔款没有几个钱，所以老家伙成天喝闷酒……说起来他也是怪可怜的。"

"他开的旅馆是不是……"

"山毛榉，山毛榉旅馆！"老板回答得很肯定。

听见这个回答，沈志挺和桑世杰像触电一样浑身一阵战栗，没有想到的是居然被他们无意中遇见了。大概是因为乌斯怀亚是个巴掌大的地方吧。

桑世杰的心中却认为这是天意，苍天在上，特意为他提供父亲的线索吧。

接下来，这两个中国人随着阿根廷老头去了他的家，那是一间拥挤的小阁楼，风从门缝钻入，寒气袭人，屋里堆满了破烂，可以看出主人的落魄。

这位山毛榉旅馆的老板名叫吉姆逊。他说他记得那个中国人桑岩，因为他们起初是三个人一同来的，还有一个日本人和一个以色列人。后来日本人走了，留下了他们俩。

吉姆逊将杂物挪开，腾出地方让两个中国客人坐下。

"你说得一点不错，那他们后来呢？"桑世杰急不可待地问，他的一颗心快要提到嗓子眼了。

吉姆逊实际上一点也不糊涂，他的记忆力很好，还能说一口流利的英语，因为他年轻时也是个走南闯北的船长。

"后来？后来……他们住了没多久也走了……是的，他们走了……"

"走了？！那次风暴潮他们没有遇难？……"桑世杰鼓起勇气问道。

吉姆逊的眼睛瞪得圆圆的："风暴潮？！你是说山毛榉旅馆被冲垮的

那次？"见桑世杰频频点头，阿根廷老头摇了摇头。

"不，在此之前他们就走了。"吉姆逊以十分肯定的口气说。

吉姆逊说，他之所以记得很清楚，是因为那个中国人和以色列人商量走与不走时，他一直在场。他们是在旅馆的门厅谈话的。

……那是雨后初晴的一个早晨，哈迪姆起来很早就出去了，桑岩在门厅等他。山毛榉旅馆的客人睡得晚起得也晚，所以旅馆静悄悄的，只有吉姆逊坐在柜台后面清点账目。

后来知道，一大早哈迪姆去了码头。他兴冲冲地跑回来，告诉桑岩，码头有一艘以色列的破冰船要去南极考察。他已经和船长谈好，同意他们去参加考察。哈迪姆显得很兴奋，眉飞色舞，吉姆逊很久没有见到他的笑容。

"我事先没有征求你的意见，你如果不想去也行……"哈迪姆说。

"不，你办得很漂亮，我们一定要去搞清富士村的秘密。"桑岩也很兴奋，"这些日子我想了很久，吉野荣夫为什么急急忙忙甩下我们不管，一个人离开了。我思前想后，只能有一个解释，他担心我们对富士村知道太多，泄露了富士村的秘密，所以要先行一步，赶在我们前头。所以我们有必要去毛德皇后地，查清富士村的污染和对环境的破坏，取得第一手资料。我们现在手头上没有一点证据，也难以使世人相信，因此必须亲自去一趟。"

哈迪姆是赞同桑岩的看法的，这些话他们谈论过不止一次。

但是他们毕竟是有血有肉的人，刚刚回到文明世界，又要去那风雪肆虐的冰原，不能不有所顾虑。

"桑岩，你难道不想回国吗？我们离开自己的祖国已经十多年了，妻

儿老小音信全无，也许他们早就以为我们不在人世……"哈迪姆一想起故乡的亲人，不禁伤感起来。

桑岩叹息一声："是啊，我何尝不想马上回国，不过我也想过这个问题。如果我们现在回国，我相信马上会卷入麻烦，我们将会被新闻记者包围，什么事也干不成。而且，日本人也不会轻易放过我们，我们会成为他们的眼中钉，他们可以将我们关在富士村十年之久，制造我们死亡的假象，难道就不会再一次消灭我们？所以权衡利弊，我们不如将计就计，既然我们已经在人们的记忆中消失，那就让这个事实继续维持下去，等我们完成了使命再回到'人间'，岂不是更好？"

哈迪姆被桑岩的一番话深深打动："队长，我听你的。我们犹太人本来就是一个漂泊的民族，我就跟你一道去南极漂泊吧……"

两位科学家的手紧握在一起，久久没有松开。

"好兄弟，从今以后，我们相依为命。"桑岩很动感情地说，"谁让我们选择了南极研究的职业呢！我们失去了很多很多美好的东西，但愿我们的努力能换来人类的幸福……"

吉姆逊说："第二天一大早，不过离开了山毛榉旅馆，不过身无分文的他们临行前却给了我一件宝贝，我们两清了，谁也不欠谁的。你瞧，我还一直藏在身边……"

说罢，吉姆逊的手在内衣口袋里哆哆嗦嗦地摸了半天，摸出一个用破布包着的小包。他将破布一层一层揭开，里面竟是一颗光灿夺目的钻石。

"南极钻石！"桑世杰和沈志挺异口同声地惊呼道。

吉姆逊第一次露出了笑容，他那满脸皱纹舒展开了，笑得像个天真的孩子。

232

"是那个中国人给的，他说这是南极钻石，本来是要送给他妻子的，现在他觉得没有必要了……"

桑世杰吃了一惊。"我父亲怎么会说这种话？"他问。

吉姆逊抬起眼睛，小心翼翼地将那颗南极钻石包好，放进内衣里面。

"是这样的，在他们要走的前两天，他在旅馆里打了一次国际长途电话。只有这唯一的一次，我同意的，由我付费。他说他要给他的妻子打一个电话，电话是打给他妻子工作的学校，可是接电话的人说，学校放假了，自己刚刚调来，不了解情况，好像听说他妻子早已去世了。我记得桑岩放下电话，很沮丧，他哭了……"

"天哪！还有这样的事……"桑世杰泪水夺眶而出，心情乱极了。

几天后，在乌斯怀亚卸完货的中国货轮徐徐离开码头，踏上了返航的万里征程。

天阴沉得更加厉害了，乌云在甲板上空低垂，火地岛笼罩着灰蒙蒙的浓雾，码头和后面山坡上的房屋隐而不见。桑世杰和沈志挺并肩站在驾驶台，默默地注视着勒梅尔水道两旁渐渐隐去的海岸和远处白雪覆盖的山岭。

他们的心情都很复杂。按照阿根廷老头吉姆逊提供的线索，桑岩和哈迪姆上了一艘以色列破冰船，重新踏上了南极考察的航程，可是，茫茫冰原，他们现在在哪里呢？

"不管怎样，我还是要找到父亲，不管还要花多少时间，跑多少地方……"桑世杰自言自语道。

沈志挺的脑海里已经思考成熟，他很有信心。

"我看，我们已经看到了曙光，桑岩他们的目标很明确，是去毛德皇

后地，所以我们回国后马上向科技调查部汇报，我亲自找谢部长，我相信这一次他们会采取行动的……"

桑世杰不置可否，他变得比以前更深沉，更成熟了。

猛地，桑世杰拉响了汽笛。嘹亮的汽笛声在海天之际回荡，飞向风雪弥漫的火地岛，飞向耸立云端的五兄弟山，似乎也传到了遥远的南极冰雪大陆……

汽笛长鸣，久久不息。

后记：本文于1996年5月7日定稿，2014年2月15日元宵节之次日凌晨审改，5点50分接手机短信，小儿金雷、王晶夫妇访南极，平安穿过德雷克海峡，返回火地岛乌斯怀亚。

科幻文学
群星榜
出版书目

序号	作者	书名
1	郑文光	侏罗纪
2	萧建亨	梦
3	刘兴诗	美洲来的哥伦布
4	童恩正	在时间的铅幕后面
5	张静	K星寻父探险记
6	程嘉梓	古星图之谜
7	金涛	月光岛
8	王晋康	生死之约
9	刘慈欣	纤维
10	潘家铮	子虚峡大坝兴亡记
11	韩松	青春的跌宕
12	星河	白令桥横
13	凌晨	猫
14	何夕	异域
15	杨鹏	校园三剑客
16	杨平	神经冒险
17	刘维佳	使命：拯救人类
18	潘海天	永恒之城
19	拉拉	永不消逝的电波
20	赵海虹	月涌大江流
21	江波	自由战士
22	宝树	人人都爱查尔斯
23	罗隆翔	朕是猫
24	陈楸帆	动物观察者
25	张冉	灰城
26	梁清散	面包我的幸福
27	七月	撬动世界的人于此长眠
28	杨晚晴	天上的风
29	飞氘	讲故事的机器人
30	程婧波	第七种可能
31	万象峰年	点亮时间的人
32	长铗	674号公路
33	迟卉	蛹唱
34	顾适	为了生命的诗与远方
35	陈茜	量产超人
36	刘洋	单孔衍射
37	双翅目	智能的面具
38	石黑曜	仿生屋
39	阿缺	收割童年
40	王诺诺	故乡明
41	孙望路	重燃
42	滕野	回归原点

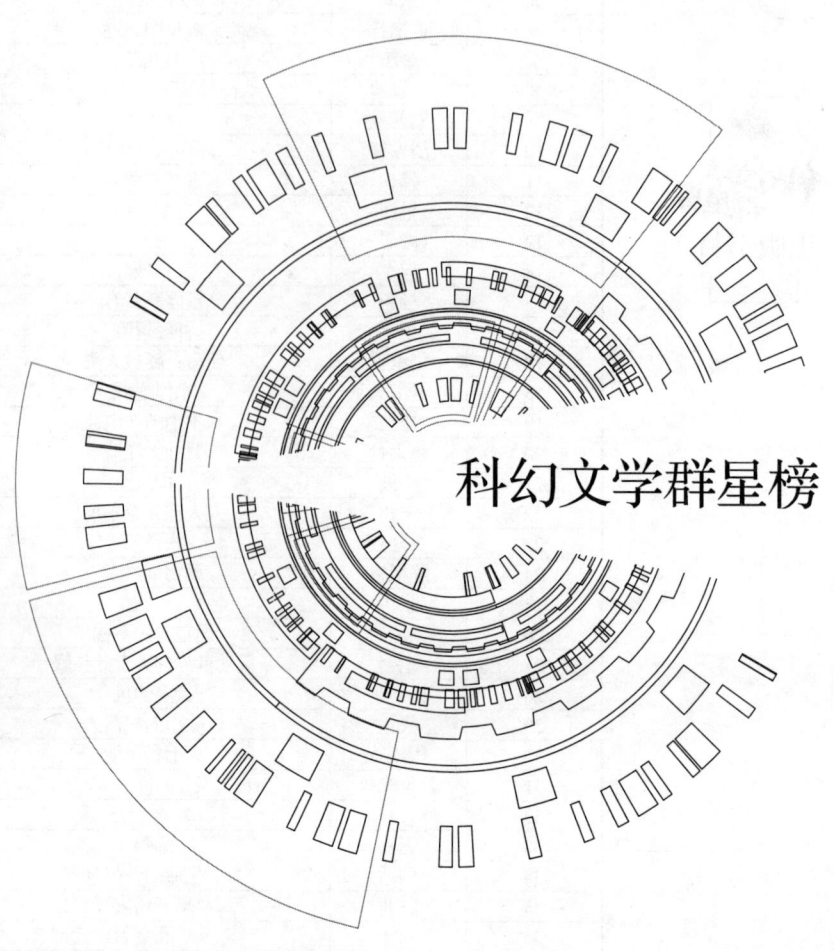

科幻文学群星榜